# 醫統江山

卷15 大劍藏鋒

石章魚 著

一招走錯，全盤皆輸
從萬人景仰的皇者
到無人問津的階下囚
距離原來如此之近

# 目錄

第一章

# 驚天動地

夕顏心中已經信了七分，不由得有些迷惘了，
真沒有想到大康皇宮會發生這樣驚天動地的變化。
夕顏雖然智慧出眾，
可是仍然對政治的險惡缺乏瞭解。

胡小天點了點頭道：「大雍和黑胡聯盟，其用意不言自明，確保後方無憂，他們才能騰出手來對付大康。」

蕭天穆歎了一口氣道：「看來大康想利用聯姻穩住大雍的如意算盤落空了。」

周默扼腕歎息道：「大康和西川本為一體，唇亡齒寒，難道李天衡看不透眼前的局勢？如果一意孤行，最終受害的不僅僅是大康一個。」

蕭天穆道：「或許李天衡還沒有掌握目前的局勢變化，如果他得知現在的局勢，應該不會做出這種錯誤的決定。」

胡小天忽然想起一件重要的事情，向濟民告訴他康都皇城局勢突然發生了改變，這件事他還沒有來得及告訴兩位結義兄長。

蕭天穆和周默聽說這件事，兩人的表情都變得前所未有的凝重，蕭天穆劍眉緊鎖，沉思片刻方才問道：「小天，此事是否確實？」

胡小天道：「向濟民告訴我的消息，此事應該不假，龍燁霖突然發瘋，現在主持朝政的是大皇子龍廷盛，簡皇后垂簾聽政。」

蕭天穆道：「你怎麼看？」論到對皇宮內部情況的熟悉，他們之中沒有人能夠超過胡小天。

胡小天道：「龍燁霖的身體並沒有什麼問題，我看他這次肯定是得罪了姬飛花，姬飛花掌握大康十萬羽林軍，龍燁霖只不過是他手中的傀儡罷了。其實皇位上坐的是誰並沒有區別，目前真正掌權的人都是姬飛花。」

周默怒道：「他日若有機會，我必然要除此禍國妖孽！」

蕭天穆道：「當初龍燁霖謀朝篡位就是在姬飛花的支持之下，姬飛花一手將他扶上皇位，現在又將他親手拉了下來，兩人之間究竟發生了怎樣的矛盾？」

胡小天道：「在太子的人選上，龍燁霖和姬飛花始終存在異議，而且龍燁霖在上位之後明顯對姬飛花產生了不滿，不甘心永遠充當姬飛花的傀儡，偷偷聯合權德安和太師文承煥這些人想要重新拿回屬於自己的權力。」

蕭天穆點了點頭。

胡小天道：「看來文承煥那幫人敗得一塌糊塗，這件事對我們來說倒不算什麼壞消息。」他一直屬於姬飛花的陣營，姬飛花對他委以重任，這次出任遣婚史就是緣於姬飛花的提議，姬飛花讓他在途中幹掉文博遠，雖然文博遠並不是直接死在他的手中，可畢竟也是因為他的緣故，應該算得上圓滿完成了姬飛花交給自己的任務。

康都皇宮生變對他來說絕非壞事，這樣一來康都皇族很可能不再關注安平公主的事情。

蕭天穆道：「具體的情況還不清楚，咱們目前仍然不能盲目樂觀。」

周默道：「三弟，那姬飛花乃是一個野心勃勃的閹賊，大康之所以落到如今的境地，和他有必然的關係，難道你還打算回去後繼續在他手下忍氣吞聲的做事？」

胡小天道：「大哥，二哥，我何嘗想這樣窩窩囊囊地在宮中當一個讓人呼來喝去的宦官？只是我爹我娘仍然在他們的掌握之中，我若是貿然離開，姬飛花又豈會輕易放過他們？」

周默道：「他要是一輩子都以胡叔叔他們做要脅，難道你就要在宮中當一輩子太監不成？」

胡小天道：「我不會讓我爹我娘永遠提心吊膽地活著，此次回京之後，我會想方設法救出我爹娘。」

周默拍了拍他的肩膀道：「這才是我的好兄弟，咱們從康都來到這裡，什麼風浪都經歷過了，一個姬飛花又有什麼好怕。」

胡小天道：「大哥千萬不要輕敵，我曾經親眼見到過姬飛花出手，應該是我所見到實力最為強大的一個。」

蕭天穆道：「三弟說得不錯，姬飛花武功高強還在其次，真正厲害的還是他掌控了京城十萬羽林軍，皇城內外遍佈他的勢力，這才是他得以掌控大康權柄的真正原因。」

胡小天道：「現在考慮這些事還嫌太早，畢竟咱們眼前的這一關還未過去。」

周默點了點頭。

蕭天穆道：「安平公主那邊最好你能夠將她說服，如果她願意和咱們站在統一戰線，那麼事情就會順利得多。至於胡叔叔他們那邊，我會做出妥善安排。」

按照幾人商定好的計畫，周默和熊天霸一起進入了起宸宮，現在他們已經沒有任何人留在南風客棧，表面上也斬斷了和南風客棧的一切關係。

梁英豪從起宸宮水道的出口，逆行尋找到了一條進入起宸宮的地下路線。有了這條路，可以在必要時用來逃生。

距離安平公主的大婚之期僅僅剩下了十日，大雍皇室方面傳來了消息，這兩天皇太后會親自駕臨這裡，這對大康使團方面算得上一個好消息，等於正式獲得了大雍皇室的認同。

夕顏這些天表現得倒也安分，平日裡很少出門，最多也就是在院中的花園裡透透氣。

胡小天決定和她再好好談一次，自己這次計畫成敗的關鍵全都在她的身上。

從外表上根本分辨不出夕顏和紫鵑的區別，但是兩人的氣質完全不同，記得過去紫鵑看他的時候根本不敢正眼對待，而夕顏的目光始終是肆無忌憚，還帶著一種凜然而不可進犯的味道。

胡小天見到夕顏的時候，她正在院落中採擷鮮花，看到胡小天唇角露出一絲淡淡的笑意，當真是人比花嬌，紫鵑的外貌稱不上天姿國色，可是同樣的外貌在夕顏的身上卻呈現出蕩人心魄的美，這和個人的氣質有著必然的關係。

夕顏將幾朵花插入準備好的水晶瓶中，並沒有說話，轉身進入房間去了。

胡小天跟著她的腳步來到了房間內，夕顏將花瓶遞給他，示意他擺在桌上。

胡小天將花瓶擺好，耳朵卻在傾聽周圍的動靜，他的感知力足可完全覆蓋內苑的每一個角落，除了內苑入口處的兩名護衛，還有兩名整理花園的宮女，再也沒有其他人藏匿其中。霍勝男接管起宸宮的警戒之後明顯通情達理了許多，雖然對外警戒措施更嚴，可是對大康使團成員卻客氣了許多。

新來伺候夕顏的兩名宮女也是太后親自挑選，平時也聽話得很。

夕顏道：「書呢？」

胡小天笑了起來：「唐鐵漢是個大嘴巴，根本就沒有什麼《寶駿奇錄》，他應該是聽他爹提過這本馴馬奇書，就煞有其事地吹牛，想不到惹來了這場禍端。」

夕顏白了他一眼道：「唐鐵漢兄妹已經讓你送走了吧？」這兩日都沒有見到他們兄妹，所以夕顏會有此一問。

胡小天點了點頭，毫不隱瞞道：「我跟完顏赤雄攤牌，用拉罕換了唐鐵漢，唐家兄妹已經讓我送走了。」

夕顏幽然歎了口氣道：「搞了半天，我在這件事中沒有撈到任何的好處，真是可惜了我的紫幕彈。」

胡小天笑道：「對你來說，我應該比紫幕彈珍貴得多。」

夕顏冷冷瞥了他一眼道：「你的死活跟我有關係嗎？」

「有，當然有，我若是死了，你豈不是就成了寡婦？」

夕顏呵呵冷笑，笑過之後卻沒有說話。

胡小天壓低聲音道：「別忘了，咱倆可是拜過天地的。」

夕顏道：「是你自己拜，我可沒拜。」

胡小天道：「在天波城上，咱們可是一起拜了天地，你居然敢不認帳？」

夕顏道：「就算拜了天地又怎樣？我一樣可以休了你！」

胡小天嘿嘿笑道：「有沒有搞錯，要休也是我休了你！」

夕顏道：「你敢！」

胡小天道：「這天下間還真沒有我不敢的事，所以你最好別把我給逼急了。」

「威脅我？」夕顏眼波流轉，向胡小天走近了一步：「你不要命了？」

胡小天道：「好死不如賴活著，如果不要命，我也不會忍辱偷生活到現在，可是你以為我這樣就是膽小怯懦，那可就大錯特錯了。」

夕顏冷笑道：「我倒想聽聽你想怎樣？」

胡小天微笑道：「我不瞞你，我已經做好了兩手準備，只要這邊形勢不對，馬上就會有人救出我爹娘，護送他們離開康都抵達安全的地方，換句話來說，我已經了無牽掛。」

夕顏道：「那就是要破罐子破摔了？」

胡小天道：「明明知道我是破罐子，你這精美的瓷器又何苦跟我碰？」

夕顏道：「我高興！」

胡小天大剌剌在夕顏的床上坐下，夕顏皺了皺眉頭：「起來！」

胡小天非但沒起來，反倒脫去鞋子躺了上去，雙手枕在腦後道：「香噴噴的真舒服，要不要上來一起躺會兒？」

夕顏道：「我那床下面可都是毒物，是不是皮又癢了？活得不耐煩了？」

胡小天道：「我剛剛得到了康都密報，想不想聽？」

夕顏婷婷嫋嫋來到床邊，剛剛冷若冰霜的俏臉頃刻間冰雪消融，美眸之中眼波流轉，嬌滴滴道：「別賣關子，說給我聽聽。」

胡小天道：「大康皇位易主了。」他說得雖然平平淡淡，可是夕顏聽來卻是宛如雷霆萬鈞般驚心動魄，臉上的錯愕稍閃即逝，旋即呵呵笑道：「胡小天，你當真了得，什麼樣的謊話都能編出來。」

胡小天道：「對你說謊毫無意義，我剛剛得到消息，大康皇上突然得了失心瘋，無法處理朝政，現在由太子龍廷盛暫時代他主持朝政，由簡皇后垂簾聽政。」

夕顏望著胡小天，表情將信將疑。

胡小天道：「你既然是為西川李氏辦事，想必這雍都之中還會有人接應你，距離大婚之期還有十天，大康方面的消息很快就會傳過來。當然你也可以用公主的身分傳召大康使節向濟民，他最近一直都在關注康都方面的事情，消息應該比我更加靈通。」

夕顏心中已經信了七分，不由得有些迷惘了，真沒有想到大康皇宮會發生這樣驚天動地的變化。夕顏雖然智慧出眾，可是仍然對政治的險惡缺乏瞭解。

胡小天道：「大康氣數已盡，原本龍燁霖篡位已經讓龍家的基業岌岌可危，現在他的屁股尚未將龍椅捂熱，又發生了這種事。如果按照你的計畫將薛道銘剷除，剛好給了大雍一個發兵的藉口。西川李氏雖然自立為王，可是畢竟根基尚淺，目前連西川也不能說完全穩住，我看李天衡應該沒能力東侵，吞併大康的地盤，最後的結果必然是將大康這塊肥肉雙手奉送給了大雍。」胡小天嘿嘿笑道：「你辛辛苦苦籌畫此事，到頭來還不是為他人做嫁衣裳？」

夕顏道：「你說來說去無非是想保住大康。」

胡小天道：「大康氣數已盡，誰都保不住，可是你提前葬送大康，等於一併斷送了西川李氏的前程，我若是你，就不會做這樣的蠢事。」

夕顏鳳目圓睜：「你才是天下第一號大蠢蛋。」

胡小天笑道：「用不著如此歹毒，常言道，渾水好摸魚，值此亂世，在自己腳跟尚未站穩之時，自然是將這池水攪和得越混越好，大康衰敗，亡國已成必然之勢，無非是早晚而已。西川李氏剛剛自立，羽翼未豐，別說稱霸中原，目前最現實的是站穩腳跟，中原霸主乃是大雍，無論你承認與否都是不爭的事實。大雍如果對大康發兵，以大康今時今日的狀況，根本無力抗衡，大康地處平原，沃野千里，一旦大雍發兵渡過庸江，就會無一險可守，剩下最可能的退路就是向西南退守。而西川恰恰是李天衡的地盤，大康雖然落敗，但是和如今的李氏尚有能力一戰，更何況他們後有追兵，背水一戰，這一仗究竟誰勝誰負都很難說。大雍忌諱的只有黑胡，他們能夠放下世仇結盟，目的已經昭然若示，根本就是要穩固後方，騰出手來一統中原。所以現在大康和李氏最大的敵人不是彼此，而是大雍！」

夕顏咬了咬櫻唇道：「胡小天啊胡小天，看來我一直都小瞧了你。」

胡小天道：「你也不用自卑，女人通常都是小聰明，男人才是大智慧，如果你事事全都想在我前頭，打死我我也不敢要你做老婆，女人還是笨點好。」

夕顏道：「你當然希望天下的女人全都是笨蛋，這樣你想怎麼騙就怎麼騙。」

胡小天道：「當然笨也不能太笨，太笨的女人沒有挑戰性，讓我騙我都提不起興趣。」

夕顏笑盈盈道：「你對唐輕璇有沒有興趣？」

胡小天搖了搖頭。

「為什麼？」

胡小天瞇起雙眼，目光瞄著夕顏的胸部。

夕顏道：「看什麼看？好像她的更大一些呢！」

胡小天道：「我看的不是高度而是寬度，氣量太狹窄的女孩子我也不喜歡。」

夕顏的俏臉居然有些紅了，她啐了一聲：「胡小天，你是我見過最不要臉的男人……」話沒說完馬上否定道：「不！太監！」

外面傳來一陣急促的腳步聲，還沒有接近內苑，胡小天卻已經聽得清清楚楚，夕顏也是在那人進入內苑的時候方才有所覺察，在感知力方面如今的胡小天已經超過了妖女夕顏。不過胡小天裝出毫無覺察的樣子依然躺在床上，夕顏道：「快起來，有人進來了。」

胡小天裝出一副錯愕的樣子，慢悠悠從床上坐起身來，此時聽到外面傳來楊璇的聲音：「胡大人在嗎？」

胡小天揚聲道：「在呢，給公主揉肩呢。」

夕顏狠狠瞪了他一眼，恨不能一腳將他踹出門去。

楊璇道：「霍將軍有請！」

胡小天道：「就來！」他整理了一下衣服向夕顏道：「你好好考慮我的話，希望我下次過來找你的時候，能給我一個滿意的答覆。」

夕顏道：「滾！」

胡小天笑道：「你對我為何要這麼粗魯？就不能溫柔一點？」

夕顏道：「你的身邊從不缺乏對你溫柔的女人，所以我才想做得特別一些。」

胡小天點了點頭道：「我偏偏要光明正大的走出去！」

望著胡小天挺拔的背影，夕顏的唇角露出一絲會心的笑意。

霍勝男找胡小天的目的卻是傳話：「大皇子找你！」

胡小天不免有些奇怪，自己和薛道洪之間雖然有過幾次交集，可是薛道洪從未對自己表現出任何的善意，不知他找自己作甚？

霍勝男道：「今晚凝香樓，大皇子設宴請你前去一聚。」

胡小天的第一反應就是宴無好宴，上次前往長公主府中赴宴就鬧出了那麼多么蛾子，今次薛道洪找自己也未必有什麼好事？他笑了笑道：「我和大皇子好像沒什麼交情，他怎麼會想起請我吃飯？」

霍勝男道：「我不清楚，大皇子已經差人送來了請柬。」她將請柬遞到了胡小天的手中。

胡小天展開看了一眼，然後合上道：「霍將軍不去嗎？」

霍勝男搖了搖頭道：「他並沒有邀請我。」

胡小天道：「霍將軍可知道今晚這場宴會為了什麼事情？」

霍勝男道：「不清楚，不過胡大人還是謹慎為妙。」

胡小天笑道：「大皇子送了這張請柬給我，我要是不去豈不是意味著不給他面子？還真是有些麻煩呢。」

霍勝男咬了咬櫻唇道：「也許這件事和黑胡的事情有關。」

胡小天道：「我和黑胡之間的事情已經解決了。」

霍勝男道：「我剛剛得到消息，昨晚黑胡有五名武士被人暗殺。」

胡小天皺了皺眉頭，黑胡武士被殺的時候他親眼目睹，不過這件事的確和他沒有任何關係。

霍勝男道：「黑胡四王子完顏赤雄已經放話出來，一定要找到真凶。」

胡小天笑道：「這件事跟我們沒什麼關係，別說是他們死了五個，就算全都死光也查不到我們的身上。」

霍勝男道：「可能是我多慮了，大皇子應該不會介入他的事情。」

胡小天心中暗忖，這事兒還真不好說，看那天在長公主府薛道洪和完顏赤雄好得就快穿一條褲子，完顏赤雄的手下死了，薛道洪未必會坐視不理。

霍勝男道：「胡大人也不必太過擔心，你畢竟是大雍遣婚史，大皇子做事應該會有分寸。當然……」她停頓了一下，低聲道：「胡大人也可以稱病不去。」

胡小天搖了搖頭道：「大皇子這個面子我當然要給。」

霍勝男望著胡小天，心中對他已經有些佩服了，別看胡小天只是大康的一個太監，可是他的身上卻有著超人的勇氣和智慧。英雄莫問出處，這樣的人的確可以成為朋友。

胡小天當晚決定單獨前往，周默也認為這場晚宴來得突然，大皇子薛道洪未必存有好意，不過胡小天既然決定要單獨去，他也只能表示贊同。自從和幽河二老一戰之後，周默驚奇地發現胡小天的武功已經有了本質上的飛躍，尤其是他那神出鬼沒的步法，即便是遇到危險，也有脫身的把握。為了謹慎起見，周默提出當晚和熊天霸兩人就在凝香樓對面的小酒館中飲酒等候，以防意外發生。

胡小天並不認為薛道洪會當眾對自己不利，自己為皇太后治病的事情已經廣為散播了出去，來到雍都的時間雖然不長，可是他卻已經先後為皇太后和燕王治病，下一個就輪到長公主了。

胡小天來到凝香樓外，遠遠就看到一群黑甲武士已經將凝香樓大門守住，大皇子在這裡宴客已經提前清場，今晚全都被薛道洪包下，任何其他客人都不再接待。權力的確有太多的方便和好處，只要你的權力足夠大，去任何地方都是ＶＩＰ。

胡小天將手中的請柬遞給守門的武士，黑甲武士看到請柬之後對他極其客氣，恭敬將胡小天請入凝香樓。

胡小天步入大堂，正看到在他之前來到的李沉舟陪著一名白衣青年男子說話，李沉舟看到胡小天也來了，微笑著招呼道：「胡大人來了？」

胡小天笑道：「大皇子有請，豈敢不來！」

那白衣男子表情頗為冷淡，李沉舟為他介紹道：「慕白兄，這位就是大康使臣胡大人！」他又將那名白衣男子介紹給胡小天認識，原來那白衣男子竟然是劍宮門主邱閑光的兒子邱慕白，這邱慕白同時也是劍宮年輕一代最為出類拔萃的劍手。被稱為劍宮自藺百濤以來最有希望成為一代宗師的人物。

胡小天也是剛剛才從蕭天穆那裡得知劍宮的名號，拱起手來向邱慕白笑道：「久仰久仰！」

邱慕白的表情依然冷漠，淡然道：「客氣了！」他惜字如金，說完之後就沉默下去，甚至都懶得寒暄。

胡小天心中有些不悅，這大雍的年輕才俊都是如此傲慢無禮？究竟是生性如此還是因為他們看不起自己是康人的緣故？不過胡小天也沒太放在心上，大康如今都衰弱到這種田地，自己身為使臣當然不會被人待見。

李沉舟對胡小天的態度比起過去倒是越發客氣了，主動提醒胡小天道：「今晚黑胡四王子也會過來。」

胡小天笑道：「也算得上是老相識了。」他對此早已有了心理準備，看來今晚這頓飯果然沒那麼簡單，黑胡死了五個人，難道完顏赤雄當真懷疑到了自己的身上？再看邱慕白那張冷冰冰的面孔，早知如此就應該讓周默不要將木牌拿走，活該讓黑胡找這幫劍宮弟子的麻煩。

薛道洪設宴的地方位於凝香樓三樓，客人基本上都已經到了，可是主人卻還未見身影。在胡小天他們之前還有三人已經到達，其中一人胡小天打過交道，乃是雍都虎標營統領董天將，這董天將乃是大雍吏部尚書董炳泰的小兒子，也是董淑妃的親侄子，是大雍赫赫有名的猛將。

胡小天親眼見過董天將和熊天霸交手，董天將應該是少數可以在力量上和熊天霸抗衡的人物之一。

董天將看到胡小天進來，雙目冷冷望著他，毫不掩飾其中的殺機。

胡小天暗叫不妙，看來自己今晚是落在狼窩裡了……

這裡面好幾個跟自己有過節，即便是沒有過節對待自己也不友善，相比較而言反倒是李沉舟還客氣一些。

胡小天在自己的位子坐下，一旁身穿褐色長袍的中年男子向胡小天笑道：「想來這位大人就是從大康過來的遣婚史胡小天胡大人了。」

胡小天微笑道：「您是……」

那中年男子道：「我叫昝不留，在興隆行做事。」

胡小天雖然是頭一次遇到昝不留，可是他對興隆行並不陌生，興隆行乃是大雍最大的商行，即便是在整個中原也是排名三甲的商行之一，商人在當今時代的地位並不算高，能夠被大皇子薛道洪邀請參加這麼重要的宴會證明他在興隆行絕非普通人物。事實也的確如此，這昝不留就是興隆行的主人。

胡小天抱拳笑道：「久仰久仰！」

昝不留道：「聽聞胡大人不但深得大康皇上的重用，還是一位妙手無雙的杏林高手呢。」

胡小天呵呵笑道：「這我可不敢當。」

昝不留笑道：「胡大人又何必客氣，我可聽到你的不少傳奇故事呢。」

胡小天心中暗忖，經商者終日行走於南北東西，資訊往往最為靈通，昝不留身為大雍最大商會的主人，在這方面肯定消息更多，聽說過自己的一些事也不奇怪。不過好在有個人可以陪他說話了，別的不說，排遣一下寂寞也是好事，胡小天道：「昝兄可否知道大皇子今晚宴會的主題？」

昝不留道：「應該是介紹大家彼此認識一下，以後昝某前往大康經商的時候還望胡大人要多多關照了。」

胡小天笑道：「那是自然，昝兄以後只要到康都去，一定要找我。」

昝不留道：「胡大人一看就是爽快人，要說我這興隆行生意遍及南北西東，大康也有不少分號，只是在康都一直都沒有成立分號，我正準備今年做成這件事呢。」

胡小天心想這商人果然現實重利，三句不離本行。他笑道：「那昝兄來到康都更是一定要來找我，說不定我還可以給昝兄提供一些便利呢。」他也是隨口那麼一說。宴會上的客套話少有人會當真，這邊說過那邊就忘。

此時大皇子薛道洪和黑胡四王子完顏赤雄一起到了，看著兩人並肩走來，相談甚歡的樣子，誰都能夠看出他們兩人非常投緣，不過以他們的身分，做些表面功夫也算不上什麼難事。

自從薛道洪和完顏赤雄走入宴會廳，所有人都起身相迎。

薛道洪微笑頷首，一一和對方打招呼，來到胡小天面前，他也笑道：「胡大人也來了，我還擔心你不來呢。」

胡小天笑道：「大皇子請我是我的榮幸。」

薛道洪道：「我本來也沒打算請你過來，只是四王子特別提出一定要請你到場。」這話等於是當面打臉。

好在胡小天臉皮夠厚，笑道：「那我還真要多謝四王子了。」心中暗罵薛道洪無恥，老子也沒有對不住你的地方，你卻三番兩次地和我作對，究竟是何居心？

完顏赤雄冷笑了一聲，雙目迸射出逼人寒光：「來了就好！」

胡小天心中把這倆貨罵了一遍，薛道洪真是不道地，老子好像沒有什麼得罪你的地方，這幾次見面，這孫子幾乎每一次都要給自己難堪，什麼叫本來沒打算請我過來，你是完顏赤雄養的應聲犬？他讓你幹什麼你就幹什麼？胡小天心中明白，正所謂人情冷暖世態炎涼，就目前而言，完顏赤雄在薛道洪眼中的利用價值要比自己大得多。

眾人落座之後，薛道洪微笑道：「本王終日為國事奔忙，難得抽出閒暇宴請各位，你們有些是我的老朋友，有些是剛剛認識的新朋友，一直以來本王都想有這個機會，將大家邀在一起，介紹你們相互認識一下，以後也好相互關照，可惜最近事情太多，所以一直拖到今日，還望大家不要介懷。」

眾人紛紛道大皇子實在是太客氣了。

薛道洪笑道：「不是客氣，是真心向大家致歉，身為地主實在是失禮了，本王就以這杯酒向各位賠個不是。」

眾人舉杯回應。

三杯過後，薛道洪鼓了鼓手掌，屏風後傳來絲竹之聲，卻是凝香樓請來樂班為他們助興。

大家也互相敬酒，胡小天就近找到了眘不留，兩人對飲了兩杯。

卻見黑胡四王子完顏赤雄端著酒杯站起身來，他朗聲道：「今天我借著皇子殿下的晚宴敬諸位一杯。」不等眾人回應，他已經先乾為敬，然後以空杯示人。

眾人都望著薛道洪，薛道洪端起面前的酒杯喝了，既然大皇子都給這個胡人面子，他們當然也不能拒絕，於是每個人都喝了這一杯敬酒。

完顏赤雄道：「過去大雍和大康之間的確發生過一些不快，可是我這次前來雍都就是帶著友好的誠意而來，來此之前我父汗特地交代我一定要促成兩國友好和談，化敵為友，希望黑胡和大雍之間再也不興戰火，我帶著一百三十二名兄弟千里迢迢來到雍都，承蒙大雍皇帝看重，多謝大皇子殿下盛情款待，可是最近發生了一些事情卻讓我完顏赤雄悲痛欲絕。」說話的時候目光冷冷望著胡小天。

胡小天笑瞇瞇望著他，悲痛欲絕？死了才好，難不成真把所有的事情都算在我的頭上？當老子好欺負嗎？

完顏赤雄看到胡小天笑容滿面的樣子，恨不能衝上去一拳砸爛這廝可惡的臉皮，他強壓心頭怒火道：「最近發生了一些針對我們黑胡使團的事情，我們的弟兄接二連三遭到暗算，最近已經有九人被殺。我完顏赤雄是個異鄉人，對這裡的情況並不熟悉，不知道我究竟得罪了什麼人？大家都是手眼通天的人物，借著這個機會，我冒昧請大家幫幫忙，找出到底是誰在背地裡針對我？」說完這番話又狠狠瞪了胡小天一眼。

胡小天只當他不存在，自己專心對付面前的美酒佳餚，老子吃飽就閃人，懶得理會你，省得破壞了我吃飯的心情。

李沉舟道：「四王子殿下息怒，黑胡使團成員接連被殺一事我們已經展開調查，不過任何事都需要時間，還望四王子多些耐心，相信用不了太久時間就會雲開月明。」

完顏赤雄道：「耐心？這樣下去還不知有多少弟兄會不明不白地死去，你讓我怎能安心得下去？」

董天將道：「這件事應該並不複雜吧，黑胡使團成員接連被害，根本就是黑胡的仇家做的，要不就是你四王子的仇家，只要查出仇家，不就知道是誰幹的嗎？」

薛道洪咳嗽了一聲，目光瞥了董天將一眼，顯然有些不滿，黑胡的最大仇家當然是大雍，不過這是此前的事情了，現在雙方想要結盟，大雍自然沒有對黑胡使團下手的理由，即便是雙方交戰也不會為難對方的使節。

完顏赤雄道：「董將軍這句話說得有理！」

一個冷冰冰的聲音道：「我看這件事未必那麼簡單，大雍和黑胡結盟乃是震動天下的大事，肯定有人不想見到這一和平局面出現，所以才會從中作梗，破壞兩國聯盟。」

眾人向說話人望去，卻是劍宮少門主邱慕白，看過他之後，所有人的目光又不約而同投向胡小天。除了完顏赤雄之外，現場只有胡小天這個外人，也就是說最可能幹這種事的就是胡小天。

胡小天心中暗罵，這邱慕白真不是東西，老子不惹你，你就應該燒高香了，現在居然還將火頭引向自己，劍宮弟子又怎麼樣？你劍宮祖師爺現在也不過就是白骨一堆。

完顏赤雄點了點頭道：「邱公子這話聽起來很有道理呢，到底是誰想要破壞大雍和黑胡聯盟呢？」目光灼灼盯住胡小天。

坐在胡小天身邊的昝不留都有些不自在了，他原本以為只是一場普通的晚宴，可是隨著事情的發展卻發現一切都沒有那麼簡單，今晚居然是一場鴻門宴，從眼前的局面來看，針對的分明就是胡小天。

胡小天緩緩落下酒杯，臉上的笑容依舊：「這位邱公子所說的的確很有道理哦！我怎麼就沒有想到呢？當初我帶著七百餘人從康都護送安平公主前來雍都完婚，這一路之上屢次遭遇襲擊暗殺，等抵達雍都，我們使團還只剩下三十幾人，過去我還以為都是偶然，現在看來原來是有人在背後搗鬼，有人想要破壞大雍和大康之間的聯姻呢，四王子，你覺得到底是誰最想破壞大雍和大康之間的聯姻呢？」

完顏赤雄臉色鐵青，胡小天直接問到了他的頭上，擺明是在懷疑自己，他冷哼一聲道：「我怎麼知道？」

胡小天道：「看來咱們都遇到麻煩了，這大雍也不太平。」

薛道洪臉色一變，胡小天果然大膽，竟突然拐了個彎對自己也是冷嘲熱諷，薛道洪道：「兩位放心，在大雍地界上發生的事情，我們一定會負責到底。」

董天將道：「我聽說胡大人手下的熊天霸一拳將黑胡猛士拉罕震得吐血，不知可有此事？」他是哪壺不開提哪壺，這件事不但把胡小天重新推向風口浪尖，也弄得完顏赤雄頗為尷尬。

胡小天發現董天將也不是一個四肢發達頭腦簡單的人物，這小子也夠壞。

邱慕白道：「胡大人和四王子原來還有這樣的過節。」

胡小天此時對這個邱慕白已經忍無可忍了，尤其是想起己方曾經在無意中幫過劍宮，如果不是周默撿走了木牌，現在陷入困擾的應該是劍宮才對。胡小天道：「我和四王子的過節都已經說開了，也不是什麼大事，冤家宜解不宜結，這天下間沒有化解不了的冤仇，我聽說劍宮祖師爺藺百濤曾經前往黑胡行刺，後來又死在黑胡幾大高手圍攻之下，跟劍宮和黑胡之間的過節相比，我和四王子之間又算得了什麼？你們現在都能坐在一起把酒言歡，我和四王子當然可以做朋友。」

胡小天的這番話可謂是毒辣之極，劍宮和黑胡的仇恨深種，決不可輕易化解，今天薛道洪將邱慕白和完顏赤雄叫到一起，其實也有化解雙方仇恨的意願。胡小天針對兩者的舊怨一番冷嘲熱諷，搞得邱慕白一張俊面蒙上一層羞憤之色。其實他剛剛說那番話並不是要維護黑胡，真正的用意乃是將矛頭轉移，撇開自身關係，可是他摘清自己就等於將胡小天推入困境。胡小天又豈是那麼好惹的，你說我有嫌疑，你嫌疑比我還大，要說對黑胡的仇恨誰能超過你們劍宮？

邱慕白冷冷望著胡小天道：「胡小天，你這話是什麼意思？」對胡小天直呼其名，顯然邱慕白已經動了真怒。

胡小天嬉皮笑臉道：「沒什麼意思，就是佩服邱公子寬宏大量，這麼大的仇恨都能放下，實乃我輩之楷模，反正換成我是做不到，佩服佩服！」他一邊說一邊向邱慕白拱了拱手。

邱慕白肺都要氣炸了，怒道：「胡小天，你侮辱我就算了，竟敢侮辱我劍宮祖師爺！」

胡小天一臉無辜道：「我何嘗侮辱過劍宮祖師爺？事情過去了那麼久，邱公子難道還放不下這段舊恨嗎？難道說你還想著為祖師爺報仇？」

邱慕白何嘗料到胡小天是這般伶牙俐齒的角色，在口舌方面胡小天早已是宗師級的存在，邱慕白氣得張口結舌一直不知應該如何回應。

胡小天笑道：「看來邱公子是忘了！」

邱慕白怒吼道：「我何嘗忘記過！」這一聲吼叫是從心底發出，震得整個宴會廳內都嗡嗡作響。

周圍眾人臉上的表情都極其古怪，李沉舟心中暗歎，邱慕白畢竟年輕，竟然會鑽入胡小天的圈套，這胡小天實在是奸猾似鬼。

胡小天笑道：「原來邱公子沒有忘記啊！那就是說邱公子一直都想著為祖師爺報仇！」

此言一出舉座皆驚，薛道洪暗罵胡小天夠壞，簡單幾句話就將矛頭指向劍宮。

完顏赤雄呵呵冷笑道：「報仇嗎？光明正大地過來找我就是，何必偷偷摸摸做這些見不得光的卑鄙行徑！」這下連邱慕白也恨上了，其實黑胡對劍宮的仇恨更深，當年若非劍宮始祖藺百濤行刺，黑胡可汗也不會因傷重引發舊疾而亡。而後來黑胡派出國師提摩多親率八大高手潛入雍都意圖擊殺藺百濤，最後卻落得同歸於盡的下場，可謂是損失慘重，黑胡人將之視為奇恥大辱。

邱慕白看到完顏赤雄瞪著自己，他也不甘示弱，怒視完顏赤雄道：「我劍宮做事向來光明磊落，做過的事情不怕承認，沒做過的事情誰也別想賴在我們身上。」

薛道洪笑道：「兩位都消消氣，大家都給本王一個面子，那些不開心的事情還是不要提起了。」

董天將一旁道：「皇子殿下說得是，兩位可不要被別有用心的人挑唆，中了他的奸計。」

胡小天呵呵笑道：「董將軍這話說得真是婉轉，在場就這麼幾個人，究竟是誰別有用心？誰在挑唆？不如說出來讓大家參詳參詳。」

董天將瞥了他一眼道：「事情不是明擺著嗎？非得要我點名道姓嗎？」

胡小天道：「都說董將軍英雄虎膽，勇猛無雙，現在看來也不過爾爾，居然連句真話都不敢光明正大地說出來。」

董天將明知胡小天是用了激將法，可他在眾人面前偏偏又咽不下這口氣，大聲道：「說的就是你！」

## 第二章

# 決　鬥

胡小天皺了皺眉頭，邱慕白這句話是什麼意思？
難道自己不去，他就要暗殺自己嗎？
此前劍宮的形象在胡小天心中還是頗為神聖，
可是今天卻因為邱慕白的表現而大打折扣。

薛道洪對胡小天故意挑唆早就心懷不滿，現在董天將跳出來公然指責胡小天正合他的意思，所以一言不發靜觀其變。至於完顏赤雄和邱慕白全都明白他們之間的矛盾之所以激化都是拜胡小天所賜。至於其他人和這件事本來並無太大的關係，更何況連大皇子薛道洪都不出面圓場，他們更沒有說話的必要。距離胡小天最近的眘不留心中暗歎，這小子還真不怕得罪人，周圍這一圈人全都被他得罪光了，其實他也看出今天晚宴一開場氣氛就不對，這過來的多數人都在針對胡小天。

胡小天臉上的笑容倏然收斂，他向薛道洪抱了抱拳道：「大皇子殿下，既然大家把話說到這種地步，我胡小天就不得不辯白幾句了，邱公子剛剛有句話說得好，我胡小天做事向來光明磊落，做過的事情不怕承認，沒做過的事情，誰也別想把屎盆子扣在我頭上。」

邱慕白真是有些無語了，這貨還真是無恥，自己剛剛這麼說過嗎？他好像更改了不少。

胡小天環視眾人道：「大家說我和四王子有過節，剛好我們兩人都在，四王子不妨將咱們之間的過節當眾說出來給大家聽聽，你和我之間的過節因何而起？」

完顏赤雄居然被胡小天給問住，長公主晚宴之上雖然胡小天的手下將拉罕一拳打到吐血，可那件事算不上什麼過節，只是武功切磋，他們真正的過節還是因為唐鐵漢，還是因為那本根本不存在的《寶駿奇錄》。完顏赤雄當然不方便將這件事公開，畢竟道理不在他的一邊。

完顏赤雄冷冷道：「大雍和黑胡結盟，只怕在場最不開心的就是你吧。」

胡小天笑道：「干我屁事！」一言既出，舉座皆驚，這樣的場合胡小天居然說出這種粗鄙不堪的言辭，實在是有辱斯文。李沉舟唇角露出一絲笑意，他發現胡小天這個人還真是有趣。昝不留心中暗笑，這句話說得乾脆俐落，胡小天還真是敢言，渾然沒把在場的大皇子薛道洪放在眼裡。

薛道洪聽到胡小天當著自己的面爆粗，不由得面露慍色。

胡小天道：「按照你的邏輯，大康和大雍聯姻最不開心的就是你們黑胡，那麼我們這一路走來死傷的數百名兄弟全都要算在你們的賬上？」

完顏赤雄大吼道：「干我屁事！」

眾人不禁莞爾，這位黑胡四皇子顯然被胡小天弄得心浮氣躁。

胡小天道：「你死了九個人，當然不開心，我死了五百九十多個，你想想，我會是什麼心情？凡事都要講究證據的，無憑無據總不能就去懷疑別人。四王子，我想問問，你被殺的那些手下，他們是死在什麼地方？又是死在什麼兵器的手裡？對方用刀還是用劍？」

完顏赤雄皺了皺眉頭，低聲道：「讓他們致命的多數都是劍傷。」

胡小天道：「這不就結了，目前我使團中人，就無人擅長用劍。」說這話的時候他望著邱慕白。

邱慕白怒道：「胡小天，我忍夠你了！」他認為胡小天反覆提起用劍的事情就是想將矛頭引向劍宮。

胡小天笑道：「邱公子這話說得好沒道理，我和四王子好好地說話，你又跳出來作甚？難道你和這些事有關？」

邱慕白拍案怒起道：「胡小天，我要和你決鬥！」在現時的年代，決鬥無疑是解決矛盾最為簡單直接的方式，尤其是對武者而言，一言不合，拍案怒起，拔出刀劍論個高低，看看誰才是真正的強者，也只有強者能夠生存下去，用刀劍維護自己的尊嚴和榮耀。

現場重新寂靜了下去，邱慕白盯住胡小天一字一句道：「你敢不敢？」

胡小天微笑道：「我跟你有什麼深仇大恨？非得要通過你死我活的決鬥解決問題？」

邱慕白道：「士可殺不可辱，你今日三番兩次侮辱我劍宮清譽，就是我劍宮的敵人，無論你接不接受，我邱慕白都不會放過你。」

胡小天哈哈大笑起來：「好威風！好煞氣！劍宮弟子既然這麼有骨氣，祖師爺的仇為何拖了五十年還沒有解決？」

「你！」如果不是因為大皇子薛道洪在場，邱慕白早已衝過去和胡小天拚命。

胡小天道：「我算是見識到了劍宮的威風。」

「你敢不敢？」邱慕白咄咄逼人道。

胡小天笑道：「只要是光明正大的公平比拚，沒什麼是我不敢的，只是今晚這場宴會實在是讓胡某有些失望。」他轉向薛道洪道：「大皇子殿下應該多些主見，不要輕易被別人的意見左右，你既然本來不想請我，為何又要勉為其難呢？好好的一場宴會被我攪和了，是不是有些得不償失？在下還是先行告退，以免影響了諸位飲酒的心情。」他向薛道洪拱了拱手，準備告辭離去。

邱慕白道：「你還沒有給我答覆呢！」

胡小天道：「想當年劍宮始祖藺百濤前輩何等英雄，一人一劍獨闖黑胡，為大雍立下不世之功，獨自一人力拚黑胡國師和八大高手，他讓人敬佩的不僅僅是超人一等的武功，而是不顧個人安危，捨生忘死挽救國家民族的大義。」他不屑看了邱慕白一眼道：「你雖然號稱劍宮五十年難遇的奇才，可是以我今日之所見，你今生今世無法望及藺前輩的項背，想要決鬥，我隨時奉陪，不過今晚例外，你敗了固然丟人，贏了我也沒什麼值得驕傲的地方，在外人看來只不過是被別人利用罷了。」

胡小天說完大步向外面走去。

大皇子薛道洪臉色陰沉，胡小天比他預想中要難對付得多。

邱慕白用力咬了咬嘴唇，他忽然舉步跟了出去。

究竟。

其餘眾人全都望著薛道洪，因為薛道洪沒有發話，其他人並不方便跟出去看個究竟。

完顏赤雄道：「雖然猖狂，倒也坦蕩！」經過剛才的事情，完顏赤雄反倒打消了對胡小天的懷疑，擊殺他的手下，胡小天好像已經沒有理由再這樣做。畢竟他已經釋放了唐鐵漢，胡小天現在的處境和自己差不多，都是出使雍都，沒理由冒著風險折騰出那麼多的事情。

薛道洪歎了一口氣道：「本王實在管不了那麼多的私人恩怨，別讓這件事壞了心情，大家喝酒。」

胡小天走出凝香樓，雖然沒有轉身，卻已經知道邱慕白跟蹤他追了出來，身後邱慕白大聲喝道：「你給我站住！」

胡小天在門前停下腳步，轉身道：「邱公子還不滿足嗎？」

邱慕白怒視他道：「後天未時，我在快活林等你！」

胡小天微笑道：「我可以不去嗎？」

邱慕白道：「你躲得過初一躲不過十五，如果你明天不來，我下次就不會給你公平的機會。」

胡小天皺了皺眉頭，邱慕白這句話是什麼意思？難道自己不去，他就要暗殺自己嗎？此前劍宮的形象在胡小天心中還是頗為神聖，可是今天卻因為邱慕白的表現而大打折扣。可自己和他之間過去並沒有什麼深仇大恨，僅僅因為剛才在樓上的幾句話？究其原因也是他挑釁在先，此人的心胸居然如此狹隘。

此時周默和熊天霸已經出現在道路的對面，雖然還有街道相隔，邱慕白已經感覺到一股強大的威壓感從對面向自己撲面而來，他點了點頭：「不要忘了！」

胡小天來到周默和熊天霸身邊，周默的目光追逐著邱慕白的背影，低聲道：「什麼人？」

「回去再說！」

回到起宸宮屬於他們的院落，周默聽胡小天說完，不由得心中震怒，憤然道：「這邱慕白真是欺人太甚，簡直是給劍宮抹黑。」

胡小天笑道：「他親爹就是劍宮現任門主，現在的劍宮和藺百濤前輩開創劍宮之時只怕有了天壤之別。」

周默道：「三弟，你當真準備去應戰？」

胡小天道：「我雖然和邱慕白只是第一次見面，可是也能夠感覺到這個人心胸狹窄，我若是不去還以為我當真怕了他，以後咱們在這雍都只怕更要抬不起頭來。」心中卻隱約覺得，邱慕白提出決鬥應該不是一時性起那麼簡單，不知背後藏有怎樣的陰謀？

周默道：「邱慕白身為劍宮門主之子，他的武功絕非泛泛。」

胡小天笑道：「他所依仗的無非是劍法罷了，我聽說劍宮自從藺百濤以後就再也沒出過高手，連誅天七劍都已經失傳。」自從吃下風雲果之後，他的武功可謂是一日千里，即便在幽河二老的面前，也有了自保的能力，所欠缺的無非是武功的技巧罷了。今晚凝香樓的這起風波讓胡小天明白了一個道理，很多時候你低調別人只會認為你好欺負，這樣的亂世你選擇與世無爭，在別人眼中或許就是膽小怕事，在當今的時代，多數人尊重的只是強權和財富，一切都只能憑藉實力說話。

周默道：「決定了？」從胡小天的話中，他已經明白胡小天決定答應了邱慕白的這場決鬥。

胡小天道：「雖然雍都並非是咱們的地盤，可也不是什麼人都能騎在咱們的頭上作威作福，邱慕白以為我是一顆軟柿子，想要拿我立威只怕打錯了算盤。憑藉我的步法應該可以立於不敗之地，我不和他正面交鋒，採取迂迴戰術，消耗他的體力，等到他耗盡力氣，我未必沒有取勝的機會。」

周默道：「三弟，你最近的能力提升很快，所欠缺的只是一些實戰經驗，如果能夠沉下心來好好練習，日後取得的成就很可能會超過我。」

胡小天笑道：「大哥抬舉我了，對了，有沒有什麼壓箱底的絕招指點我一下？

我現學現賣，等後天給邱慕白一點顏色看看。」

周默道：「劍法非我所長，我平時也很少使用兵器，不過我可以指點你一些空手奪白刃的手法，在實戰上肯定有些作用。」

胡小天點了點頭道：「好！今天實在是太晚了，不如咱們明日一早開始。」

周默道：「也好，我還要去二弟那裡一趟，他明日一早就返回大康了。」

蕭天穆提前返回大康安排穩妥解救胡小天父母的事情，以防意外發生，直到今日胡小天仍然無法確定夕顏是否打消了刺殺七皇子薛道銘的打算，如果這妮子固執己見，只怕會引發一場空前的危機。

胡小天回到自己的房間內點燃燭火，打了個哈欠，正準備上床休息的時候，卻見枕上多了一封信，展開那封信，卻見信箋之上寫著一行娟秀的小字：東湖廊橋，靜候君至！信箋的落款畫著一隻張牙舞爪的蟲豸，胡小天一眼就認出這隻蟲乃是血影金蝥。

心中頓時又驚又喜，五味俱全，雖然這封信沒有署名，胡小天卻已經斷定，寫這封信的必然是須彌天無疑，不知她用了什麼辦法，居然可以將這封信神不知鬼不覺地送進來。

胡小天不由得想起在倉木縣城外須彌天不辭而別之時留下了四個字——後會無

期！這只不過過去了一個多月，她又巴巴找了過來，看來這位天下第一毒師食髓知味，對自己的這身功夫已然上癮了，胡小天唇角露出一絲壞笑，他對須彌天再沒有當初的懼怕，在他眼中，這位天下第一毒師無論如何厲害，在自己的面前也只能做一個輾轉承歡的小女人，想起她的誘人模樣，心頭不由得一熱。

去還是不去？當然要去！

胡小天離開起宸宮，雖然沒有受到任何阻攔和盤問，可是當他走出一段距離就發現後方有人跟蹤，胡小天對這一帶的街巷已經極其熟悉，當下在街巷內兜了幾個圈子，成功將娘子軍的幾名女兵甩掉。

小半個時辰之後已經來到東湖，東湖位於雍都城內，也是城內最大的湖泊，完全是人工開挖而成，平時用來排洪蓄水之用。月上柳梢頭，光影隨著湖邊垂柳的舞動變幻莫測，月光灑落湖面，夜風輕動，宛如萬點水銀閃爍其間。

胡小天來到風雨廊橋，轉身回望，確信身後無人跟蹤，這才舉步走上廊橋，隨手在岸邊折下一支野花，這麼久不見，就算是一點小小的禮物，在倉木城外，如果不是須彌天出手相救，自己恐怕就被文博遠的那幫手下活活燒死在蘆葦蕩中，想想須彌天對待自己也算不錯。

站在廊橋之上卻並沒有看到須彌天的身影，確切地說，除了胡小天以外周圍竟然連鬼影子都沒有一個。胡小天不免有些奇怪了，難不成是須彌天故意放自己的鴿子？可想想須彌天的為人，她好像並不是喜歡惡作劇的人。

胡小天望著手中的那朵野花，搖了搖頭，心中暗歎，哥們今晚被人愚弄了，正在猶豫是不是應該回去的時候，卻見遠處一條小舟從湖心深處向自己飛馳而來。

那小舟在月光下凌波破浪，一名白衣人傲立船頭之上，衣袂飄飄，宛如凌波仙子一般向胡小天所在的廊橋飛速靠近。

雖然相隔遙遠，胡小天卻已經看清須彌天俏臉的每一個細節，美得如詩如幻，動人心魄。胡小天忽然意識到自己已經分不清她究竟是樂瑤還是文雅還是須彌天？

小舟在距離廊橋岸邊還有十丈左右的地方忽然慢了下來，須彌天仰起俏臉望著岸上的胡小天，一張俏臉似笑非笑，月光在她的身上籠罩了一層淡淡光暈，美不勝收，她的美本不應該屬於這個塵世，超凡脫俗卻又帶著一股妖邪的味道。

胡小天慢慢走了下去，等待小舟距離岸邊還有一丈左右，方才騰空跳了過去，須彌天已經將船頭的位置留給了他。

胡小天將手中的那支野花送到須彌花的面前，柔聲道：「送給你的！」

須彌天接過那支花，美眸中居然流露出淡淡的喜悅，輕聲道：「好美！」

「那也比不上你美！」胡小天哄女孩子的功夫絕對要比他的武功強悍無數倍。

須彌天臉上的表情卻突然轉冷道：「這朵鮮花原本活得好好的，你為何要將它折斷，奪去它的性命？」隨手將花朵丟入湖水之中。

胡小天對她喜怒無常的性子早就領教了無數次，微笑道：「花開堪折直須折，莫待無花空折枝！這麼簡單的道理你都不懂嗎？」

須彌天芳心為之一顫，這句詩實在是美得讓人心醉，今次再見到胡小天總覺得他似乎有所改變，須彌天說不清他究竟改變在哪裡，只是從直覺上認為胡小天明顯和過去有了很大不同，這改變絕非外表，而是他的內在。也許他真正從這次出使的經歷中得到了鍛煉，整個人迅速成長了起來？又或是他們之間發生的事情也同樣讓胡小天受益匪淺？

小舟無風自動，在湖面上畫了一道弧線，緩緩向湖心駛去。

胡小天發現這小舟之上除了他和須彌天之外再也沒有其他人在，他又低頭向湖水中看了看。

須彌天道：「你看什麼？」

胡小天道：「水下是不是有人？」

須彌天淡然道：「區區一條小舟還需要費那麼多的周折嗎？」

「厲害！」胡小天向她豎起了拇指，心中卻暗道，再厲害還不是得被老子騎，他就喜歡看須彌天假惺惺的樣子，明明是憋不住了要找自己打上一炮，居然還要擺架子裝清高，你不急，老子更不急。於是胡小天裝出一幅欣賞東湖風景的樣子，坐在船頭怡然自得，嘴中哼著小曲：「哥哥我坐船頭啊，妹妹在岸上走，恩恩愛愛纖繩蕩悠悠……」

中氣十足，嗓音響亮，音準精確，可是卻聽得須彌天直皺眉頭：「你閉嘴，老鴰一樣，聽得我頭都要炸了。」

胡小天歎了口氣道：「你真是沒有情調。」

須彌天道：「你有情調？好好的良辰美景，清風明月全都被你給破壞了。」

胡小天笑道：「愛一個人就要包容他的一切，即便是缺點也會變成優點，更何況我的歌喉本來就不差。」

須彌天反唇相譏道：「馬不知臉長！」

胡小天咧嘴一笑：「是長是短你最清楚。」

須彌天俏臉一熱，咬了咬櫻唇罵道：「你比過去更加無恥。」

胡小天雙手撐在後方，遙望空中明月，輕聲道：「清風明月，良辰美景，美人相伴，蕩舟東湖，人活到我這種境界就算皇帝老子也趕不上了。」

須彌天在他身邊坐下，幽香襲人，胡小天心頭一動，卻不料須彌天突然抓住了他的手腕，扣住他的脈門。

胡小天毫不驚慌，閉著雙眼道：「你總是那麼主動！」

須彌天冷冷道：「看來你最近內力長進了不少。」

胡小天道：「我也搞不清楚為了什麼，最近這內力突飛猛進，我就快成為一個高手了。」

須彌天道：「可能是你修煉無相神功的緣故。」心中暗忖，這無相神功果然厲害。

胡小天趁她不備，手腕一翻將她的纖手抓在掌心，輕輕摩挲，充滿挑逗之意。

須彌天道：「信不信我將你的狗爪子給剁掉？」

胡小天點了點頭，嘴上不做任何回應，手卻放在了須彌天的大腿上，輕聲道：「小別勝新婚，這麼好的風景，咱們是不是該做點什麼事情了？」

須彌天盯著他的眼睛道：「胡小天，將來有一天我會親手殺了你。」

胡小天道：「將來的事情將來再說，死在你手上倒也甘心情願……」他用力一帶將須彌天的嬌軀拉入自己的懷中，低下頭去，極其霸道地吻住她的櫻唇，這名滿天下的女魔頭在胡小天的懷中卻不由自主戰慄開來……

小舟在湖心不停蕩動起來，攪動一湖春水，泛起層層漣漪，夜空中的明月似乎也因為眼前的景象而害羞，悄然躲到了雲層之中，湖面上終於響起須彌天宛如春日細雨般的嚶嚀……

黎明時分，胡小天在睡夢中醒來，舒展了一下雙臂，卻見須彌天早就先於他醒來，正站在船頭處遙望著天水間泛起的青灰色，用不了太久朝陽就會東升。

須彌天此時的心情是糾結和矛盾的，內心中反覆有個聲音要親手殺掉胡小天，可是她發現自己和胡小天相處的時間越久，對他的感覺就變得越奇怪，胡小天這三個字已經在她的身體深處刻下了無法磨滅的烙印。

她輕聲歎了口氣，黑長的秀髮被晨風吹拂而起，宛如波浪般起伏在腦後。

胡小天悄然靠近了她，從身後將她環抱在懷中，然後低下頭去，親吻著她光潔如玉的頸部。

須彌天道：「你每次和我在一起的時候，心中是不是想著樂瑤？」

胡小天道：「有些時候想著她，有些時候想著你，還有些時候想著文雅。」

須彌天詫異地眨了眨雙眸，不知胡小天是什麼意思。

胡小天自己笑了起來，附在須彌天耳邊低聲道：「說起來我似乎占了大便宜呢，一晚上等於與三個不同的美女同床呢。」

須彌天皺了皺眉頭，顯然抗拒他這種粗俗的說話方式，她清楚胡小天根本是故意而為，故意用這樣的話來刺激自己，摧殘她內心中的那份驕傲，須彌天道：「我的萬毒靈體就快修成了！」

胡小天內心一怔，手臂微微一震，須彌天用內力震開了他的雙臂，離開了他的懷抱，轉過身來：「我會離開中原一段時間。」

「多久？」

「可能一兩年，可能三五年，不過我總會回來。」

胡小天道：「我會想你！」盯著須彌天的雙眼中毫不掩飾地流露出眷戀。

須彌天的內心沒來由悸動了一下，她的目光掠過湖面，馬上又像這清晨的東湖一般平靜無波了：「不必想我，我回來的時候就是你的死期。」

胡小天笑了起來，須彌天說這番話的時候他並沒有感受到任何的殺氣。

須彌天道：「聽說你要和劍宮的邱慕白決鬥？」

胡小天道：「你的消息倒是靈通！」心中暗忖，看來邱慕白追出凝香樓挑釁自己的時候，須彌天就已經在跟蹤自己，看清了發生的一切。

須彌天道：「我教你一套劍法。」

「現在？」

說話間小舟已經靠岸，須彌天走下岸去，折下一根垂柳內力貫注，柔軟的柳枝頓時挺得筆直，她輕聲道：「你看好了，這套劍法名為靈蛇九劍，招式雖不多，組合變化卻有萬千，乃是當年我的師祖觀察青蛇從中悟出的劍道，你看仔細了。」

須彌天凌空一記虛刺，柳枝在空氣中高速行進發出陣陣尖銳的嘶嘯，她演練的這套劍法共有九式，正如她剛才對胡小天所說，這套劍法乃是觀蛇入道，詭異靈動，陰狠毒辣。

須彌天將九招劍法演練完成之後，然後又將招式逐一分解，細細說給胡小天聽。胡小天雖然修煉的只是無相神功最基礎的心法，可是一法通萬法通，無相神功在不知不覺中開啟了胡小天在武功上的悟性。僅僅用了半個時辰，胡小天就已經將九招劍法學得似模似樣，他的進步讓須彌天也感到詫異。

須彌天又花了整整一個時辰為他講解這九招劍法在臨敵時候需要注意的地方，完成這一切之後，重新登上小舟。

胡小天道：「你就這麼走了嗎？」想起須彌天這次可能會離開很久，心中竟然有些悵然若失。

須彌天道：「好好活著，活到我回來殺你的那一天！記住，你只可以死在我的手上。」說出這句話的時候，心中卻沒來由一陣酸澀，她將一物隔空扔給胡小天。

胡小天抓住一看，卻是當初他送給樂瑤的蟠龍玉佩，追根溯源，這玉佩還是當初權德安送給自己的東西。抬頭再看之時，小舟已經如同離弦之箭遠離了湖岸。胡小天大聲道：「保重！我會想你的！」

須彌天的背影傲立於小舟之上，美眸凝望碧色如洗的天空，美眸之中竟然有兩點晶瑩閃動。

胡小天徹夜未歸自然引得許多人擔心，聽說他回來，周默和熊天霸全都迎了出去。周默不無埋怨道：「三弟，你這一夜都去了哪裡？」

胡小天當然不能對他說實話，笑瞇瞇道：「遇到了一位高人傳給了我幾招劍法。」

周默道：「看你這麼高興，想來學會的劍法一定相當玄妙了。」

胡小天道：「馬馬虎虎，不如大哥指點指點。」

周默當然一口應承，胡小天找楊璇找來了一柄長劍和周默來到院子的空地上，他握劍在手挽了個劍花道：「大哥要小心了！」

周默微笑道：「你不用留手，只管將最厲害的招式使出來就是。」

胡小天點了點頭，手中長劍一抖，宛如毒蛇出洞，倏然向周默咽喉刺去，這一劍既快又狠，此前他隨同須彌天學劍的時候是用柳枝，而現在才是真正意義上使用了武器，威力自然增加數倍，劍身撕裂空氣，一道寒光已經來到周默身前。

周默叫了一個好字，身軀後移，右掌向劍身拍去，手掌啟動，氣浪翻騰，前方的空氣已經被他的強勁掌風推開，手掌雖然還沒有接觸到劍身，胡小天卻已經感覺到一股強大的壓力從側方壓榨而來，迫使他的劍身向右側改變方向。

胡小天手腕一抖，劍鋒劃出一道弧線，繞過周默強大的掌風，從側方取向他的頸部。

周默的眼中劍光形成了一條蜿蜒行進的毒蛇，和尋常劍法最大不同的地方，就是出劍的軌跡曲折多變，往往會從最意想不到的角度發動攻擊。

周默伸出右手的食指和中指，意圖夾住劍鋒。胡小天卻將劍鋒一沉，加速向他雙指之間切來。

周默中指屈起，鏘的一聲彈在劍身之上，一股強大的力道沿著劍身傳來，震得胡小天虎口發麻，險些拿捏不住劍柄，手腕向下垂落藉以緩衝周默傳來的力量，然後又以驚人的速度挑起，這一劍刺向周默的下陰。

周默向後退了一步，覷定來劍的方向，用右手的三指穩穩捏住劍鋒，如同抓住毒蛇的七寸一般，胡小天再想抽劍已經來不及了，他慚愧道：「看來我的武功距離大哥還差了十萬八千里呢。」

周默卻搖了搖頭道：「只是臨敵經驗不足，招數用得太老，武功乃是攻防之道，不可全面投入進攻，也不可完全選擇放手，攻中有守，守中有攻，選擇進攻為主也要保留三分守勢，你這套劍法應該是從蛇的行動攻擊中悟出，靈動狠辣，詭異多變，絕對是我所見過最為高妙的劍法之一。」

胡小天道：「劍法雖然厲害，可惜我這個使劍的人卻不行。」

周默微笑道：「即便是天下間悟性最高的人，也不可能在朝夕之間將一套劍法完全掌握，你剛剛學會就已經有了這樣的水準已經非常難得了，讓天霸陪你練劍，大錘沉重，長劍輕靈，以柔克剛，進步應該更快。」

整整一個上午胡小天都在苦練中度過，臨陣磨槍不快也光，明天就要和邱慕白決鬥，怎麼都得把這套靈蛇九劍全都掌握了。不過楊璇給他的長劍都是普通兵器，在和熊天霸真刀真槍的演練之時難免磕碰，短短一個上午就已經折斷了三把。

中午的時候，連霍勝男也被他們吸引過來，在一旁觀看了一會兒，跟著指出胡小天劍法上的幾點不足。

胡小天將手中的斷劍扔在了地上，笑道：「不練了，不練了！這肚子都餓得咕咕叫了。」

霍勝男道：「聽說明天你要和邱慕白比劍？」

胡小天點了點頭道：「你也聽說了？」

霍勝男道：「現在已經是滿城風雨，整個雍都城沒有幾個人不知道了。」

胡小天皺了皺眉頭，他可沒有對外說，周默他們幾個也沒有對外宣揚，看來一定是邱慕白的原因，這廝心術著實不正，決鬥還未開始就宣揚得人盡皆知，自己要是臨陣退縮，肯定就成了天下人的笑柄，難道他邱慕白以為自己必勝無疑嗎？

霍勝男道：「看你練劍那麼努力，看來已經決定前往快活林赴約了？」

胡小天道：「以霍將軍之見，我的劍法比之於邱慕白如何？」

霍勝男道：「劍法雖然精妙，可惜你習劍的時間太短，如果我沒看錯，這套劍法重在組合變幻，絕非短時間內能夠運用嫺熟的，單就劍法而言你和邱慕白相差甚多。」霍勝男此前見過邱慕白的劍法，所以才會說得如此肯定。

周默對霍勝男的這番話非常認同，如果給胡小天一個月的時間錘煉，或許他能夠將這套劍法運用純熟，可是距離決鬥只有一天，就算怎樣的天才也不可能將這套劍法完全掌握，霍勝男說得沒錯，這套劍法重點不是招式，而是劍招的組合變換，以胡小天的超人悟性在一天內也僅僅能夠做到將這九招劍法練熟，至於組合變幻根本不是他能夠做到的。

胡小天道：「那豈不是說我必敗無疑了。」

霍勝男點了點頭，現實畢竟是現實，邱慕白自小練劍，在劍法上下過二十多年的苦功，豈是胡小天這個臨時抱佛腳的二把刀能夠相提並論的？她輕聲道：「我和劍宮門主邱閑光還算是有些交情，不如我去跟他說一聲，看看能否取消這次決鬥。」在她看來胡小天沒有任何的勝算，所以才會提出這樣的解決辦法。

胡小天笑道：「謝謝霍將軍的好意，可我既然已經答應了他，就得去赴約，臨陣脫逃豈不是成為天下人的笑柄。」

霍勝男道：「明知不可為而為之，絕不是明智的做法。」

胡小天道：「大丈夫有所為有所不為，我心意已決。」

霍勝男心中暗自嗟歎，這胡小天骨子裡居然如此固執，她並不知道胡小天仗著有躲狗十八步防身，所以才決定和邱慕白一戰，雖然沒有取勝的絕對把握，可是胡小天也堅信自己有保命的本事，在這個崇尚英雄的時代，敗了並不可恥，臨陣脫逃才會被人看不起。

下午的時候胡小天獨自一人去了鐵器廠，此行的目的是找宗唐，向宗唐求一把稱手的好劍。靈蛇劍法雖然玄妙，卻非短時間內能夠練成，胡小天基本上已經放棄了憑藉靈蛇劍法勝過邱慕白的想法。

魔匠宗元自從上次鐵匠鋪被襲，龍虎兩窯被炸之後，內心深受打擊，整個人也失去了工作的興趣，搬到鐵器廠之後甚至都懶得過問工坊的事情。

胡小天抵達鐵器廠的時候，魔匠宗元正在水池邊餵魚，昔日花白的頭髮如今已經全白，足見上次襲擊對他的打擊之大。看到胡小天過來，宗元笑著招呼道：「胡大人來了！」

胡小天笑道：「宗老先生好，宗大哥在不在？」

魔匠宗元向工坊的方向看了一眼道：「在裡面忙著呢，你去找他就是。」

胡小天覺得此事並不方便過去打擾，決定在外面等一會兒，來到宗元身邊陪著他看魚。

宗元道：「胡大人這次過來是否有事？」

胡小天笑道：「倒也沒什麼大事，就是想找宗唐大哥求一把劍。」

宗元笑道：「小事一件，回頭讓他帶你去庫裡挑。」和胡小天為他們做過的事情相比，一把劍的確算不上什麼。

胡小天又想起了一件事，將隨身攜帶的玄鐵牌拿了出來，遞給魔匠宗元道：「宗老先生幫我看看，這塊鐵牌是什麼材質？」

魔匠宗元伸手接過，鐵牌一入手中他的兩道白眉就皺了起來，驚奇道：「咦！竟然是黑母玄鐵，這材質可不多見。」

胡小天才知道這玄鐵的具體名稱是什麼，他笑道：「我祖上傳下來的，一直帶在身邊當護身符，過去我就覺得和尋常的鐵器不同，可自己見識有限，曾經也問過幾個行家，他們都說是玄鐵，具體是哪一種，誰也不清楚。」

魔匠宗元對胡小天的話並沒有任何懷疑，將那塊玄鐵牌在手中翻來覆去地看了看，然後又用手指在玄鐵上彈了彈，湊在耳邊仔細聽了聽，低聲道：「這牌子有機關，裡面還有東西呢。」

胡小天聞言大奇，當初只是以為這塊鐵牌剛好是嵌入玄鐵劍的劍柄中，只是當時研究了半天也沒搞清楚到底機關何在，想起魔匠宗元是這方面的行家，於是求教道：「老先生看看能否打開？」

宗元道：「這玄鐵牌其實是個套鎖，想要將之解開，就要找到關鍵，看來你祖上也是一個行家呢。」他仔仔細細看了數遍，方才用手指用力去推玄鐵牌上的一道花紋。

胡小天心想自己此前都嘗試過了，這玄鐵牌根本就是一體的。突然聽到喀嚓一聲，胡小天慌忙湊過身去，卻見宗元將鐵牌上的一道花紋推開移位。

胡小天從未想過這鐵牌上的花紋居然可以推動，宗元花費了好半天的功夫方才將鐵牌上方鐫刻的圖案重新排列了一遍，聽到喀嚓一聲，鐵牌竟然從中分成了兩半。

宗元的臉上浮現出一絲笑意：「我就說這裡面是空的。」將鐵牌上下分開，卻見其中有一塊紅色絲帛。宗元將這些東西一併塞給了胡小天：「你家傳的東西，說不定有什麼秘密。」老頭兒很有節操，沒有窺探別人隱私的習慣，對他來說真正感興趣的是拆解機關，至於這其中有什麼他並不感興趣。

胡小天連連稱謝，將那塊絲帛取出收好之後，看到鐵牌裡面的確沒有其他的東西，又交給宗元，讓他幫忙將鐵牌復位。

宗元來了興致，拿著兩塊玄鐵牌重新鑽研了起來。胡小天趁著這會兒功夫悄悄掏出那塊絲帛，展開一看，卻見上方竟然用金線繡著一幅幅的練劍圖譜，胡小天心中一陣狂喜，這玄鐵牌和那柄玄鐵劍都是東方無我的東西，難道這玄鐵牌裡面藏著的就是誅天七劍的劍譜，如果是那樣自己可就發達了。他按捺心中的激動，將絲帛收好。

此時宗唐也從工坊內出來休息，看到胡小天前來，大笑著迎了上去：「胡兄弟來了！」

胡小天笑道：「宗大哥好，我今天來是有事相求呢。」

魔匠宗元正專注把玩那玄鐵牌，頭都不抬道：「宗唐，你去帶胡大人挑一把襯手的長劍。」

宗唐點了點頭，帶著胡小天向庫房的方向走去，他也聽說了胡小天明天要和劍宮少門主邱慕白比劍的事情，胡小天今次來求劍肯定和明天的決鬥有關。前往庫房的路上，宗唐道：「我聽聞胡兄弟明天未時要和邱慕白在快活林決鬥，不知可否屬實？」

胡小天笑道：「好事不出門惡事行千里，看來這件事已經是人盡皆知了。」

宗唐道：「邱慕白乃是劍宮年輕一代中的翹楚人物，胡兄弟何苦跟他爭一時之氣？」

胡小天道：「我本不想爭，奈何這邱慕白咄咄逼人。」

宗唐道：「邱慕白少年成名，年輕氣盛，為人狂傲，眼界甚高，不過他也的確有狂傲的資本。」

胡小天道：「昨晚他向我提出決鬥，今天已經搞得街知巷聞，想必是他故意將消息散佈出去，這是不想給我退路呢。我要是不應戰，以後就再也抬不起頭來做人。」

宗唐明白胡小天的主意已定，於是不再試圖勸說，帶著他來到庫房內，指著裡面林林總總的各式寶劍道：「這裡的劍隨便你選。」

胡小天緩步走入其中逐一望去，這裡面大都是宗唐親手鑄造，雖然其中沒有什麼絕世神兵，可是比起此前他所用的劍也不可同日而語，他手中其實有兩件不錯的武器，只可惜那把玄鐵劍乃是藺百濤的遺物，不能輕易暴露，若是讓劍宮傳人看到，還不知道要掀起怎樣的軒然大波。至於那把烏金刀，胡小天捨棄不用的想法就是想用劍來擊敗邱慕白，你號稱劍宮年輕一代最優秀的人物，老子不出手則已，一出手就要讓你好看，要用劍擊敗你，那樣的勝利才來得酣暢淋漓。

胡小天看來看去，最後看中的乃是一柄大劍，胡小天選中這柄大劍的原因只有一個，外形和那柄玄鐵劍類似，握在手中也沉甸甸頗有分量，雖然和玄鐵劍不能相比，可是比起一般的長劍要重出數倍。

宗唐啞然失笑：「這把劍乃是我爹親手所鑄，只是一直沒有來得及開刃呢。」

胡小天道：「就要這一把。」

宗唐道：「好！」

胡小天伸手將大劍拎了起來，重劍無鋒，最特別的是劍脊宛如魚骨一般起伏交錯。

宗唐道：「你若是選定了，我現在就幫你開刃。」

胡小天點了點頭，兩人來到外面，魔匠宗元也已經將胡小天的那個玄鐵牌恢復了原狀，遞給胡小天，看到他居然挑了這把劍，不由得笑道：「這柄劍可有些年頭了，二十年前有人委託我打造了這把劍，可惜不等交貨，那人就死了，我只收了他的定金，到現在都沒有結清餘款。」

胡小天啞然失笑，人都死了當然不會有人給他結清餘款。

魔匠宗元道：「這柄劍所用的材質不錯，精鋼糅合了三十七種材料，這其中還摻雜了極其稀有的鐵母，這些材料都是那個主顧提供的，因為無法交貨，我就將這把劍扔在了庫房裡面，因為這把劍太重，劍法卻講究輕靈敏捷，所以也沒人能夠看得上它，想不到今天被你給挑中了。」

胡小天笑道：「我一眼就看中了，算是有些眼緣。」

宗唐道：「我這就拿去開刃！」

魔匠宗元道：「還是我來吧！」

宗唐聞言又驚又喜，自從上次被襲擊的慘劇之後，父親已經多日未曾靠近爐窯，想不到今日居然破例，宗元道：「宗唐進來幫我！」

胡小天道：「有沒有什麼我可以做的？」

宗元笑道：「兵器都是有靈性的，你既然是它的主人，就付出幾滴鮮血，算是讓它認得你這位主人吧。」

爐火熊熊，宗唐赤裸上身，隨著他拉動風箱的動作，一身健碩的肌肉不時緗緊，在火光中顯露出清晰的輪廓。大劍已經燒紅，魔匠宗元一身短衣，一手持鐵鉗，一手拿著鐵錘，在刃緣錘煉，伴隨著他頻繁的敲擊，劍身不時崩出火星，劍刃在宗元的錘下開始變換形狀。邊緣的輪廓漸漸清晰而分明，變成了鋸齒般的樣子。

魔匠宗元大聲道：「是時候了！」

胡小天用匕首割破手指，滴了三滴鮮血在劍身之上，鮮血遇到灼熱的劍身立時凝固，青煙升騰而起，焦糊的味道彌散開來。魔匠宗元戴上隔熱手套，雙手舉起大劍將之沁入冷水之中，這冷水乃是青蒙山山頂積雪融化而成。

魔匠宗元口中念念有詞，表情虔誠之至。

宗唐向胡小天使了個眼色，兩人一起退了出去，接下來的工作老爺子要獨自完成。

宗唐來到井邊，捧起水桶中的水吸了吸流滿汗水的面孔，抬起頭來長舒了一口氣道：「看到我爹重新拿起了鐵錘，我就放心了。」

胡小天笑道：「宗老先生真給我面子。」

宗唐笑道：「所以我要感謝你才對，如果不是你來，我爹也不會親自為那柄大劍開刃。」

胡小天道：「衝著老先生的這份厚愛，明天我也一定要將邱慕白打敗。」

宗唐道：「這柄大劍非常沉重，使用這樣的兵器雖然威力很大，但是靈活性會受到一定的影響，邱慕白最擅長的就是快劍，他的追風三十六劍已經是劍宮公認的第一，就算是他的父親邱閑光也比不上他出劍的速度。」

胡小天道：「出劍再快也沒什麼用處，很多時候勝敗就在一劍之間決定。」

宗唐不知胡小天為何會有這樣的信心，他也見過胡小天的身手，認為胡小天和邱慕白相比根本沒有任何的勝算。宗唐道：「我爹和劍宮門主邱閑光還算有些交情，不如我請他老人家出面為你們調解這件事。」他已經是第二個要為胡小天出面說情的人。

胡小天笑道：「不用了，躲得過初一躲不過十五，我和邱慕白之間早晚都會有此一戰。」

魔匠宗元花費了整整一個下午方才將這柄大劍開刃完畢，依著胡小天的要求又在劍身上刻下了藏鋒兩個字，可是真正的鋒芒又怎能永遠隱藏得住？開刃後的藏鋒和玄鐵劍明顯不同，劍身長三尺九寸，劍身最寬處三寸，比玄鐵劍要小上一些，但是劍脊最厚的地方也有一寸五，重新鍛造後的劍身之上佈滿了如同魚刺一般的花紋，遠遠望去又像是印了一片羽毛，在劍身上有三點黑色的太陽紋路，乃是胡小天滴血融入劍身而成。劍刃並非一條直刃，而是鋸齒形狀，一個個小鋸齒密集排列，鋒利之極，殺傷力比起普通的劍刃又要強大許多。

胡小天雙手握劍當真是愛不釋手，這柄劍雖然比不上玄鐵劍的份量，但是相差也不算甚多，而且魔匠宗元親手鑄造的工藝絕對要超出那把玄鐵劍許多，看起來極其拉風醒目。

魔匠宗元道：「這柄劍雖然好看，可是用起來也不容易，我稱了一下重量，足足有三十八斤六兩三錢，這麼重的一柄劍想要揮舞自如很難。」

胡小天心想這算什麼，那把玄鐵劍有五十多斤呢。

劍柄也讓工匠用珍珠魚皮包好，劍鞘是用上等的鯊魚皮縫製，胡小天本想給錢，可話剛說出來，魔匠宗元就將面色一沉，佯怒道：「胡大人要是提錢，這柄劍還是還給我。」

胡小天笑道：「既然宗老先生這樣說，我就不提錢的事情了。」他向宗元深深一躬略表謝意，宗元父子全都笑了起來。

宗唐本想留胡小天吃過晚飯再走，胡小天以準備明天的決鬥為由謝絕了宗唐的好意，兩人約定，明天快活林決鬥之後，無論勝敗，都由胡小天做東喝酒。

宗唐將胡小天送出鐵器廠，臨別之前忍不住又提醒他道：「胡兄弟，邱慕白的劍法已經得到劍宮真傳，你千萬不可大意。」

胡小天笑道：「劍宮真傳不是誅天七劍嗎？」

宗唐道：「誅天七劍早已失傳，如果能有一招半式流傳至今，明天這場決鬥你不比也罷。」其實宗唐對胡小天明天的這場決鬥一點都不看好，甚至認為胡小天必敗無疑，別的不說，單從胡小天在兵器的選擇上就知道他是個外行，這把劍如此沉重，若是在馬上交戰不失為一個很好的選擇，更何況他的對手是以速度見長的邱慕白，這把大劍非但不能讓他如虎添翼，反而會成為他的負累。

換成幾天之前，胡小天絕不會選擇一把這樣的重劍，可是自從服用風雲果之後，他的力量在不斷提升，而且這種增長至今尚未停止，也許風雲果的藥效還沒有完全發揮出來。

回到起宸宮，胡小天獨自一人待在房間裡，將那幅從玄鐵牌中發現的絲帛取出展開，卻見那絲帛之上繡著一套劍法，胡小天雖然知道這劍法很可能就是傳說中的誅天七劍，可他也明白自己在短時間內難以全部掌握，別說誅天七劍，就連須彌天交給他的靈蛇九劍到現在還沒有完全融會貫通呢。

胡小天並沒有儘快學會誅天七劍的想法，望著那絲帛上的圖譜，上方繡著數十個赤身裸體的小人，人體的輪廓用金線繡成，繡像之上還有一個個紅黑色彩不同的小箭頭，胡小天皺了皺眉頭，這究竟是什麼意思？好像是內息運行的路線，胡小天的無相神功乃是天下間最玄妙的內功法門之一，他在劍法上修為雖然很淺，但是在內功方面卻在不知不覺中已經修煉得爐火純青。

胡小天嘗試著將自己的內息按照圖譜上面的小箭頭運行，自丹田處升起一股熱流行遍全身經脈。胡小天心中微微一怔，他忽然意識到一件極為重要的事，此前須彌天教給他靈蛇九劍，始終威力不能達到滿意，究其原因就是因為自己無法將內力和劍招融合在一起。

而眼前這張劍譜，不但畫出劍招而且繪製出了出招之時內力所運行的路線，胡小天心中暗喜，他取出藏鋒，按照圖譜上的第一招練習，先將招式練習熟悉之後，然後才按照圖譜上的內息行走途徑和劍招結合在一起。

劍譜的第一招非常簡單，就是普通的劈砍，但是內息的走行卻頗不尋常，按照圖譜中的內息和劍招結合在一起，一劍揮出又如長江大河，波浪相疊，一波未平一波又起，攻勢如潮，似乎永無止境。

胡小天越練越覺得這一招精深莫測，比起靈蛇九劍的輕靈狠辣，這一招雖然簡單，但是內息變化的奧妙卻要遠遠超出靈蛇九劍。

百樣通不如一樣精，胡小天決定先將這一招練好。

獨自一人來到庭院內將這一招反反覆覆的演練，每一次練習，對這一招的認識就加深了一分。接近三十九斤的大劍在胡小天手中使來，並不感到吃力，出劍的速度和動作也非常的靈巧，胡小天將這一劍反覆練習了多遍，因為太過專注，甚至沒有察覺霍勝男的到來。

第三章

# 妻子的地位

完顏赤雄拿出的這張美女畫像的確動人，
可是真正打動薛道銘的卻不是西瑪的外表，
而是她的身分和地位，一個強盛的黑胡，
一個衰落的大康，就算是傻子也清楚應該如何選擇。

一招練完，胡小天停下手拿起掛在樹枝上的毛巾擦臉，此時方才意識到霍勝男早已到了，在一旁觀察自己練劍已有好一會兒。胡小天笑道：「霍將軍什麼時候過來的？」

霍勝男道：「你這一招是什麼劍法？感覺和之前的劍法路數完全不同，好像很有威力呢。」

胡小天道：「還是同樣的劍法，霍將軍有沒有興趣陪我演練一下？」

霍勝男居然點了點頭，她從腰間抽出長劍，輕聲道：「讓我領教一下胡大人的劍法。」

胡小天向她抱了抱拳，兩人各自後退了三步，胡小天倏然啟動，邁步的同時內息自丹田升騰而起，雙手擎起藏鋒，內息和他的動作配合得恰到好處，在發動攻擊的刹那，內息剛好貫注雙臂，大劍在夜色中閃過一道寒光，舞動時隱含風雷之聲。

霍勝男秀眉微顰，她已經判斷出胡小天這一劍的強大威力。手臂一抖，嗤的一聲，長劍向胡小天的大劍抹去，霍勝男身經百戰，當然不會選擇和胡小天硬拼，胡小天手中大劍重量遠勝她的長劍，而且胡小天是雙手用劍，搶佔先機。單就膂力而言胡小天應該不次於她，所以霍勝男要以巧取勝，她應對的辦法就是四兩撥千斤，長劍揮出劃出一道曼妙的弧線，劍鋒微微傾斜，就是這樣微妙的改變，讓劍身和胡小天的重劍平平相遇，雙劍沾在一起的刹那，霍勝男手腕向下一沉，避其鋒芒，卸去對方的力量，然後以速度來克敵制勝。

霍勝男胸有成竹，已經有了對付胡小天的策略，可是她想要卸去胡小天劍身力量的時候，卻感覺到那大劍隨之下沉，一股雄渾的力量宛如大浪般洶湧撲來，她手中的長劍雖然沒有和胡小天硬碰硬相撞，但是黏在一起卻陷入了一個漩渦，漩渦乃是重劍劍身的力量形成，胡小天的內力通過重劍傳遞到她的劍身之上。霍勝男雖然卸去了最初的力量，可是緊接著又有一股更為強大霸道的力量傳遞到了她的劍身。

霍勝男想要抽出長劍發動反擊已經不能。

她有些奇怪地瞪圓了雙眸，不得不向後退出一步，以此拉開和胡小天的距離，以退為進，擺脫重劍的桎梏。

胡小天卻似乎已經猜透了她的意思，大劍前壓，劍身力道因為體內內息的改變而發生變更，霍勝男接連退了三步方才將手中長劍抽離出來。她實在是有些震撼了，此前她曾經見識過胡小天的武力，認為胡小天跟自己絕不是一個級數的對手，卻想不到胡小天這一劍竟然逼得自己接連後退三步，方才勉強擺脫他的攻擊範圍，這一劍在招數上似乎並沒有什麼特別的地方，可是內息的變化錯綜複雜，短時間內她在胡小天的這一招之中竟然感受到幾種全然不同的力量，而且如同洶湧海潮，層層推進，高潮迭起。

霍勝男敢斷定胡小天的這一招和他上午演練的劍法全然不同。

胡小天發現自己竟然可以逼退霍勝男，心中也不由得有些得意，笑道：「我這一招還過得去吧？」

霍勝男點了點頭道：「不壞，如果以這樣的水準去和邱慕白決鬥，就算不能取勝，也不會敗得太過難看。」

胡小天道：「可惜我只掌握了這一招而已。」

霍勝男眨了眨美眸，不明白胡小天到底是什麼意思。

胡小天道：「如果這一招不能擊敗他，那麼我就只能棄劍認輸了。」

霍勝男道：「胡大人……」她似乎有話說，可是話到唇邊卻又打消了主意，輕聲道：「你早些休息吧，現在練得再辛苦只怕也來不及了。」

霍勝男當晚並沒有留在起宸宮，她獨自一人離開後，來到了位於雍都西城的帥府。這裡是大雍兵馬大元帥尉遲冲的府邸，夜深人靜，演武堂內仍然燈火通明。

一位身材高大頭髮花白的老者正在燈下擦拭著一桿丈二長槍，他正是大雍兵馬大元帥尉遲冲，不知為何他突然停頓下來，雙目望著燭火，表情顯得有些迷惘。

過了好一會兒，尉遲冲方才搖了搖頭，歎了口氣，望著大門的方向道：「是勝男嗎？」

霍勝男微笑走入演武堂內，輕聲道：「義父大人耳力還是如此靈敏，我儘量放輕腳步，卻仍然瞞不過您的耳朵。」

尉遲冲笑道：「你這丫頭不在起宸宮警戒，跑到我這裡來做什麼？」

霍勝男來到尉遲冲身後，伸出雙手為他揉捏著雙肩道：「義父大人，剛才您因何歎氣呢？」

尉遲冲道：「剛剛得到消息，康都發生了重大變故，大康皇帝龍燁霖得了失心瘋，現在已無法處理朝政，目前由大皇子龍廷盛暫時主政，簡皇后垂簾聽政。」

霍勝男詫異道：「龍燁霖不是剛剛才當上皇帝，怎麼這麼快就出事了？」

尉遲冲歎了一口氣道：「國之將亡，必有妖孽。這一切全都是姬飛花那個宦官在作祟，照此下去，大康距離亡國之日已不久也。」言語之中頗為惆悵，他雖然已經是大雍的兵馬大元帥，可畢竟還是出生於大康，怎麼可能對故國沒有任何的感情？

霍勝男道：「皇上可能要準備南進了。」

尉遲冲的唇角露出一絲苦澀的笑容：「和黑胡結盟目的就是要穩固後防，沒了後顧之憂才能集中力量攻打大康。」

霍勝男道：「皇上會不會讓您掛帥南征？」

尉遲冲搖了搖頭道：「皇上乃是英明之君，他將每件事都看得很透，絕不會讓我去打大康，他也應該知道，就算讓我去，我也不會去。」

霍勝男輕聲道：「義父，黑胡人並不可靠，若是皇上大舉南侵，黑胡人會不會趁虛而入？」

尉遲冲道：「如果我沒猜錯，皇上會讓我親自領軍駐防北疆，此次皇上心意已決，大康危矣。」

霍勝男道：「再有幾天就是安平公主和七皇子的大婚之日。」

尉遲冲道：「一場婚姻改變不了大康的命運。」

霍勝男道：「義父，劍宮的邱慕白向胡小天提出挑戰，明天未時他們會在快活林決鬥。」

尉遲冲的表情稍顯錯愕，他皺了皺眉頭道：「他們之間有何過節？邱慕白那小子向來心高氣傲，可是他挑戰的對象畢竟是大康遣婚史，邱閑光為何會對這件事坐視不理？」

尉遲冲敏銳覺察到了這件事背後必然另有玄機，低聲道：「誰在背後指使？」

霍勝男道：「我聽說了一個消息，此事乃是他默許的。」

霍勝男道：「如果胡小天在決鬥中落敗被殺，誰會是最後的獲益者？」

尉遲冲歎了口氣道：「淑妃娘娘一直對聯姻之事極為不滿，此前就設計刁難大康使團，眼看婚期臨近，或許她仍不甘心。其實你不說我也知道，劍宮近些年的發展和董家的支持密不可分。」

霍勝男低聲道：「我得到消息，邱慕白對此次決鬥不但志在必得，而且抱定必殺之心。」

尉遲冲目光閃爍。

霍勝男道：「胡小天並不是一個普通的太監，他父親乃是大康前戶部尚書胡不為，他在大康皇宮之時深得姬飛花的寵幸，而姬飛花目前在大康宮中的地位用一手遮天來形容絕不為過。」

尉遲冲用目光鼓勵她繼續講下去。

霍勝男道：「雖然大康不可能因為一個太監的性命和大雍開戰，但是胡小天在大康皇宮還是紫蘭宮的總管，是安平公主最為信任的一個，他們之間的感情很深，如果他死了，安平公主絕不會坐視不理。」

尉遲冲道：「若是她因此而心生怨恨，那麼七皇子的處境豈不是危險？」

霍勝男道：「我們能夠想到，別人也一定能夠想得到，或許對付胡小天僅僅是一個開始。」

尉遲冲喟然長歎：「就算看破又能如何？勝男，聽爹的話，你做好自己的本分就是，等辦完手頭的事情，你隨我一起前往北疆駐防。無論皇宮內發生怎樣的變動，都和咱們沒有關係。」話語之中帶著深深的落寞。

霍勝男抿了抿嘴唇，心中藏著的那些話終於還是沒有明白地說出來，她深夜來

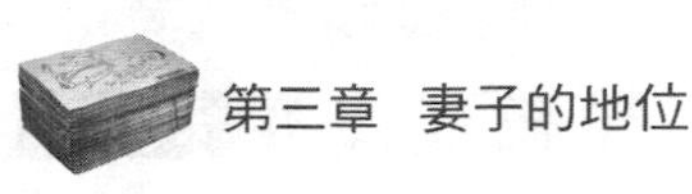

找義父的原因，是想他出面利用他的影響力化解這場決鬥，在她的心底深處，並不想胡小天就這麼死去，雖然胡小天在今晚的那一招中表現出了讓她震驚的實力，但是這並不足以保證他能夠戰勝邱慕白。

義父不會看不出自己的意思，他表現出的愛莫能助正是他此時低落心情的寫照，明天的這場決鬥早已超出了決鬥本身的範疇，決鬥的背後還有不少勢力在籌謀策劃，而且那些勢力甚至是連義父都得罪不起的。

七皇子薛道銘緩步走上摘星樓，這座雍都內城最高的建築共有七層，全都是木質結構，主體結構由上好的金絲楠木榫接而成，歷經百年仍然屹立如昔。

一名魁梧的男子早已在摘星樓等候，背身站在那裡，雙目靜靜望著夜空中的璀璨星辰，彷彿伸手就可以觸及，低頭望去，卻見夜晚的雍都城燈火萬千，美不勝收，宛如天上銀河，如此美麗富饒的地方卻不屬於自己，每念及此，完顏赤雄的內心就如同被萬蟲咬噬，雙手不由自主緊握起來，然後他就聽到了身後的腳步聲。

完顏赤雄回過頭去，望著眼前面如冠玉，劍眉朗目的美男子，七皇子薛道銘不僅外貌出眾，而且文武雙全，深受父親的寵愛，年紀輕輕已經成為大雍水軍提督，屢立戰功，在軍中的威信是諸多皇子中最高的一個。

薛道銘任何時候給人的感覺都是溫文爾雅，謙謙君子，溫潤如玉，抱拳行禮道：「完顏兄久等了。」

完顏赤雄哈哈笑道：「是我來早了才對！」

薛道銘來到他的身邊站立，目光投向遠方，低聲道：「完顏兄找我有什麼事情？」

完顏赤雄選擇在這裡見面，顯然是為了避人耳目，他們之間雖然見過幾次面，可是並沒有太深的交情。此次完顏赤雄出訪大雍，也是大皇兄全程陪同，薛道銘還未單獨和他見過面。

完顏赤雄遞給了薛道銘一幅畫，薛道銘徐徐展開，卻見畫卷之上繪著一位異族美女，眉目如畫，肌膚勝雪，衣袂飄飄，一雙玉足未著鞋襪，足趾精緻如花瓣，雖然只是一幅畫，卻已經讓人為之心曳神搖，薛道銘心中暗歎，想不到異族之中也有如此絕色。

完顏赤雄道：「這是我最小的妹子西瑪，是我們蔓博爾斤河兩岸三百七十二個部落中最美的姑娘。」

薛道銘笑了起來

完顏赤雄道：「本來我此次前來還有一個目的是為了給妹子說親，卻想不到七皇子殿下早已定下親事，真是遺憾呢。」

薛道銘微笑道：「多謝完顏兄美意，只是婚姻大事還要聽從父母的安排。」每

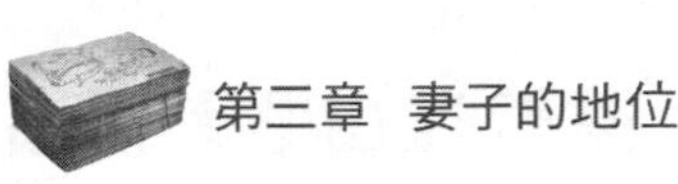

當想起這件事，心頭就不免生出一陣惆悵。

完顏赤雄道：「聽說你要娶的新娘是大康的安平公主？」

薛道銘點了點頭，這件事天下皆知。

完顏赤雄道：「大雍不是要大舉南進了嗎？」

薛道銘笑了起來：「完顏兄哪來的消息，我都不知道，你從哪裡得來的？」父皇雖然沒有明說要對大康用兵，但是他現在所做的一切顯然都是在為進攻大康做準備，不然他何以放下身段和黑胡這個世代為仇的惡鄰議和？正因為此，薛道銘才更加不明白父皇要他迎娶安平公主的用意，兩國的戰事一旦發生，自己身為水軍提督，麾下的水軍必然會成為越過庸江進攻大康北部的主力，到時候又該如何面對已經成為他妻子的安平公主？

完顏赤雄道：「我只是不明白，貴國的皇帝為何要讓自己的兒子娶一個即將亡國的公主為妻？對大雍或許有一些好處，可是對七皇子殿下卻沒有任何的好處啊！」

薛道銘警惕十足道：「完顏兄想說什麼？」

完顏赤雄道：「我臨來之前，父汗委託我向七皇子提親，來到之後方才知道七皇子已經心有所屬，此事就當我沒有說過。」

薛道銘內心一陣心潮起伏，對他而言，這場和大康的聯姻並沒有任何的好處，無論安平公主才貌如何，她在大康也只不過是一個過氣的公主，更何況大康距離亡國之日已經不會太久。國都沒有了，哪還有什麼公主？

薛道銘從小就立志要在兄弟姐妹之中脫穎而出，他所付出的努力和艱辛也是所有人中最大的，他之所以至今沒有娶妻，就是想要通過這次機會獲得一個強有力的靠山和助力，為自己將來競爭帝位打下堅實的基礎，然而父皇的這次決定讓他的計畫泡湯，薛道銘知道這背後有著複雜的原因，皇后起到了關鍵的作用，她竭盡一切可能阻止自己實力增加，避免他有朝一日會危及到大皇子薛道洪的地位。

完顏赤雄拿出的這張美女畫像的確動人，可是真正打動薛道銘的卻不是西瑪的外表，而是她的身分和地位，一個強盛的黑胡，一個衰落的大康，就算是傻子也清楚應該如何選擇。

薛道銘低聲道：「完顏兄是否跟我父皇提起過？」

完顏赤雄的唇角露出了一絲笑意，薛道銘的這句話充分暴露了他的心思，傳言非虛，薛道銘對這場婚姻果然是不滿意的，完顏赤雄道：「沒有！現在這種狀況，我又怎麼好說？我妹子也不可能委屈到給別人做妾！」

薛道銘道：「這幅畫像可否先留在我這裡？」

完顏赤雄點了點頭道：「原本就是打算送給七皇子的。」

靖國公府，李沉舟和大皇子薛道洪相對而坐，面前的棋局勝負已決，薛道洪笑道：「沉舟啊沉舟，你何時能讓我贏上一局？」

李沉舟微笑道：「殿下非是不能贏，而是志不在此，我看到的只是眼前的這局棋所以專注，殿下在乎的卻是天下啊！」

薛道洪笑著搖了搖頭，端起茶盞抿了口茶，輕聲道：「明天就是邱慕白和胡小天的決鬥之日了。」

李沉舟道：「殿下怎麼看？」

薛道洪笑道：「我是個局外人，看法並不重要。」

李沉舟道：「剛剛收到消息，七皇子今晚前往摘星樓和完顏赤雄會面。」

「哦？」薛道洪兩道劍眉皺起，想了想站起身來，緩步來到窗前，凝望著窗外的那輪夜月，臉上的表情陰晴不定：「都說了什麼？」

李沉舟道：「完顏赤雄送給七皇子一張畫像。」

薛道洪點了點頭，沒有繼續追問下去，昂起頭目光重新投向那彎皎潔的明月，看了好一會兒方才道：「你以為他們明天誰會贏？」

李沉舟道：「論武功，邱慕白取得勝利應該毫無懸念，可是我有種直覺，胡小天未必會輸。」

薛道洪轉過身去，有些奇怪地望著李沉舟，這句話實在是有些矛盾。

李沉舟自己都笑了起來：「從我認識胡小天那一天起，他就在不停地創造奇蹟，一次次逢凶化吉，一次次逆轉命運。」

薛道洪不無感慨道：「是啊，連我都想不透他是用了什麼辦法搭上我的皇叔皇姑們，現在連太后也對他讚不絕口呢。」

李沉舟道：「也許明天的轉機就在皇室內部。」

薛道洪道：「你是說，我們皇家有人會幫他？」心中已經猜到了李沉舟所說的人是誰，胡小天新近和自己的叔叔燕王薛勝景攀上了交情，兩人居然結拜為異姓兄弟，這件事在雍都城內已經被傳為笑談。

李沉舟道：「只是我的感覺，沒什麼根據。」

薛道洪回到他的身邊坐下：「淑妃對這次的聯姻極其不滿，已經在我父皇面前鬧了無數次，老七雖然嘴上不說，可是我知道他心裡肯定是不情願的。」

李沉舟心中暗歎，皇家的婚姻本來就不簡單，不僅僅是兩個人的事情，而是關乎到一個人未來的前途和命運。雖然他和薛道洪相交莫逆，但是關乎帝王的家事還是有些敏感，李沉舟並未說出來。

薛道洪道：「連我都沒有想到邱慕白會向胡小天提出決鬥。」

李沉舟道：「他和胡小天此前並沒有什麼過節。」

薛道洪點了點頭：「應該是有人在背後做了文章，這場決鬥背後有高人授意。」

李沉舟和薛道洪交遞了一個心領神會的眼神，他們心中同時湧現出一個名字董炳泰，這位淑妃的親哥哥，大雍吏部尚書和劍宮門主邱閑光關係相交莫逆，邱慕白向大康遣婚史提出決鬥，身為劍宮門主的邱閑光至今沒有表明態度，這等於就是某種程度的默許。應該是董家在佈局，他們不方便做的事情，由劍宮代為出手。

李沉舟道：「我聽說一個消息，邱慕白已經抱定必殺胡小天之心。」

薛道洪冷笑道：「胡小天是安平公主從宮裡帶出來的，兩人感情很深，若是他死了，安平公主必然痛不欲生。」

李沉舟道：「距離大婚還有幾日，還不知會有怎樣的變數。」

薛道洪低聲道：「你的意思是他們連安平公主也敢殺？」

李沉舟道：「他們怎麼做我也不知道，只是有一點我能夠斷定，若是安平公主死了，天下人都會懷疑到淑妃母子的頭上。陛下最厭惡的就是為了皇位不擇手段，如果他也這麼認為……」

薛道洪呵呵笑了起來，伸手拍了拍李沉舟的肩膀：「得卿相助，實乃我之大幸！」幸虧李沉舟是站在自己的身邊，如果他支持的是自己的七弟，薛道洪打心底生出一股寒意，如果真的是那樣，恐怕自己登上皇位的希望會變成泡影。

李沉舟道：「黑胡死了那麼多的武士，肯定不會善罷甘休，應該會繼續追查下去。」

薛道洪皺了皺眉頭道：「此事實在是有些奇怪，難道是中間出了什麼紕漏？他們居然沒有將矛頭指向劍宮？」

李沉舟笑道：「殿下不用心急，劍宮願意為董家衝鋒陷陣，是他們看不清時局，胡小天若是出了任何的麻煩，陛下也不會坐視不理，只要肯查，不愁查不到背後是誰在指使。事情不怕鬧大，等到董家焦頭爛額之時，再將黑胡武士接連被殺的原因公諸於眾，到時候且看他們如何應付。」

快活林位於劍宮東南，這裡曾經是赤翎軍的練兵場，後來因為軍營外遷而荒廢下來，有好事者在這一帶種上樹苗，時光荏苒，昔日的那一棵棵小樹苗如今都已經成為了參天大樹，樹林包繞著一塊兩畝左右的草地，平日裡前來這裡練武強身的，提籠架鳥的，已然成為這一帶為人熟知的休閒地方，當然這裡經常也會有爭強鬥狠的場面出現。

胡小天和邱慕白的這場決鬥，在後者刻意的宣揚下，短短兩日已經鬧得滿城皆知。胡小天並非好鬥之人，此次接受邱慕白的挑戰，絕不是因為一時意氣用事，而是胡小天覺察到在邱慕白的背後很可能還有人在操控，想要將幕後之人找出來，就必須先將邱慕白擊敗，當然更重要的原因是他現在有了底氣，自從吞下風雲果之後，內力精進，在無相神功的引導下，幾乎每天都會有提升。這兩天，須彌天傳給了他靈蛇九劍，他又從玄鐵牌的裡面找到了一張劍譜。雖然胡小天無法確定這劍譜是否就是誅天七劍，可劍譜中以氣禦劍的法門卻讓他獲益匪淺，對劍法的認識提升到了一個前所未有的境界。

最開始接受邱慕白挑戰的時候，胡小天認為自己就算無法取勝，可是依靠躲狗十八步也能保住性命，現在他卻擁有了強大的信心，擊敗對手的信心。

胡小天提前半個時辰就來到了快活林，雖然是一場比武，和兩軍交戰卻是一樣的道理，不但要知己知彼，還要擁有天時地利人和，胡小天利用早來的這段時間去瞭解場地，那裡地形平整，哪裡會有凹陷，甚至連土壤的軟硬鬆緊，他全都瞭解了一遍。

周默和熊天霸自然陪同，這種時候再勸胡小天放棄只能擾亂他的內心，所以周默抵達快活林最後就一言不發保持沉默。

瞭解環境之後，胡小天就來到樹蔭下盤膝坐好，悄然調息，抱守元一，無相神功修煉的時間越久，越是感受到它的博大精深，不但成功將權德安注入自己體內的十年內力完全融匯，化為己用，早已沒有走火入魔的危險，如果不是無相神功，恐怕在須彌天給他餵下赤陽焚陰丹的時候，他早已經脈爆裂而死，又怎會有現在的奇遇。

胡小天睜開雙目的時候，看到現場已經有不少人到了，他向距離自己最近的霍勝男笑了笑，起身朝她走了過去，抱拳道：「霍將軍來了？」

霍勝男道：「我奉了太后之命要照顧使團的安全。」她始終是一副公事公辦的樣子，可是在她的心底深處仍然是有些關心胡小天的，正是因為她看到了一些內情，所以更為胡小天的命運感到憂心。

胡小天道：「邱慕白還沒到，不知是不是害怕了？」

霍勝男道：「這裡距離劍宮很近，平日裡會有不少劍宮弟子在這裡練劍。」言下之意是在告訴胡小天，邱慕白對這一帶的地形肯定要比他熟悉。

胡小天道：「霍將軍以為我勝算幾何？」

霍勝男道：「你的那一招雖然厲害，可是如果真正生死相搏的時候，我絕不會等你將那一招施展出來。」言下之意是在告訴胡小天，他出劍的速度不行。邱慕白的劍法以快捷著稱，而且他對胡小天絕不會留守，比武切磋和生死相搏絕對不同。

胡小天道：「我想出來的時候誰都攔不住！」其實有一點霍勝男並不清楚，胡小天在和她切磋之時還是保留了不少的內力，因為他無法做到收放自如，生怕不小心傷到了霍勝男。

霍勝男看到他如此自信，在這種時候也不好太過打擊他的信心，輕聲道：「還是小心為妙。」

此時遠處又有人過來，卻是宗唐和柳玉城，他們兩人和胡小天頗為投緣，也都先後受過胡小天的恩惠，聽說胡小天今日決鬥，所以他們也過來觀戰。

宗唐和劍宮來往密切，劍宮弟子所用的刀劍大都出自他們的鐵匠鋪，可是他本人和邱慕白並沒有太深的交情，邱慕白恃才傲物，性情冷漠，交好的朋友也沒有幾個。

胡小天留意到柳玉城還帶著藥箱，看來是要準備隨時救治了，心中不由得暗自苦笑，估計今天沒人看好自己，他笑著迎上去和兩人打了個招呼。

宗唐道：「胡兄弟別忘了回頭咱們要去喝酒呢。」已經到了這種時候，決鬥勢在必行，自然沒必要再說什麼。

胡小天笑道：「我來做東，地方也選好了，還是凝香樓！」

宗唐呵呵笑道：「那裡可是全雍都最貴的地方。」

胡小天道：「有錢難買開心！」

宗唐心中暗讚，無論胡小天能否取得這次的勝利，大戰之前仍然可以保持這樣樂觀的心態已經實屬難得，唯有放鬆自己才能發揮出最佳的水準。

遠處一群人向快活林走來，中間簇擁的那人正是劍宮少門主邱慕白，在他身邊為他保駕護航的是他的兩位師兄，大師兄許劍春，二師兄周劍鳴。身後跟隨而來的大都是他的師兄師弟，共計來了三十八人，這三十八人全都是劍宮弟子。不過今天邱閑光卻沒有現身，或許是避嫌，或許是因為他對這樣的一場決鬥提不起任何的關注，和多數人一樣認為這場比賽的勝負毫無懸念。

邱慕白看到胡小天身邊的那群人，心中微微一怔，想不到胡小天的人緣還真是不錯。在場有很多人他都很熟識，邱慕白頷首示意，算是給他們打了招呼。

此時又有一群人過來，這次來的是董家三兄弟，他們毫無疑問站在邱慕白的一方。

未時之前有不少大人物陸續到來，這其中有李沉舟夫婦，連燕王薛勝景也在一群門客的陪同下到了，他倒不是關心胡小天的死活，來到胡小天面前佯裝關心寒暄了兩句，然後低聲道：「兄弟，我還沒拆線呢。」

胡小天差點沒笑出聲來，這貨終究還是關心他自己，故意歎了口氣道：「大哥，今天決鬥乃是生死對決，若是我先走一步，勞煩大哥找個地方把我給葬了。」

「說什麼喪氣話，兄弟，比武切磋又不是要人性命。」燕王薛勝景嘴上那麼說，心中卻明白這件事的背後是誰在推動，轉而歎了一口氣道：「讓三分風平浪靜，退一步海闊天空，兄弟，不是做哥哥的說你，何必意氣用事，那邱慕白乃是劍宮年輕一代中的翹楚，劍法相當厲害，你何苦與他為敵。」

胡小天笑道：「大哥以為我必敗無疑嗎？」

薛勝景道：「男子漢大丈夫能屈能伸，兄弟現在若是後悔了，我這個當大哥的可以為你說和。」

胡小天搖了搖頭道：「多謝大哥美意，我要是現在就服輸，以後只怕再也抬不起頭來，大哥放心，拆線之事我已經委託給了柳玉城，如果我今日當真遭遇不測，你找他就是。」

薛勝景板起面孔道：「混帳話，大吉大利，你是我兄弟，絕不可出事。」

此時邱慕白主動走過來向薛勝景見禮，就算他心高氣傲，在燕王面前也不敢表現得太過狂妄。

薛勝景道：「慕白，今天你們是比武切磋，可不是性命相搏，本王的話你可明白？」

邱慕白微笑道：「王爺放心，慕白會手下留情。」

胡小天呵呵笑道：「邱公子真是好笑，你以為自己贏定了嗎？」

邱慕白冷冷望向胡小天道：「逞口舌之利我不是胡公公的對手！」

胡小天道：「那就讓我稱稱你的斤兩！」

邱慕白卻道：「且慢！」

眾人的目光全都集中在他們的臉上，不知邱慕白又有什麼話說？

邱慕白向燕王薛勝景抱了抱拳道：「王爺千歲，刀劍無眼，比武之中千變萬化，慕白想先行立下生死文書，以防不必要的麻煩。」

薛勝景臉上的笑容倏然收斂，邱慕白說這番話的意思已經很明白，今天根本不是什麼比武切磋，根本是要生死相搏，薛勝景有些後悔出現在這裡了，如果不是惦記著胡小天為自己治病，這廝的死活和自己又有什麼關係？雖然是結拜兄弟，可他們之間可沒有什麼兄弟之情，如果自己的病徹底好了，他也巴不得胡小天去死。

薛勝景道：「本王就是過來看看，這種事情你不要找我。」

遠處一個聲音道：「既然無人願做這個見證，那麼唯有老夫來了！」眾人舉目望去，卻見一乘軟轎來到了現場，從轎中出來了一位老者，竟然是當朝太師項立忍，這項太師在大雍的地位非常之高，他出現在現場並非偶然，項立忍共有五個女兒，三個女兒已經出嫁，尚有兩個小女兒待嫁閨中，小女兒項沫兒原本極有希望嫁給七皇子薛道銘，而且已經獲得淑妃和董家的默許，只是在皇上那一關卻被卡住，大雍皇帝薛勝康擔心項家和董家聯姻之後勢力坐大，以後朝內再也無人敢和他們兩家抗衡，這對他的統治極為不利，所以薛勝康做主為兒子選擇了大康安平公主，這一決定粉碎了董家和項家聯姻的夢想，對項太師也是一次極大的打擊。七皇子薛道銘是皇子中極有可能成為太子的一個，如果一切能夠如願，他的女兒就是以後的太子妃，成為皇后也有可能，那樣他就是大雍國丈，項氏一族何其光鮮，只可惜皇上戒心太重。

項立忍出現在這裡的原因，卻是因為他的四女兒項青雲，五個女兒之中唯獨這個老四性情最為剛烈，不喜詩詞女紅，從小就喜歡舞刀弄劍，項立忍拗不過她，只能讓她習武，讓項青雲拜劍宮門主邱閑光為師，項青雲是邱閑光七名親傳弟子之一，也是他唯一的女弟子。項青雲和邱慕白同門學藝，自然日久生情，雙方父母看在眼裡，心中也頗為認同，只差上門提親了。

薛勝景雖然貴為燕王，可是見到項立忍這位當朝太師也得放低姿態，微笑招呼道：「什麼風把太師吹來了？」

項立忍笑道：「這世上可不僅僅是王爺一個人喜歡熱鬧。」

兩人同聲笑了起來，薛勝景卻知道項立忍乃是七皇子薛道銘堅定的支持者，眼前的這場決鬥背後實在是太複雜了，薛勝景並不想摻和到其中，他的兩個侄子明爭暗鬥，還不是為了想要擊敗對方登上太子之位。

胡小天並沒有見過這位大雍太師，聽聞對方是前來給邱慕白撐腰的，於是笑瞇瞇湊了上去，對薛勝景道：「大哥，這位就是項太師嗎？」

薛勝景頭皮一緊，自己和胡小天結拜的事情早已鬧得滿城風雨，在朝中被人傳為笑談，胡小天此時故意闡明他們的關係，顯然是要對項立忍表明，他也有靠山。

項立忍微笑道：「你就是大康遣婚史胡大人？」

胡小天拱手作揖道：「見過項太師！」

項立忍笑道：「胡大人好，胡大人此次出使不是為了友好而來，怎麼會挑起這場決鬥？」

胡小天心想這貨也是個老奸巨猾的東西，一張嘴就顛倒黑白，決鬥可不是我挑起的。胡小天道：「以武會友，友誼第一，比賽第二。」

項立忍道：「刀劍無眼，比武之中任何狀況都可能發生，胡大人乃是大雍尊使，若是出了什麼差錯，豈不是麻煩。」

邱慕白道：「太師，胡大人若是認輸，不比也罷！」

胡小天道：「我為何要認輸？面對一個強者，我認輸倒也心服口服，可面對一個懦夫，我要是認輸豈不是讓人恥笑。」

邱慕白怒道：「你說什麼？」

此時李沉舟也走了過來，輕聲道：「兩位若是決心比試，倒也不妨立個字據，雖然未必會拚個你死我活，可正如太師所言，比武之中什麼狀況都可能發生，還是事先將一切說明的好，以免因此而傷了和氣。」

胡小天冷眼望著這幫人，顯然都是在幫著邱慕白找後路，邱慕白不是跟自己比武，他是要趁著這次機會要了自己的性命，老子究竟跟你何怨何仇，你會下此決心？胡小天心中暗忖，這邱慕白背後的指使者究竟是誰？

邱慕白使了個眼色，身後大師兄許劍春走了過來，他拿出了一份事先擬好的生死文書，交給胡小天觀看，胡小天流覽了一眼，這種格式合同本就大同小異，對自己也沒什麼不公的地方，無非是刀劍無眼，比武中萬一出現死傷各負其責的話。

胡小天故意顯得有些猶豫，邱慕白毫不猶豫地拿過去先簽了自己的名字，又在上面畫押。輪到胡小天，胡小天咬了咬嘴唇，聲音發乾道：「比武也不是什麼生死決鬥，何必搞得如此隆重……」

邱慕白留意到胡小天臉都白了，雙目中流露出惶恐之色，心中暗自冷笑，你此時害怕已經晚了。

項立忍道：「胡大人若是不想簽，也可以不簽！」

不簽就意味著認輸，邱慕白不戰而勝，在這樣的時代輸贏有些時候比生死更加重要，重要的並不是輸贏本身，而是輸贏代表的尊嚴和榮譽。

胡小天點了點頭，顫聲道：「我簽……」拿起筆寫下自己的名字，筆鋒明顯有些發抖。周圍人看在眼裡，心中暗歎，這場決鬥已經沒有任何懸念了，胡小天被一張生死文書嚇成了這幅模樣，真正打起來還不得嚇得屁滾尿流。

霍勝男卻不這樣看，她昨晚曾經領教了胡小天的驚人一劍，胡小天在那一招表現出的實力讓人驚歎，而且胡小天即便是面對黑胡高手圍攻也沒有表現出任何的懼色，在邱慕白面前又豈會害怕，可能只有一個，那就是他在偽裝，他要給邱慕白造成錯覺，讓邱慕白更加輕敵。

一個真正的高手會認真對待每一個對手，尤其是生死決戰的時刻。邱慕白並沒有因為胡小天表現出的怯意而輕敵，他和胡小天來到場地正中，抱了抱拳：「請！」昔日的狂傲和冷酷頃刻間不見了蹤影，整個人完全沉澱了下去，冷靜而沉穩，正是因為此，才越發的可怕。

周默和宗唐不約而同地皺了皺眉頭，兩人都發現了邱慕白身上的變化。胡小天的膽怯和畏懼是他的偽裝，而邱慕白的衝動狂妄是否也是他用來迷惑對手的手段？

邱慕白的雙目深邃如海洋，讓人看不到底，他慢慢抽出了腰間的長劍。劍長三尺六寸，劍身細窄，最寬處只有一寸。寒光凜冽，劍剛一出鞘，一股逼人的寒氣就向四面八方蔓延開來。邱慕白的目光落向胡小天的肩頭，胡小天仍然沒有拔劍的意思。

「請拔劍！」邱慕白平靜道，他的呼吸緩慢而悠長，眼前只剩下胡小天一個對手。

胡小天此時卻嬉皮笑臉道：「不如咱們先比比拳腳功夫！」大戰開始之際，他竟然還在玩花樣。

邱慕白道：「拔劍！」

胡小天道：「那得看你有沒有本事逼我拔劍！」他忽然做了一個出人意料的舉動，腳步一晃竟然向後方退去。

邱慕白顯然沒有想到胡小天一開始就逃，手中細劍一抖，咻！如同毒蛇吐信，直奔胡小天的咽喉而去。追風劍法，追風逐電，天下武功唯快不破。

霍勝男看到眼前一幕，心中暗歎，胡小天啊胡小天，都提醒你邱慕白最擅長的就是快劍，對付他就要先下手為強，可你卻錯過了出劍的最好時機。

邱慕白出劍疾如閃電，可是胡小天的身法更快，邱慕白出劍之時他已經將兩人之間的距離成功拉開到兩丈，邱慕白目前還沒有練到劍氣外放的地步，這樣的距離已經足夠安全。

胡小天對自己有著清醒的認識，即便自己修煉的是天下間最為玄妙的劍法，也不可能在短短一日之間超過邱慕白二十多年的苦功，以劍對劍等於是用自己的短處去抗衡對方的長處。

自己的強項在內力，權德安傳功給他的十年內力為基礎，李雲聰教給自己無相神功之後，成功將外來內力轉化為己用，在服用赤陽焚陰丹之後，須彌天利用自己成就萬毒靈體的同時，自己也占了不少的便宜，內力在不知不覺提升不小，等到誤打誤撞服下風雲果之後，他的內力更是不斷增長。胡小天有十足的把握在內力方面勝出邱慕白不少，所以他制訂的戰略就是先消耗邱慕白的體力。

以逃跑作為開局雖然並不好看，但是行之有效，他的躲狗十八步歷經多次實戰，已經證明這套步法極其玄妙，以須彌天和羽魔李長安之能，都難以輕易將他抓住，更何況邱慕白。況且胡小天如今的感知力比起昔日已經提升數倍，邱慕白追風三十六劍，快如閃電，一劍緊跟一劍，但見漫天都是細劍的殘影，遠遠望去猶如盛開了千萬朵鮮花，花瓣全都是冰冷鋒利的劍影。

胡小天腳下步伐變幻，滿場飛奔，無論邱慕白出劍的速度有多快，角度如何詭異，他都能在對方攻擊到達之前從容逃避。現場的局面變成了一個逃一個追。周圍好事者已經開始鼓噪起來：「你倒是打啊！別跑啊！」很多期待一場火星撞地球激烈對抗場面的圍觀者不禁大失所望，這兩人根本就不是一個級數的對手。

劍宮弟子叫得尤其大聲：「膽小鬼，還不跪下認輸，你根本不是我師兄對手！」人群中一個清秀的少年握緊雙拳，顯得頗為興奮，她就是項立忍的女兒項青雲。看到眼前的場面，項青雲已經不再擔心，心上人必勝無疑。

外行看熱鬧，內行看門道，李沉舟的雙目中卻流露出欣賞之色，胡小天果然聰明，懂得暫避鋒芒，他在利用神奇精妙的步伐故意消耗邱慕白的體力。只是這場面也實在太難看了一些。

周默和宗唐對望了一眼，兩人都露出一絲無奈的笑意，從現場的局面來看，胡小天只要想逃生，邱慕白應該是沒辦法危及到他的性命的。胡小天口口聲聲為了尊嚴而戰，若是這樣落敗和放棄又有什麼區別？

霍勝男已經明白了胡小天的意圖，消耗邱慕白體力的同時也在消耗邱慕白的銳氣和耐性，等到邱慕白氣勢受到影響之時就是胡小天的反擊時刻。

邱慕白停下了腳步，他意識到自己的步法跟不上胡小天的節奏，雖然始終佔據主動，可是並沒有占到實質上的便宜，邱慕白冷冷道：「胡大人如果這樣下去，咱們還是不要比了，你不配做我的對手！」

那幫劍宮弟子紛紛起哄。

胡小天卻在此時轉過身來，微笑道：「提出決鬥的是你，想放棄的又是你，這次卻要我來做主！」他緩緩從身後抽出自己的大劍藏鋒。

第四章

# 大劍藏鋒

霍勝男此時方才真正認識到胡小天的強大實力，
想起昨晚和自己比劍的情景，
如果胡小天全力以赴，連自己也很難說能夠取勝。
只是他這一劍千萬不要落下，
如果殺了邱慕白，豈不是成為劍宮的公敵！

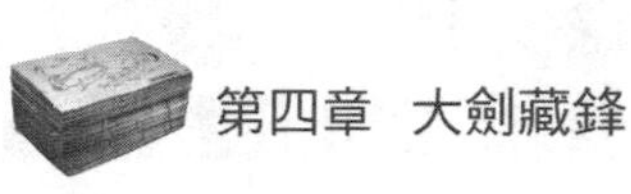


邱慕白看到那厚重的大劍，不由得皺了皺眉頭，心中卻暗喜，胡小天終於肯正面迎擊，這柄劍份量不輕，能夠使用這柄劍的人雙臂膂力必然極強，大劍雖然長於劈砍，勢大力沉，但是欠缺靈活性。

胡小天道：「我這柄劍的名字叫藏鋒，剛才之所以不願拔劍，乃是因為我不想多造殺孽，藏鋒一旦出鞘必然見血。」反正吹牛不用報稅，先嚇嚇你再說。

邱慕白微笑道：「那我倒要好好見識一下了。」

胡小天雙手舉劍，一個普普通通的劈砍動作。

邱慕白雙目覷定來劍方向，手中細劍倏然一抖，咻！的一聲，劍走輕靈，刺向胡小天的心口，他雖然出劍在胡小天之後，出劍的動作要比胡小天快上一倍，胡小天雙手握劍，高高舉過頭頂，這樣揮劍雖然可以將雙臂的力量發揮到最大，弊端卻是忽略了防守，將整個胸口的空門暴露在對手面前。尤其是面對邱慕白這樣的快劍高手，這樣的錯誤簡直就是致命的。

邱慕白雖然在剛才的追逐戰中耗去了不少的體力，但是他仍然有信心一劍將胡小天刺殺。細劍啟動，瞬間已經掠過兩人之間的空間，距離胡小天的胸口不過一尺，胡小天手中的大劍距離邱慕白的頭頂卻還有兩尺。

周默的臉色變了，他不明白為何胡小天會在這時候選擇和邱慕白正面對決，邱慕白的狀態並沒有下降太多。

霍勝男咬住櫻唇，內心變得前所未有的緊張。

宗唐卻發現那柄藏鋒劍在陽光的照耀下異常明亮奪目。

劍鋒距離胡小天的胸膛還有半尺，邱慕白的臉色卻突然變了，因為他感覺到一股凜冽的寒氣距離他的頭頂不過三寸，大劍的刃緣明明距離他的頭皮還有接近兩尺的距離，有些時候眼睛看到的未必是真實的，邱慕白竟然產生了一種死亡來臨的感覺。他緊緊抿起嘴唇，腳步向後撤了一步，手中細劍在即將刺中目標的剎那卻突然回收。

周圍人群發出不解的驚呼聲，誰也不明白為何邱慕白會突然撤劍，難道他改變了主意，對胡小天手下留情？

只有身臨其境方才知道處境之凶險，邱慕白手中細劍回撤速度比攻擊的速度更快，已經達到了他的極致，細劍和胡小天揮下的藏鋒並沒有直接相碰，遭遇的乃是無形劍氣，凜冽劍氣先行撞擊在細劍之上，細窄的劍身在虛空中彎成了一個弧形，單憑這柄細劍不可能將劍氣全都擋住，於是邱慕白接連退了兩步，揮動手中細劍在面前形成了一道光幕，來自藏鋒的劍氣接連撞擊在光幕之上，光幕宛如湖水般泛起漣漪，最後才是藏鋒劈砍在光幕之上，雙劍撞擊發出刺耳的鳴響，細劍因為無法承受來自藏鋒的巨力而向內彎曲。

邱慕白不得不再退了三步，胡小天揮動藏鋒，手中大劍如同洶湧澎湃的潮水，波濤層疊，一波未平一波又起向對方狂湧而去。

邱慕白雖然拿出了百分百的謹慎，可是他對胡小天的實力仍然估計錯誤，胡小天竟然練成了劍氣外放，看到胡小天的劍招速度要遠遠遜色於自己，邱慕白以為在他擊中自己之前，自己的劍鋒足可以洞穿他的心臟，卻想不到無形的劍氣已經脫離了劍身，先行攻到面前，邱慕白雖然看不到劍氣，卻及時感到了危險，這才在最後關頭放棄了進攻，雖然如此，他也未能完全將對方的劍氣防住，胡小天一招還未使完，他已經接連後退了六步。

霍勝男的一雙美眸變得異常明亮，她捕捉到剛才邱慕白細劍莫名其妙變得彎曲的景象，那時雙方的長劍並沒有撞擊在一起，想起昨晚切磋時胡小天帶給自己的壓力，霍勝男忽然明白，胡小天竟然已經達到了劍氣外放的地步。也就是說，昨晚交手之時，他有所保留。有形的長劍易擋，無形的劍氣難防。

邱慕白苦修二十年尚未達到的境界，胡小天卻在一天之內就完成了突破。邱慕白的心境受到了極大地影響，眼看胡小天的第二波攻擊已經來到面前，他無法對來襲的劍氣做出正確的估計，唯有繼續後退，再次退出三步之後，方才發現胡小天這次的攻擊只是招數，大劍雖然捲起一陣罡風，卻是因為劍身鼓動周圍空氣所至，這次的攻擊並沒有像上次一樣將劍氣外放。

邱慕白先是大吃一驚，然後是虛驚一場，意識到沒有劍氣襲來之後，方才壯著膽子出劍，可速度上明顯受到了影響，細劍和藏鋒撞擊在一起，發出鏘的一聲巨響，硬碰硬的撞擊讓細劍再次彎曲，邱慕白畢竟是見多識廣，反應速度奇快，手腕一抖，細劍貼著藏鋒的邊緣滑落，在中途一個跳脫，劍鋒變向，刺向胡小天的左肋。

胡小天的劍氣外放遠沒有到收放自如的境地，第一次成功，這第二次居然就卡殼了，眼看邱慕白轉守為攻的速度如此之快，胡小天自問接不下對方的這一劍，慌忙運用躲狗十八步，連退五步，在拉開安全距離之後，同樣的一招再度劈砍出去，內息隨著動作運轉，在全力揮出這一劍的同時達到了巔峰，無形劍氣再次脫離劍身向邱慕白飛去，在飛行的途中凜冽劍氣竟然擴展了一倍不止，邱慕白不得不選擇後退，手中細劍在身前形成光盾，只聽蓬蓬蓬之聲不絕於耳，邱慕白在接連不斷的氣爆聲中連連後退。

跟來看熱鬧的那幫外行不知發生了什麼，看到邱慕白一個人手足揮舞，胡小天步步緊逼，兩人之間始終相隔兩丈左右，彼此的武器都沒有接觸，還以為兩人在聯合搗鬼。真正的內行此時的表情都凝重之極，李沉舟內心一沉，胡小天居然可以達到劍氣外放，邱慕白此時對抗的是來自胡小天的無形劍氣。不過胡小天應該是初窺門徑，在劍氣外放方面還沒有修行到登堂入室的地步，這劍氣時靈時不靈，即便是如此已經將劍宮少主邱慕白逼了一個手忙腳亂。

胡小天這次學了個乖，再也不給邱慕白喘息之機，僅有的那一招連續揮舞，往往他揮劍三次才能有一次成功將劍氣外放，成功率偏低，但是一次成功就足以讓邱慕白後退三丈，讓邱慕白痛苦的是，他根本不知道胡小天哪次可以發出劍氣，想要在胡小天失手的時候趁機反攻，可是胡小天偏偏又突然成功。以為他成功發出劍氣，可偏偏放出來的是個啞彈。

邱慕白被胡小天逼得步步後退狼狽不堪，不過他的頭腦始終冷靜，一步步將胡小天引向東側的樹林，他要利用樹木的掩護和胡小天做殊死一搏。

胡小天已經看出了他的用意，閃電般揮出了三劍，這三劍竟然有兩劍都成功達到劍氣外放。

邱慕白手中細劍揮舞了一個風雨不透，在後退的過程中他的追風三十六劍已經用完，胡小天卻自始至終只是那一招，無形劍氣撞擊在包繞在邱慕白身體外的光盾之上，蓬的一聲巨響，光盾劇震中裂開一條縫隙，緊接著第二道劍氣準確劈入這條縫隙之中。

邱慕白雖然及時後撤，胸前仍然被犀利霸道的劍氣擊中，上衣裂開一條足有一尺長度的裂口，露出裡面青色的胸甲，劍氣擊中胸甲，堅韌的胸甲也抵擋不住，從中開裂，邱慕白悶哼了一聲，胸口劇痛，腦海中只剩下一個字——退！唯有後退才能活命，接連後退數步之後，他的後背撞在一棵巨大的側柏之上，邱慕白心中暗歎完了，自己處心積慮選擇在林中和胡小天對決，卻想不到到最後竟然是作繭自縛。

胡小天依然以同樣的一式劍招向邱慕白劈去，劈出這一劍的時候胡小天已經收不住手了，不是控制不住手中的這把藏鋒劍，而是控制不住自己時靈時不靈的劍氣，只要像此前兩次一樣外放成功，邱慕白肯定要被他活生生劈成兩半。

邱慕白面如死灰，胸口的劇痛讓他竟然無力舉起細劍，眼看著那柄大劍被胡小天高舉揮下，邱慕白知道，不用等劍鋒碰到自己，無形劍氣已經足可將自己劈成兩半。

周圍傳來驚呼陣陣，一個驚恐的聲音叫道：「慕白！躲開！」一聲音來自項太師的寶貝女兒項青雲。

李沉舟心中震驚之餘又感到欣喜，胡小天這一劍若是殺死了邱慕白，將會在雍都之中掀起怎樣一場軒然大波。他的妻子簡融心因為害怕而抓緊了他的手掌，輕聲發出一聲嬌呼。

霍勝男此時方才真正認識到胡小天的強大實力，想起昨晚和自己比劍的情景，如果胡小天全力以赴，連自己也很難說能夠取勝。只是他這一劍千萬不要落下，如果殺了邱慕白，豈不是成為劍宮的公敵！

周默和宗元都是一流高手，他們從剛才的一連串對決中已經看出，胡小天雖然達到了劍氣外放的地步，但是他並不能掌控自如，也就是說連胡小天自己都不知道何時能夠發出劍氣。周默心中暗歎，千萬不要殺了邱慕白，若是邱慕白死了，他們在雍都的麻煩可就大了。

胡小天及時停手，大劍藏鋒停在距離邱慕白頭頂還有一尺左右的地方，按照剛才的威力，劍氣早已劈開邱慕白的腦袋，可胡小天這次卻未能夠自如發出劍氣，劍身鼓起的強風刺激得邱慕白閉上了雙眼，他以為自己必死無疑，一張俊臉上竟無半點血色。

等到他意識到胡小天這一招並沒有自如發出劍氣，這才有種靈魂歸位的感覺，慢慢睜開雙眼，卻看到胡小天一手握著藏鋒，劍鋒抵住了他的咽喉。

遠處傳來項太師蒼老的聲音：「劍下留情！」

邱慕白面如死灰，來自項太師的這聲求情，如同有人狠狠在他臉上抽了一記耳光，他性情素來高傲，一向以劍宮年輕一代第一高手自居，甚至認為雍都內的年輕高手之中也沒有誰在劍法上可以超過自己，可是他卻被一個籍籍無名的太監擊敗，在眾目睽睽之下，敗得如此徹底，如此難堪。

邱慕白將雙目一閉，慘然道：「你殺了我吧……」

胡小天搖了搖頭，將藏鋒收入劍鞘之中，大聲道：「你只是一個被人利用的棋子罷了！」他轉身向人群中走去，目光冷冷盯住董家三兄弟：「想要找我晦氣的，何不光明正大地過來找我？難道爾等只會做這種見不得光的事情嗎？」

董鐵軍的雙目中就要噴出火來，他向前跨出一步，卻被三弟董天將一把抓住，董天將低聲道：「回去再說！」

邱慕白顫抖的手攥緊了細劍，英俊的面孔因為痛苦而扭曲，咬碎鋼牙，他聽到零星的歡呼聲，那歡呼聲絕不是屬於自己，如此奇恥大辱，我活在世上還有什麼意義？邱慕白揚起了手中劍，斜刺裡一個身影衝了上來，卻是項青雲牢牢抓住了他的手臂，含淚道：「慕白！慕白！」

邱慕白望著項青雲充滿關切的俏臉，突然身軀晃了晃，噗地噴出了一口鮮血，這口鮮血正噴在項青雲的胸前，項青雲嚇得顧不上女兒家的矜持，展臂將邱慕白抱在懷中：「慕白！慕白！快來人！快來人幫幫我……」

幾家歡樂幾家愁，邱慕白遭受有生以來最大挫折的時候，胡小天卻是春風得意。這場決鬥讓胡小天一戰成名，也讓這個很多人眼中大康皇宮的太監搖身一變成為了青年才俊，劍道高手。

胡小天發現一個人一旦成為別人眼中的強者，周圍人就不會再注重你的性別，不管你是男人還是女人，又或是不男不女，只要別人認同了你的強大，他就會對你產生敬畏之心。

胡小天在凝香樓設宴，請的是周默、熊天霸、宗唐、霍勝男。柳玉城雖然也在

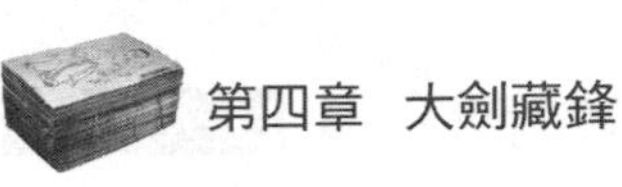


他的邀請之列，可是因為幫忙去給邱慕白治傷，所以稍晚一些才會過來。至於燕王薛勝景，雖然接到了胡小天的邀請，可是薛勝景卻不想蹚這渾水，他才不想給人造成自己是胡小天靠山的假像，找了個藉口，委婉謝絕了胡小天的邀請。

對胡小天而言，燕王薛勝景不來更好，他若是在場，大家都會覺得不自在。

今次來到凝香樓和前天大皇子薛道洪宴請已經有了很大不同，每個人都因為胡小天取得的勝利而欣喜不已，周默和熊天霸自不必說，即便是宗唐和霍勝男也樂於看到這樣的結果，畢竟這場決鬥和兩國的榮辱沒有任何關係，而且決鬥本身就是邱慕白挑起，他們本以為胡小天可能會九死一生，卻想不到胡小天居然小宇宙爆發，出人意料地將戰局逆轉。

冷菜上完之後，柳玉城方才姍姍來臨，一進門他放下藥箱道：「不好意思，讓諸位久等了。」

胡小天笑道：「柳大哥快來坐下，大家都等著你呢。」

柳玉城歉然道：「不是說過讓你們先吃，怎麼好意思讓大家等我一個呢。」

宗唐道：「邱慕白受傷的情況怎麼樣？」他問的其實也是眾人都關心的問題。

柳玉城洗淨雙手，來到宗唐身邊坐下道：「他穿著劍宮的青犀甲，既便如此，胸甲還是被胡兄弟給砍裂了，胸口受了傷，肋骨斷了兩根，心肺也受到震動，沒有三五個月應該很難復原，不過性命不會有什麼大礙。」

聽說邱慕白性命無礙，多數人都暗自鬆了口氣，就算是胡小天本人也不想因為這次的決鬥和劍宮結怨，雖然劍宮現在的聲勢無法和藺百濤在世的時候相比，可是瘦死的駱駝比馬大，劍宮弟子三千，單單是這三千名弟子若是圍毆，胡小天只怕就得活活累死。

熊天霸嚷嚷道：「娘的，那小白臉倒是命大，胡大人不該對他手下留情，不是簽下生死文書了嗎？一劍劈死他就是，看看誰還敢再找您的麻……」

周默瞪了他一眼，嚇得熊天霸將後半截話給咽了下去。

胡小天笑道：「我也是僥倖取勝，不是我強，而是邱慕白太弱！」

霍勝男淡然笑道：「你這話要是讓我們雍都的年輕高手聽去，一定會登門找你的麻煩，欺負我們大雍無人嗎？」

宗唐道：「邱慕白可不弱，他的追風三十六劍在速度上已經少有人能及，今天胡兄弟之所以能夠取勝，不但因為你精妙的步法，關鍵還是你達到了劍氣外放的地步。」

霍勝男看了胡小天一眼，意味深長道：「胡大人藏得很深呢，連我都被你蒙在鼓裡。」昨晚切磋之時，胡小天並沒有將他的全部實力展露出來。

胡小天笑道：「不瞞幾位，我根本不懂什麼叫劍氣外放，今天莫名其妙就使了出來，可是時靈時不靈。」

周默笑了起來，他在旁邊一直留意觀察場中的情景，胡小天的確沒有說謊，他的劍氣外放只是初窺門徑。即便是如此，也足以讓周默感到驚奇了，要知道胡小天此前絕沒有這樣的武力，應該是在他斬殺紫電巨蟒之後，武功發生了一日千里的變化，如果照這樣的速度發展下去，這位三弟的成就不可估量。

柳玉城不懂武功，這場決鬥他看得當然沒有其他人這樣清楚，但是柳玉城知道能夠戰勝邱慕白本身就是一件很了不起的事情，胡小天不但醫術高超，而且武功也如此厲害，難怪父親會對他如此看重。柳玉城道：「其實大家都沒事最好，我不懂武功，可是我並不贊同用決鬥這種方式來解決問題，就算是有矛盾，完全可以將道理說出來，以德服人才是上策。」

在場的其他人無人贊同柳玉城的這句話，周默低聲道：「在這個世界上多數時候都要以拳頭說話，你跟別人講道理的時候，別人的刀劍已經割斷了你的咽喉。」

胡小天說得更為委婉：「秀才見了兵，有理說不清！」

外面忽然響起了馬蹄陣陣，胡小天雖然在室內，可是他的聽覺卻依然非常敏銳，這隊人馬應該在二十人左右，馬蹄聲由遠而近，向凝香樓而來。胡小天端起酒杯，心中暗忖，或許是我過於敏感了，這隊人馬也許只是路過，並不是衝著我過來的。可是馬蹄聲卻漸漸減緩下來，隊伍在凝香樓門前停下。

除了柳玉城之外，其他人都已經先後察覺到了外面的變化，周默攥緊了拳頭，心中隱然意識到有些不妙。

霍勝男皺了皺眉頭，將手中的酒杯放下，輕聲道：「我出去看看。」

胡小天的表情依然如古井不波，任何狀況下，他都能保持這份平靜的心態，輕聲道：「不用看，咱們繼續喝酒。」

一群盔甲鮮明的武士步入凝香樓的大堂，為首一人正是大內金鱗衛統領石寬，他是大雍皇宮第一高手，石寬面色冷峻，眉目輪廓宛如刀削斧鑿一般稜角鮮明，目光冷冷望向那笑容可掬的店老闆：「大康遣婚史胡大人在哪個房間？」他聲如洪鐘，震得眾人耳膜嗡嗡作響，整個凝香樓無一處不在迴盪著他的聲音，那還用得上這店老闆通報。

周默從聲音中就已經判斷出來者內力渾厚，應該不在自己之下。內心警惕頓生，也許真正的麻煩來了。

霍勝男輕聲道：「大內金鱗衛統領石寬！」她實在想像不出，石寬為何要到這裡來，在她的印象中石寬和劍宮應該素無瓜葛，他沒理由會為劍宮出頭。樓梯上已經傳來石寬沉重的腳步聲，不多時已經來到胡小天所在的房間外，伸出手輕輕叩響了房門：「胡大人在嗎？在下石寬，有要事找胡大人相商。」

胡小天笑了起來：「石寬？我好像不認識你啊！」他使了個眼色，讓熊天霸過去開門。

可是不等熊天霸走到門前，房門就已經被從外面緩緩推開了房門，鐵塔一樣的石寬出現房門前，他雙手抱拳，身軀微微一躬道：「胡大人，在下石寬，請借步說話。」借步說話就是有事單獨相商，並不想其他人聽到。

熊天霸怒道：「你誰啊！擅自推門進來，找死嗎？」他霍然站起身來，一拳向石寬當胸打去，石寬宛如山嶽一般屹立，根本沒有做出閃避的舉動，熊天霸這一拳勢大力沉，蓬！的一聲砸在石寬的胸口，以他霸道的力量，石寬的身軀竟然紋絲不動，面上仍然毫無表情：「你就是善使雙錘擊敗黑胡猛士的熊天霸？」

「熊孩子！退下！」胡小天此時方才喝退熊天霸，剛才熊天霸出手是因為他距離大門最近，還有一個原因，胡小天想要通過熊天霸來稱稱對方的斤兩，要知道熊天霸神力驚人，他的一拳足可開碑裂石，但是這一拳砸在石寬身上，石寬竟然紋絲不動。

石寬向前跨出一步，強大的氣勢宛如泰山壓頂一般向熊天霸逼迫而去，熊天霸向來勇猛強悍，可是在石寬面前卻沒來由感到一陣心虛，他感覺到壓力四面八方向自己逼迫而來，就要讓自己窒息。

周默此時走了過去，輕輕拍了拍熊天霸的肩頭，向石寬微笑道：「這孩子腦子有些問題，大人千萬不要跟他一般見識。」

石寬點了點頭道：「你家的孩子？以後要看好了！」

周默道：「我家的孩子做錯了什麼事情，自然有我來教訓。」目光平淡如水，整個人卻如同一道屏障將石寬凜冽的殺氣盡數擋在身前。石寬如果是洶湧澎湃的波濤，周默就是穩固堅強的大壩，任憑波濤如何翻騰，大壩依然屹立依舊。

石寬的目光流露出欣賞之色，他緩緩點了點頭，胡小天的身邊果然有高手，單從此人的氣勢來看，武功應該不弱於自己。

霍勝男輕聲道：「我當是誰？原來是石統領，您不在宮中保護皇上，來凝香樓來做什麼？」

石寬道：「霍將軍好，沒有皇上的命令，在下豈敢擅離職守，胡大人，皇上有請！」

胡小天心中一怔，來到雍都已有半個多月，雖然想盡辦法，可是始終沒有得蒙大雍皇上召見，本以為在大婚之前再也沒有機會見到這位大雍天子，卻想不到突然之間就傳召了自己，這究竟是真是假？他並不瞭解石寬是什麼人，僅僅憑著他的一句話也未必可信。

石寬說完之後亮出了一塊蟠龍金牌，這塊蟠龍金牌乃是大雍天子薛勝康欽賜，見到令牌如同見到皇上親臨，霍勝男、宗唐、柳玉城三人全都是大雍臣民，知道這金牌意味著什麼，慌忙跪了下去。

胡小天幾人來自大康，他們大可不必買這塊金牌的帳，其實胡小天在大康也有幾塊令牌，不過比起石寬的這塊還差了那麼一些威力。

胡小天道：「石大人不必搞得那麼隆重，既然是貴上要見我，我過去就是，不過，我這杯酒還沒喝完，等我乾完這杯酒再走好不好？」

石寬向他抱了抱拳道：「我在門外等你！」

石寬率人離去之後，熊天霸道：「千萬不能去，搞不好他在騙你！」

霍勝男道：「那塊蟠龍金牌不會有詐，沒有人會有這麼大的膽子假傳聖意。」

胡小天點了點頭，端起桌上的那杯酒喝了，微笑道：「看來今天真是雙喜臨門，連貴國皇上都願意見我了，今晚過去倒要問個明白，這聯姻之事，到底作何打算？」

周默道：「我陪你去！」

胡小天笑道：「你們還是安安生生回起宸宮，我是去大雍皇宮，那裡可不是什麼人都能隨便進入的地方。」

周默知道胡小天所說的都是實情，就算他跟過去也無濟於事，唯有留在外面等待胡小天的消息。胡小天以傳音入密向周默道：「大哥放心，我不會有事，你和熊孩子回去，保護好公主，確保起宸宮不要出什麼差錯。」

胡小天走出凝香樓，卻見石寬率領二十名金鱗衛全都在外面等待，已經為他準備了一匹駿馬，胡小天笑瞇瞇接過轡繩，翻身上馬，轉向石寬道：「石統領是吧？今天你公務在身，就不請你喝酒了，等下次有機會，我請你暢飲一場如何？」

石寬冷冰冰的臉上仍然沒有任何的笑意：「胡大人的好意石某心領了，咱們還是儘快入宮，以免耽誤了皇上的正事。」

胡小天嬉皮笑臉道：「石統領能否透露一下，皇上找我究竟有什麼正事？」

石寬並沒有理會他的詢問，冷冷道：「即刻護送胡大人入宮！」

胡小天和石寬並轡而行，這貨仰望星空悠然自得，忽然沒頭沒腦地來了一句：「石統領有沒有覺得入宮是一門技術活？」

石寬有些不解地看了他一眼。

胡小天又把面孔昂了起來，凝望空中的那彎明月，拿捏出一副高深莫測的表情：「入宮其實和投胎一樣，絕對是一門技術活。」他向石寬笑了笑道：「沒聽懂？」

石寬一臉迷惘，能聽懂才怪。

胡小天道：「同樣是投胎，有人投胎王侯將相之家，有人投胎貧民百姓，同樣是入宮，有人成了侍衛，有人成了太監，真是天意弄人啊！」

石寬臉上的表情瞬間石化，這也能讓他發出一通感慨？

胡小天知道此次入宮必有重大的事情，否則不會選擇在這個時候，這位大雍皇帝應該是突然想見他，此前並沒有計畫，胡小天心中暗忖，難不成自己擊敗了劍宮少門主邱慕白影響如此之大？按理說不至於，大雍皇帝薛勝康沒理由關注這樣的小事。可是如果是公事，也不會在夜晚傳召自己入宮？此事絕不尋常。

來到大雍西門的時候，石寬請胡小天下馬，裡面早有一層軟轎等在那裡，石寬做了個手勢邀請胡小天上轎，胡小天知道皇宮的規矩都不少，進入轎內坐了，裡面漆黑一團，轎子的門簾讓人封住，石寬道：「胡大人請見諒，宮裡的規矩是必須要遵守的。」

胡小天道：「其實沒必要那麼麻煩，直接蒙住我的眼睛就是。」

石寬道：「胡大人稍安勿躁，休息一會兒就可以見到陛下。」

胡小天雖然獨自入宮，可是心中並不害怕，畢竟霍勝男說過石寬能夠拿出蟠龍金牌，這其中應該不會有詐。既來之則安之，興許自己幫燕王薛勝景割包皮的事情傳到了皇上耳朵裡，他們不是親兄弟嗎，說不定也有這樣的毛病，難言之隱，一割了之，於是想起了自己。

胡小天坐在漆黑的轎內調息，趁著這會兒功夫將內息運行一個周天，頓時精神抖擻。回想起白日裡和邱慕白決戰的情景，看來那玄鐵牌內暗藏的劍譜真是無上的劍法，如果自己將整套劍法練成，達到將劍氣外放收放自如的地步，殺傷力豈不是會增加數倍，難道這圖譜上記錄的就是誅天七劍，誅天七劍所教授的重點不在劍法，而是劍氣外放之道。

轎子終於停了下來，石寬揮手讓人落腳，轎夫將轎子落下，石寬親自把門簾掀開，低聲道：「胡大人可以出來了！」裡面響起了輕微的鼾聲。一名金鱗衛將燈籠湊近了轎門，看到胡小天歪倒在轎子裡面正睡得酣暢。

石寬聲音依然如剛才那般低沉，不過聲音卻用內力送入胡小天的耳道之中：「胡大人！」聲音嗡嗡作響。

胡小天原本就是假寐，被石寬的聲音震得耳膜鳴響，心中暗罵，老子又不是聾子，你這麼大聲音作甚？佯裝被吵醒，睜開雙目，愕然道：「到了？」

「到了！」石寬應了一聲。

胡小天走出轎子，出來之後舒展雙臂伸了個懶腰，然後打了個哈欠道：「這一覺睡得還真是舒服。」目光投向前方的宮門，故作驚奇道：「這裡是什麼地方？」

石寬道：「勤政殿！」

胡小天看到勤政殿內燈火通明，光線透過窗格在殿前地面上留下斑駁的光影，大門前站立著四名金鱗衛，一動不動有如雕像一般。

石寬讓胡小天在門外稍等，舉步向門前走去，他要先稟報皇上，然後才能確定何時召見胡小天，來到門前，大門開了，裡面出來了一人，身姿窈窕，即便是濃郁的夜色也無法掩飾她的高貴和嫵媚，居然是大雍長公主薛靈君。

看到薛靈君，胡小天心中不由得一喜，原來她在這裡，卻不知今天大雍皇帝召見自己跟她有沒有關係？

石寬向薛靈君恭敬行禮道：「長公主殿下，陛下怎麼樣？」

薛靈君道：「剛剛服下徐太醫開的藥已經睡了，暫時不要打擾他。」

石寬應了一聲，薛靈君也看到站在院落中的胡小天，唇角浮現出一絲淡淡的笑意，輕移蓮步，慢慢走下了台階。

胡小天道：「小天見過長公主殿下。」

薛靈君道：「你怎麼來了？」

胡小天心中一怔，本來以為是薛靈君把自己叫過來的，可她既然這麼問應該是和她沒什麼關係。胡小天笑道：「連我自己都不知道自己怎麼就來了。」

石寬來到薛靈君身邊道：「啟稟長公主，是徐太醫向皇上建議的。」

胡小天越發奇怪起來，徐太醫？這大雍的太醫怎麼會知道我的？我跟他可沒什麼交情，就算我在雍都混出了點名氣，身為太醫也不敢貿然將我推薦給他們的皇上。

薛靈君道：「陛下好不容易才入睡，暫時還是不要打擾他了。」

石寬向胡小天道：「勞煩胡大人多等一會兒。」

胡小天心中暗罵，說是皇上要召見我，老子摸黑趕過來，結果這薛勝康居然又睡著了，還不讓我打擾他，這深更半夜的，難不成就讓我傻站在這裡等著他？

薛靈君道：「胡小天，你跟我過來吧。」

石寬愣了一下：「長公主殿下……」

薛靈君道：「他也不是外人，說起來還是我的義弟呢，我帶他去長春閣歇著，等皇上醒了，你過來通知一聲就是。」

石寬不敢違逆長公主的命令，唯有恭敬從命。

胡小天樂得跟薛靈君一道離去，總好過在勤政殿門前候著形同罰站，誰知道這大雍皇帝究竟什麼時候才能醒來。

長春閣就在勤政殿的東北，兩邊的距離不過五百步，一個小太監打著燈籠為他們兩人引路，薛靈君途中也沒和胡小天說話，來到長春閣前薛靈君擺了擺手示意那小太監離去。帶著胡小天走入長春閣內，發現劍萍也在這裡。

劍萍顯然沒想到胡小天會在這裡出現，驚奇地咦了一聲。

胡小天笑道：「劍萍姐姐也在啊，幾天不見，長得越來越漂亮了。」

劍萍當著長公主的面前被他一通誇讚，有些不好意思了，俏臉不由得紅了起來，忸怩道：「哪有……」

薛靈君格格笑了起來，一雙美眸秋波蕩漾，盯著胡小天的眼睛：「弟弟你這張嘴可真是迷死人不償命。」心中暗忖，這小子若不是太監，還不知要禍害多少純情女孩子。

胡小天卻歎了口氣道：「在宮裡待久了，有些話習慣了，不知不覺就說出來了，不過我說的都是真心話，君姐也是越來越美，尤其是這雙眼睛，眼波流轉嫵媚動人。」

薛靈君道：「你別給我戴高帽，是不是又改變主意了？」她擔心胡小天出爾反爾，不給自己做重臉術。

胡小天道：「君子一言駟馬難追，我答應了君姐，豈會更改。」

薛靈君招呼胡小天在紫檀木圓桌前坐下，讓劍萍沏了壺碧螺春，端上七色茶點，輕聲道：「今晚咱們就不走了。」

胡小天捏了塊點心吃了，又慢條斯理地品了口茶，方才問道：「君姐，皇上是不是遇到了什麼事情？」

薛靈君歎了口氣道：「我皇兄今晨用膳之後突然腹部疼痛，太醫院的幾位太醫會診之後，為他開了藥，本來已經好轉了，怎知道晚餐之後又突然加重。」

胡小天暗自鬆了口氣，看來大雍皇帝是請自己過來幫忙看病的，這算不上什麼大事。

薛靈君道：「想不到徐太醫居然向我皇兄保薦了你。」她是真沒有想到胡小天會在這裡出現，雖然她也有過讓胡小天過來幫忙診治的念頭，可這念頭也就是稍閃即逝，畢竟胡小天不是本國之人，大雍和大康雖然有了這層聯姻關係，可是國家和國家之間的事情誰有好說？今天是朋友，明天就可能翻臉成仇，更何況自從大雍立國之後和大康之間就摩擦不斷，提議一個他國的使臣來給皇兄治病，萬一出了什麼事情又該怎麼辦？雖然有太后和二皇兄治病在先。但是皇上的地位和他們又有不同。

國之君主他的安危關係到大康的社稷，所以和他相關的任何事情都必須要謹慎。

胡小天道：「我並不認識這個什麼徐先生。」心中琢磨著這事兒有些不對頭，自己和這位徐太醫素不相識，他怎麼會保薦自己？搞不好又是一個圈套。

薛靈君道：「徐太醫乃是我大雍太醫院第一神醫，多次為我皇家排憂解難，在雍都，他和神農社的柳長生可謂是杏林中的泰山北斗。」

胡小天道：「柳先生也來了？」

薛靈君道：「其實我皇兄這個病幾乎每年都要發作一次，柳長生也曾經入宮為他診治過，無論是他還是徐百川都是治標而不治本。徐太醫對你出手治好我母后的病讚不絕口，一直都說要和你見上一面呢，也許正是這個原因他才向我皇兄保薦了你。」

胡小天笑了笑沒說話，感覺薛靈君的這個理由並不能讓人信服。給大雍皇帝治病可不是鬧著玩的，這群太醫都束手無策，若是自己治好了他，肯定是大功一件，如果治不好，搞不好會把所有責任都推到自己的頭上，薛勝康盛怒之下要了自己的腦袋都有可能，這位徐太醫不是保薦自己，根本是在坑老子。可我和你徐百川往日無怨近日無仇，你把我拉進這麻煩裡來作甚？

薛靈君道：「怎麼感覺你心事重重？」

「有嗎？」

薛靈君道：「你和邱慕白決鬥結果如何？」她原本也是準備去現場觀看那場決鬥，只是突然聽說皇兄生病，所以入宮探望，現在見到胡小天方才想起詢問結果。

胡小天道：「看到我好端端地坐在這裡，君姐這問題是不是有些多餘？」

薛靈君有些詫異道：「這麼說你勝了？」

胡小天道：「難道你希望我落敗？」

薛靈君道：「邱慕白可是我雍都數一數二的劍道高手。」

胡小天道：「有多賤？」

薛靈君嗤地笑出聲來，這小子總是沒個正形，自己跟他好好說話，他偏偏跟自己插科打諢。

外面響起了小太監的通報聲：「長公主殿下，徐太醫來了！」

薛靈君道：「讓他進來吧！」

胡小天也提起了精神，他還是頭一次見到這位徐太醫，素昧平生就能被這位徐太醫推薦給大雍皇帝治病，這貨究竟是想坑自己呢，還是幫著別人坑自己？總之沒什麼好事。

大雍太醫徐百川走進了長春閣，他今年五十一歲，看起來要比實際的年齡要年輕得多，保養得當，也算生得相貌堂堂，來到長公主薛靈君面前，恭敬見禮道：「卑職參見長公主殿下。」

薛靈君道：「這麼晚了，你不在我皇兄身邊候著，來這裡作甚？」

徐百川笑道：「皇上已經睡著了，卑職抽空過來見見胡大人。」他目光向胡小天望來，拱手見禮道：「胡大人好，老夫徐百川在大雍太醫院做事，對胡大人的醫術聞名已久，仰慕已久！」

胡小天嘿嘿笑道：「我有那麼大的名氣？怎麼我自己都不知道呢？」

徐百川道：「胡大人為太后治好倒睫之事已經傳遍雍都。」

胡小天道：「倒睫之事小病罷了。」

徐百川道：「我們和大康太醫院之間時常交流，對胡大人的事蹟早有所聞。」

胡小天聽徐百川說得有模有樣，微笑道：「徐大人，不知貴上得的是什麼病？」

徐百川道：「應該是膽石症！」

「膽石症？」胡小天雙眉一皺，如果徐百川的診斷正確，那麼這薛勝康的病很可能需要外科手術治療。

徐百川道：「這病症已折磨皇上多年，幾乎每年都會發作，我等想盡辦法，雖可緩解陛下的症狀，可卻始終無法做到根除病症，所以才想請胡大人會診。」

胡小天道：「皇上醒了？」

徐百川搖了搖頭道：「剛剛睡了，我已經安排下去，只要皇上醒來就請胡大人過去，此次邀請胡大人入宮實在是有些冒昧，如有失禮之處，還望胡大人看在陛下的面子上多多體諒。」

胡小天點了點頭道：「我能夠體諒徐大人的良苦用心，不過在下年輕，也非醫學世家出身，甚至都算不上一個正統的醫生，徐太醫不要對我抱太大的期望。」

「胡大人過謙了！」

徐百川不敢離開太久，和胡小天寒暄了幾句之後又返回了勤政殿。

薛靈君剛才沒怎麼說話，一直都在旁邊悄悄觀察胡小天，輕聲道：「你好像有些不情願呢。」

胡小天歎了口氣道：「君姐，不是我不情願，如果我能夠治好皇上的病，小天必然盡力而為，只是小天才疏學淺，未必能有那個本事。」

這次的事情的確非常麻煩，就算他有這個本事，也不好應付，薛勝康乃是大雍皇帝，自己如果治不好他，肯定必死無疑，若是治好了他，在大康方面看來自己豈不是成了國家的罪人？恐怕整個大康從上到下沒有人不巴望薛勝康早死，他要是死了，大雍必然陷入一片混亂，日薄西山的大康或許有可以苟延殘喘數年，說不定因此而恢復元氣也未必可知。

薛靈君道：「你心中想什麼我都清楚。」

胡小天笑道：「哦？那君姐不妨說給我聽聽。」

「不說，小天！你是個聰明人，真要讓你給我皇兄治病，連我都不放心。」

胡小天道：「所以小天並不適合在這裡出現。」

薛靈君幽然歎了一口氣道：「夜了，劍萍你給胡大人收拾一間房讓他歇著。」

劍萍應了一聲，胡小天跟著劍萍來到了長春閣院中東廂房，還沒來得及進門，就看到一名小太監慌慌張張趕了過來：「胡大人！胡大人，徐太醫請您過去。」

薛靈君也被驚動，走了出來，輕聲道：「走吧，我也跟著過去看看。」

再度回到勤政殿外，卻見除了石寬和那幫金鱗衛以外，又多出了幾名太醫，來回踱步，顯得都頗為焦急。看到長公主前來，眾人紛紛迎上去見禮，薛靈君目光掃了一眼道：「皇后娘娘還沒到？」

石寬拱手行禮道：「皇上有命，除了長公主之外不得通知其他任何人。」

胡小天聞言心中暗忖，這薛勝康看來和他老婆也有矛盾啊，別看皇族聽起來威風，這家庭生活都不和諧，皇帝有病都要嚴密封鎖消息，連自己老婆都不告訴，看來在薛勝康心中還是同胞妹妹最為可信。不過這讓胡小天心裡稍稍安定了一些，既然皇后都不清楚，那麼皇子公主啥的就無從得知了，把自己請到宮裡面應該不是這幫人在背後作祟。

不是胡小天喜歡陰謀論，而是身在這危機四伏的雍都，他必須要凡事都多個心眼兒。

長公主薛靈君先行進入了勤政殿，至於胡小天還得乖乖在外面候著，等候大雍皇帝的傳召，等了一袋煙的功夫，方才看到徐百川出來，從他凝重的表情來看，情況應該不容樂觀。

胡小天跟著徐百川向勤政殿走去，途中低聲道：「皇上情況怎樣了？」

徐百川看了看周圍也不瞞他：「突然就加重了。」

胡小天暗叫麻煩，如果薛勝康病重，就算自己沒本事給他治病，這些人也不會放任自己離去。

徐百川道：「有個人胡大人應該認識。」

胡小天道：「誰？」

徐百川壓低聲音道：「周文舉！」

胡小天內心劇震，西川神醫周文舉他怎麼能忘，當初在燮州如果不是周文舉義薄雲天，捨身相救，自己恐怕根本無法脫困，自那以後胡小天就失去了周文舉的消息，現在聽到徐百川提起周文舉，胡小天心中怎能不激動。

徐百川道：「文舉是我的師弟。」

胡小天激動道：「徐大人可有他的消息？」

徐百川道：「他人在西州……」此時有小太監走了出來，徐百川慌忙停住不說。

胡小天雖沒有得到周文舉確切的下落，可是從徐百川的這番話已經明白周文舉仍然活在這個世上，心中欣慰之極，還好周文舉沒事，不然自己肯定要抱憾終生。

徐百川道：「我對胡大人的醫術早有所聞。」

胡小天笑了笑，看來徐百川真正瞭解自己的醫術乃是通過周文舉，這也難怪他會向大雍皇帝薛勝康保薦自己了。不過既便如此，仍然覺得理由不夠充分，畢竟是給一國之君治病，徐百川身為太醫院的帶頭人應該明白有些事情是必須要規避的。

勤政殿內燈火通明，一幫太監宮女全都噤若寒蟬地站在那裡，隨時準備聽候差遣。他們都是微不足道的小人物，他們的命運和皇帝的安康息息相關，如果皇帝出了什麼差錯，他們就是首當其衝的替罪羊，說不定全都會丟了性命。

## 第五章

# 劃開皇上的肚子

徐百川雖然請胡小天過來，
卻沒有想到他的治療方法是如此的驚天動地，
要用刀把皇上的肚子給劃開？
然後切掉膽囊，這胡小天吃了熊心豹子膽，
別說這麼做，就算是這麼想都是罪過。

胡小天跟著徐百川繞過屏風，走了進去，兩名宮女拉開帷幔，空氣中瀰漫著一股濃重的藥草氣息，雖然沒有仔細流覽這勤政殿內部的佈置，可胡小天也已經有了個大概的瞭解，勤政殿雖然很大，但是非常的空曠，裡面的裝飾非常簡樸，傢俱大都陳舊，並沒有預想中的富麗堂皇。看來薛勝康這位大雍皇帝日子過得比他的同胞兄弟薛勝景要寒酸得多，甚至比起薛靈君這位妹子的府邸也不如。

進入帷幔之後首先映入眼簾的是靠在牆邊的書架，上面擺滿了各類書籍，絕不是樣子貨，薛勝康博覽群書，涉獵甚廣。

薛靈君從龍床旁走了過來，眼圈有些微微發紅，來到胡小天面前輕聲道：「小天，你不用擔心，只管放手去做。」

胡小天心想你說得簡單，還不知你皇兄得的是什麼病呢。

來到龍床前，終於見到這位大雍帝王的真容，薛勝康四十九歲，靠在龍床之上，身後靠著兩個軟墊，面如金紙，雙眉緊皺，胡小天開始還以為是燈光的緣故，湊近一看馬上做出了判斷，薛勝康這很可能是阻塞性黃疸。

胡小天恭敬向薛勝景行禮道：「大康遣婚史胡小天叩見大雍皇帝陛下萬歲萬歲……」話還沒說完就已經被薛勝康打斷：「免了，這裡不是朝堂，你也非我的臣子……」他有些痛苦地皺了皺眉頭道：「徐太醫保薦你，說你醫術高超，在疑難雜症的治療上另闢蹊徑，而且頗為靈驗……朕母后的頑疾就是你治好的……」他說了那麼多話，明顯有些氣喘。

胡小天道：「陛下，外界傳言不足為憑，小天的確掌握了幾門祖上傳下來的秘方，可是我在醫術方面的認識著實有限，可陛下放心，我一定會盡力而為，不過陛下得先答應我，關於病情方面千萬不可隱瞞。」

薛勝康望著眼前這個年輕人，唇角居然露出了一絲笑意：「大康的使臣果然有些膽色，你問吧。」

胡小天道：「陛下發現這個病有幾年了？」

薛勝康道：「九年了，九年前第一次疼痛，開始的時候兩年發作一次，然後就變得越來越頻繁，今年已經是第二次了。」

胡小天心中暗自盤算目前才是三月，的確是夠頻繁的。他輕聲道：「陛下是不是右上腹一陣陣的疼痛，而且持續加重？」

薛勝康點了點頭道：「不錯！」

胡小天又道：「疼痛會向右肩背放射？」

薛勝康開始感覺到這個年輕人並不簡單，低聲道：「沒錯！」

「陛下今日可曾嘔吐？」

薛勝康道：「吐了三次。」

「是不是食欲不振，看到油膩的食物就感到厭煩？」

一旁的小宮女悄悄望向胡小天，可不是嘛，今天就是因為一名宮女端來的飯菜不合皇上的口味，被拖出去給砍了，想想當時的情景真是嚇人呢。

薛勝康點了點頭。

胡小天道：「小天斗膽，可以試一下皇上的體溫嗎？」

薛勝康道：「朕在發熱！恕你無罪！」

胡小天壯著膽子摸了摸薛勝康的額頭，此前在雍都想盡辦法都無法見到的大雍皇帝，如今已經可以近距離接觸，只怕再沒有一個國家的使臣能夠擁有自己這樣的待遇了。

試過體溫之後，胡小天又看了看薛勝康的鞏膜，根據他所表現出的症狀，並不難做出診斷，這位大雍天子得的是膽石症無疑。薛勝康目前的情況應該已經造成膽道梗阻，如果不及時為他手術，很可能會引起一系列的嚴重併發症，甚至危及性命也有可能。

一會兒功夫，薛勝康的額頭上又佈滿了冷汗，他低聲道：「你可有辦法？」

胡小天抿了抿嘴唇。

徐百川上前道：「陛下，要不要再服用一顆怯疼丹？」原本是出於好意的一句話，卻想不到觸到了薛勝康的逆鱗，薛勝康怒吼道：「混帳，朕不要吃什麼怯疼丹，你在愚弄朕嗎？就算一時止住疼痛，回頭這該死的疼痛依然會捲土重來，朕早就受夠了你們這幫無用的廢物！」

徐百川嚇得噗通一聲跪了下去，磕頭如搗蒜道：「陛下息怒，陛下息怒……」過去他還從未見皇上發這麼大的火，看來今天是痛得無法忍受，一腔怒火終於發洩出來。

胡小天道：「陛下，怒傷肝，肝膽相照，陛下的病乃是出在膽上，動怒對您的病情不利。」

薛勝康雙目一凜，一股無形的氣勢如同泰山壓頂般向胡小天襲去，胡小天內心也不禁為之一顫，他總算真正感受到何謂王者之氣，薛勝康在氣勢上遠勝大康皇帝龍燁霖。雖然內心為之一顫，可是胡小天卻沒有留露出絲毫惶恐的表情，這幫大雍侍衛雖然戒備十足，但是仍然百密一疏，胡小天忽然想到，如果自己想要對薛勝康不利，現在這樣的距離下，只要刺殺必然不會失手。

薛勝康低聲道：「你有辦法嗎？」

胡小天抿了抿嘴唇，他的內心充滿了猶豫。

薛勝康道：「你是不是擔心如果治不好我的病，必然會被我所殺？」

胡小天笑道：「陛下的病又不是什麼絕症，小天雖不才，可是還有些辦法。」

薛勝康道：「那就擔心如果治好了我，這件事傳到大康，你就會成為大康公敵，成為千夫所指的罪人。」

胡小天心中暗歎，這薛勝康果然不同尋常，一眼就看穿了自己為何猶豫。

薛勝康道：「你放心，有些事只要你自己不說，就永遠不會傳到大康國內。」

胡小天也算是讀過二十四史的，帝王心術他多少還是有些瞭解的，他們的承諾只能當做是個屁，這幫帝王之中，翻臉不認人的機率實在是太高。

薛勝康又道：「你若是還不放心，大康能給你的，朕都能給你！」

胡小天道：「多謝陛下厚愛，只是小天的治病方法陛下未必能夠接受。」

薛勝康道：「但說無妨！」

胡小天向長公主薛靈君笑道：「勞煩長公主殿下幫我取來紙筆。」

薛靈君馬上差人去辦。

胡小天紙筆在手，馬上在紙上畫出了膽囊的局部解剖結構，他向薛勝康道：「陛下的毛病出在這裡，如果小天沒有判斷錯，應該是有石頭卡在了膽囊的壺腹部，所以造成了陛下的黃疸。」

眾人看到胡小天畫的那張圖都是一頭霧水，畢竟誰也不懂得人體解剖。徐百川雖然是大雍太醫院的領頭人，對此也同樣是一無所知，他可沒有人體解剖的經驗，相關知識貧瘠得很。

胡小天也沒必要跟他們解釋清楚，在膽囊的壺腹部畫了一塊結石道：「這兒長了塊石頭因滾動摩擦而造成了疼痛，現在石頭被卡在這個部位，影響了膽汁排空，引起膽囊腫大，如果不及時將石頭取出，很可能會引發一系列其他的併發症。」

薛靈君忍不住問：「那麼要如何將石頭取出？」她說的話正是其他人想問的。

胡小天道：「長公主問到了最關鍵的地方。」

徐百川道：「我們也判斷出陛下得了膽石症，此前也嘗試用藥石將之化去，怎奈收效甚微。」

胡小天道：「我的辦法大家權且聽聽，如果不同意也不要認為我別有居心。」

薛勝康此時又痛了起來，他強忍著疼痛道：「你說就是！」

胡小天道：「我的辦法就是將這顆石頭取出來。」

「如何取出來？」薛靈君和徐百川同聲道。

胡小天道：「開刀，打開腹部，然後找到膽囊，將膽囊切除，以後再無後患！」

徐百川雖然請胡小天過來，卻沒有想到他的治療方法是如此的驚天動地，要用刀把皇上的肚子給劃開？然後切掉膽囊，這胡小天吃了熊心豹子膽，別說這麼做，就算是這麼想都是罪過。

薛靈君斥道：「大膽，你胡說什麼？來人，把他給我趕出去！」她表面上是斥責胡小天，其實是在幫他，雖然薛靈君相信胡小天應該不會害自己的皇兄，可是這個建議根本沒有任何可行之處，肌膚毛髮受之父母，更不用說現在他要開刀的對象是自己的皇兄，大雍至高無上的皇帝。

胡小天趁機道：「那小的先告退了！」借著這個機會剛好溜走。方才後退了一步，就聽到薛勝康怒喝道：「你給我站住！」

胡小天停下腳步道：「陛下還有什麼吩咐？」

薛勝康卻沒有看他，目光盯住徐百川道：「徐百川，你有沒有把握治好朕的病？」

徐百川噗通一聲跪了下去，沒有那金剛鑽豈敢攬這瓷器活。

薛勝康道：「朕痛不欲生，皇妹，你記不記得十年前那個江湖術士為我算命的事情？」

薛靈君含淚點了點頭。

薛勝康道：「他說朕只剩下十年性命，屈指一算，已經到了他所說的大限了，難道朕真的註定無法逃過此劫？」

薛靈君顫聲道：「皇兄，您千萬不要胡思亂想，又不是什麼大病。就算這些太醫治不好您的病，天下之大，肯定還有聖手。」

薛勝康歎了口氣道：「胡小天，你有多大的把握治好朕的病？」

胡小天道：「我要說一點把握都沒有，陛下會不會讓我走？」

薛勝康面色一沉，冷冷道：「你想活命唯一的辦法，就是治好朕。」

胡小天道：「那我只能說有百分百把握了，可是陛下未必肯讓我治，就算陛下肯讓我治，我把陛下的病治好，小天的腦袋只怕也未必能夠保得住。」

薛勝康咬著牙關露出一絲古怪的笑容，他低聲道：「其他人都出去吧……胡小天留下！」

眾人都是一驚，誰也沒有想到皇上竟然要單獨和胡小天說話，而皇上此時的狀況如此之差，胡小天又不是大雍的臣子，焉知他會不會對皇上不利？

薛勝康道：「朕的話你們都沒聽到嗎？」

眾人不敢違逆他的命令，一個個全都退了出去，只留下胡小天在薛勝康身側，胡小天對薛勝康暗暗佩服，這薛勝康能夠成為中原霸主絕非偶然，此人的氣魄和膽色超人一等。

等到眾人離去之後，薛勝康方才低聲道：「其實，你並不是第一個提出這種治療方法的人。」

胡小天內心一怔，難道除了自己之外，還有人提出要為薛勝康進行手術治療？

薛勝康道：「十年之前，朕的膽石症還只是初犯，當時也是令朕痛不欲生，當時有人給我推薦了一位高人，他當時就對朕說，想要根除我的病症，就必須要將朕的肚子劃開，將苦膽取出，朕以為他是要害我，沒有答應。」

胡小天雖然很好奇，可是仍然忍住沒有追問，那位高人究竟是誰？在他的印象中好像只有鬼醫符刓才有這樣的本事，此前曾經聽柳長生提起過這個人，他也在大雍出現過，九年前去世，記得他的屍骨就被埋在郊外的黑駝山，難道鬼醫符刓就是死在了薛勝康的手中？想到這裡不禁暗暗心驚，常言道：伴君如伴虎，自己今天如果運氣不佳，可能會不明不白地死在這裡。不過看薛勝康如今的這幅模樣，應該是對當初拒絕那位高人感到後悔，他單獨將自己留下的目的，難道真動了要做手術的心思？

薛勝康道：「這病已經折磨了我整整十年，近三年來發作得越發頻繁，進入今年之後，朕的身體狀況也大不如前，這十年間朕也遍訪名醫，最後仍然還是這副樣子。他們的方子我嘗試了無數，全都是治標不治本。」他盯住胡小天的雙眼道：「你若是有信心治好朕的病，朕就讓你放手嘗試一次。」

胡小天讚歎他勇氣的同時又不禁暗暗心驚，薛勝康的這手術可不好做。

薛勝康道：「朕知道你心中有不少的顧慮，你放心，你只要治好了朕的病，我絕不加害於你。」

胡小天道：「陛下，小天畢竟是大康使臣，您難道就不擔心我會對您不利？」

薛勝康道：「大康對你好像沒多少恩情吧？你們胡家的遭遇朕也有所耳聞。」

胡小天道：「陛下如果信得過我，小天必盡全力而為。」他已經明白，今日之事勢成騎虎，自己如果拒絕了薛勝康，必然無法活著走出皇宮，唯有治好他，才有一線生機。

薛勝康道：「你需要什麼只管開口。」

胡小天道：「小天沒什麼要求，為陛下治病的事情絕不會向外透露半個字。」

薛勝康暗讚這小子聰明，低聲道：「你為燕王治病的事情，朕都瞭解得清清楚楚。」

胡小天頭皮一緊，看來薛勝康對他的這個同胞兄弟也不信任，自己為薛勝康切包皮的事情也被他查得清清楚楚。胡小天道：「小天治病的工具都在起宸宮，勞煩陛下派人去將工具取來。」

薛勝康道：「好，有什麼需要你只管對我皇妹說，朕有些累了，你讓他們進來吧。」

胡小天道：「是！」

胡小天為手術器械進行消毒的時候，薛靈君就坐在一旁靜靜看著他，終於忍不住歎了口氣道：「你當真要將我皇兄的肚子劃開？」

胡小天道：「此前想這麼做的人是不是都死了？」

薛靈君點了點頭：「凡是想害我皇兄的人都不會活下去。」她不由得憂心忡忡，既為皇兄的病情擔憂，又為胡小天的性命擔憂。

胡小天抬起頭來，向她露出一個陽光燦爛的笑容：「還好我是想救他。」

薛靈君抿了抿嘴唇。

「你不相信我？」

薛靈君道：「你是大康人，我有些顧慮也是正常的。」

胡小天道：「那是因為在你眼中皇上的性命要比我重要得多，我這種賤命一條的人，保不齊任何事都敢做出來。」

薛靈君道：「我不是懷疑你，我是擔心皇兄。」

胡小天道：「給你一顆定心丸，其實我比誰都怕死，所以我絕不會做傻事。」

薛靈君的唇角總算露出一絲笑意。

胡小天道：「所以我會盡自己最大的努力將皇上的病治好，因為只有這樣，我才能有一條活路。」他停頓了一下，抬起頭向窗外看了看，月上中天，這一夜只怕無法睡眠了。

薛靈君道：「如果你能夠治好我皇兄的病，他一定會重重賞賜你。」

胡小天道：「我不求什麼賞賜，甚至不希望任何外人知道是我救了皇上。」

「你擔心回國後會有麻煩？」

胡小天道：「立場不同，看待問題自然不同。」

薛靈君點了點頭道：「好，我答應你，這件事我一定為你嚴守秘密。」

胡小天笑道：「能問你一個問題嗎？」

「說！」

「皇上病得那麼重，為什麼不見皇后她們過來？」

薛靈君道：「因為害怕引起不必要的恐慌。」

胡小天道：「每個人都有私心，看來皇上真正信任的只有長公主你啊！」

薛靈君道：「小天，你要是治好了皇上，我會永遠把你當成我的親弟弟。」

胡小天敢於在這一時代開展外科手術還是有原因的，首先這時代人們的身體素質都很好，癒合速度遠遠超出他過去的認知，而且感染的機率很低，雖然沒有現代化的麻醉手段，不過很多麻藥也非常有效，個體對疼痛的耐受能力又遠超現代。

本來徐百川有許多種方法可以幫助皇上入眠，可是薛勝康卻拒絕這樣，他要保持清醒，無論他出於何種目的，這份勇氣都非常可嘉。

術前胡小天已經將回頭要進行手術的過程和步驟向徐百川詳細說明，在一切準備妥當，即將為薛勝康做手術時，徐百川方才歉然道：「胡大人不會怪我吧？」

胡小天明知故問道：「怪你什麼？」

徐百川歎了口氣道：「老夫也是沒有了辦法，皇上此次病情來得凶險，如果萬一出了什麼差錯，恐怕我和太醫院這些同仁的身家性命……」

胡小天笑道：「皇上洪福齊天又豈會有事？徐大人不必太過擔心了。」他心中當然明白，如果薛勝康這次的病情惡化，這些太醫肯定全都要掉腦袋，徐百川顯然是將自己當成了救命稻草，或許他本來也沒報太大的指望，卻沒想到提起自己的名字居然獲得了皇上的認同。應該說真正決定讓自己前來治病的還是大雍皇帝薛勝康，其他人的意見只是起到一定的參照作用。胡小天實在想不透，為何薛勝康敢對自己報以那麼大的信任，第一次見面就敢將他的性命交在自己的手中？

胡小天戴上手套，緩步走入那間用帷幔圍成的臨時手術室內。

薛勝康躺在床上平靜望著他，表現出的鎮定讓胡小天也深感佩服，在現代社會一場膽囊切除手術只不過是非常尋常的外科手術，但是在如今的時代，該是一件怎樣驚天動地的事情，薛勝康竟然毫無畏懼，一國之君的風範果然非同尋常。

「要開始了嗎？」薛勝康問道。

胡小天點了點頭道：「就快開始了。」

薛勝康道：「你怕我嗎？」

胡小天笑了起來：「從現在起我眼前只有病人，皇上不會怪我不敬吧？」

徐百川此時也跟了進來，躬身行禮道：「臣徐百川參見陛下……」

薛勝康歎了口氣道：「什麼時候了居然還說這種話，徐百川，你做了一輩子太醫，卻連做醫生最根本的事情都不懂，這方面你要跟胡小天好好學學，朕現在只是一個等待救治的病人。」

胡小天發現薛勝康的心態很好，位置擺得很正。雖然他是大雍國君，但是在目前這種狀況下決不能再擺國君的架子，將自己當成一個病人最好。

胡小天微笑道：「陛下，您想好了嗎？」

薛勝康呵呵笑了起來：「你以為朕會反悔嗎？」他搖了搖頭道：「從現在開始，不要把我當成什麼皇帝，我就是個普普通通的病人。」他緩緩閉上了雙目。

在胡小天看來，能夠拿得起放得下的都是了不起的人物，記得過去美國總統雷根遭遇槍擊的時候，當時就要求醫生不要把他當成美國總統，將他視為普通病人就好。為薛勝康這種大人物開刀絕對需要相當的勇氣，對任何醫生來說都是一個嚴峻的考驗，成功了或許有活命的機會，萬一有所閃失，就會死無葬身之地。

敢於為大雍皇帝薛勝康開刀，強大的心理素質和過硬的技術水準缺一不可。

胡小天一切準備就緒的時候，薛勝康突然又睜開了雙目，低聲道：「聽說你和勝景結拜為異姓兄弟？」

胡小天道：「是！承蒙燕王爺不棄，小天實在是受寵若驚，誠惶誠恐呢。」

薛勝康道：「勝景的眼光倒是不錯。」表面上在讚賞燕王的眼光，可實際上卻是在誇讚胡小天的能力。

胡小天道：「可以開始了嗎？」

薛勝康點了點頭，閉上雙目道：「你剛剛說要將朕的膽子拿掉，那麼以後朕豈不是要變得膽小如鼠了？」

胡小天笑道：「膽都沒有了還有什麼好怕？陛下會變得更加無所畏懼才對！」

薛勝康道：「朕也是這麼想呢！」

術前已經在薛勝康的腰部和膝下放上腰靠和軟墊，這是因為膽道位置較深，這樣的體位便於顯露，還可以使腹肌鬆弛。薛勝康身體狀態保持得不錯，皮膚富有彈性，肌肉飽滿，胡小天選擇右上腹直肌進行切口。

一切就緒之後，胡小天拿起了手術刀，徐百川看到胡小天手中寒光凜凜的柳葉刀，一顆心提到了嗓子眼。雖然他通過周文舉瞭解到胡小天的醫術神乎其技，可那畢竟是聽說，從未親眼見過，如果胡小天做手術的對象是普通人倒還罷了，可眼前這位是大雍的皇帝，徐百川此時手心中全都是冷汗，如果胡小天膽敢有任何的加害之心，皇上豈不是就完了，自己的身家性命，自己的一世英名全都懸於胡小天的這把刀上。可是現在一切都已經箭在弦上，後悔也來不及了。

手術區的範圍內，石寬和長公主薛靈君都在角落中旁觀，兩人也是胡小天在術前安排的二助三助手，以備術中不時之需。

薛靈君是因為關切，而石寬卻是想近距離保護皇上，目睹如此情景，薛靈君已經不忍再看，匆匆轉過身去。石寬雙目瞪得滾圓，雙拳緊握，他忽然明白，在這麼近的距離下，皇上的性命完全在胡小天的掌控之中，就算自己做足防範措施，也不可能阻止胡小天行兇，也許一切只能看天意了。

胡小天心無旁騖，真正進入手術狀態，腦海中就沒有任何的私心雜念，他完全做到了薛勝康所要求的那樣，眼前沒有皇帝，薛勝康和千千萬萬的病人一樣，只不過是一個普普通通的病人。

柳葉刀乾脆俐落地劃開薛勝康的肌膚，此前任何人敢做這樣的事情，早已被亂刀分屍。

胡小天的這一刀劃開了薛勝康的肚皮，石寬的內心為之一緊，隨即又稍稍放鬆了一些，他看出胡小天應該並無加害之意，不然這一刀不是劃開肚皮，而是一刀徑直刺下去。所有的手術器械石寬都親自檢查過，確信沒有餵毒。

徐百川看到薛勝康肚皮被劃開的情景，頓時雙腿發軟，心底發虛，額上佈滿了冷汗，感覺再也無法站立下去，因為雙手顫抖，托盤內的器械發出嘩啦啦的聲響。

胡小天轉過臉去，看到徐百川雙目中的恐懼，知道徐百川已經處於崩潰的邊緣，他搖了搖頭，低聲道：「石統領，你替下徐太醫。」

石寬此前也將手套帶上了，聽到胡小天叫他，馬上快步走了上去，穩穩接住了徐百川手中的托盤，徐百川如釋重負，再看薛勝康肚皮上的刀口，忽然腹中一陣翻江倒海，他再也忍不住，跌跌撞撞向手術區外面跑去，剛剛跑出去，就趴在廊柱之上劇烈嘔吐起來。

胡小天不為所動，已經開始了手術探查，首先檢查肝臟的顏色和質地，有沒有腫大或者萎縮，有沒有異常的硬變和膿腫，有條不紊地探察肝右葉的情況，然後是肝左葉。確信肝臟沒有異常情況之後，開始探察膽囊的情況。

薛勝康的膽囊已經腫大得如同茄子一樣，胡小天輕輕擠壓了一下，發現膽囊排空受阻，膽囊內多發結石，膽囊頸部也有結石嵌頓。不過膽囊周圍並沒有黏連。順勢用左手的食指和中指探入網膜孔內，左拇指放置於肝十二指腸韌帶上，從上到下摸診肝管、膽總管，排查其中有無結石或其他梗阻，探察周邊淋巴結有無腫大。排查胰頭病變。最後檢查胃和十二指腸部有無潰瘍腫瘤。

在仔細排查完膽囊周邊臟器病變情況後，胡小天才開始進行手術。他用三個深拉鉤墊紗布墊之後，將肝、胃、十二指腸和橫結腸拉開。石寬一個人只能處理兩個拉鉤，徐百川此時的狀況根本無法回到手術區幫忙，胡小天唯有求助於薛靈君了。

長公主薛靈君這輩子都沒有做過那麼殘忍的事，而且她還要親手幫忙將親大哥的肚皮拉開，一番猶豫之後，方才鼓起勇氣過去幫忙。三個深拉鉤同時拉開之後，十二指腸韌帶自然伸直，膽囊和膽總管顯露出來。

胡小天用鹽水紗布堵塞住網膜孔，這一步驟是為了防止膽汁和血液流入小網膜腔。

薛靈君雙手拽住深拉鉤，雙目緊閉，她看都不敢看，不過比起臨陣脫逃的徐百川，她的心理素質已經好上了許多倍。不敢睜眼倒不是因為害怕，而是關心則亂，看到親哥哥被人切開肚皮，而且還在裡面來回翻騰，心裡素質再好也無法承受。

石寬現在已經基本可以確定胡小天不會加害皇上，看到這廝鎮定自若的樣子，心中暗暗佩服，石寬儘管膽大，可是他也不敢在皇帝肚皮上動刀，修武之人全都明白，只有瞭解一個人的身體結構才能最為有效地擊倒甚至殺死對方，難怪胡小天可以擊敗劍宮少門主邱慕白。

胡小天用彎止血鉗夾住膽囊頸部，略微向右上方牽引，用手術刀沿著肝十二指腸韌帶的外緣切開膽囊頸部左側的撫摸，仔細分離出膽囊管，在分離的過程中，不間斷地牽動止血鉗，這樣可以使膽囊管稍稍呈現出緊張狀態，便於和周圍組織區別，認清膽囊和膽總管的關係後，放鬆膽囊頸部的牽引，避免膽總管被過度牽拉成角，用兩把止血鉗夾在距離膽總管半指左右的膽囊管上，這一過程必須要注意避免誤夾膽總管、右肝管和右肝動脈，以免造成損傷。

在兩個血管鉗之間剪斷膽囊管，並分別結紮遠近兩端。胡小天憑藉著深厚的局部解剖知識功底，找到膽囊動脈進行切斷結紮。

接下來就可以進行剝除膽囊的程序了，在膽囊兩側和肝面交界的漿膜下，距離肝臟邊緣一指處，行膽囊漿膜切開。薛勝康的膽囊應該在近期有過急性炎症，黏連較重，胡小天用手指沿著切開漿膜下的疏鬆間隙進行分離，從膽囊底部和膽囊頸部兩端向中間會合。分離完畢之後，行膽囊切除，並對膽囊和肝臟之間的交通血管和迷走小膽管進行切斷結紮，這是為了防止術後出血和膽瘺等術後併發症。

對膽囊窩內的少量滲血，利用熱鹽水紗布墊壓的方式進行止血。止血後，將膽囊窩兩側漿膜用絲線做間斷縫合，以防滲血或者黏連。

胡小天看到手術視野清潔沒有出血和膽汁污染，各種結紮機器可靠，決定不再放置引流。最後將大網膜置於肝臟膽囊和十二指腸之間，避免術後發生肝臟和胃腸的黏連，讓石寬抽出薛勝康的腰部支撐，逐層進行腹壁縫合。

石寬望著胡小天有條不紊的動作，心中實在是佩服到了極點，一個人怎麼可以對人體結構熟悉到這種地步？只有親眼目睹才敢相信。

胡小天關腹完畢之後，薛靈君方才敢轉過身來，心中又是擔心又是期待，顫聲道：「好了嗎？」

胡小天微笑道：「幸不辱命！」

薛勝康睜開雙目，徐百川的麻藥效果極好，雖然整個過程中薛勝康都有感覺，但是並沒有感到難以忍受的疼痛，他聲音虛弱道：「結束了……」

胡小天湊到他面前，微笑道：「陛下想不想看看你肚子裡面的寶貝？」他將一個小碗遞到薛勝康的面前，薛勝康舉目望去，卻見小碗中已經裝滿了小半碗石頭，最大的要有花生米一般大小，這還只是其中的一部分，那腫大如同茄子一般的膽囊裡面還有不少的存貨。

薛勝康道：「真是想不到……朕的肚子裡居然有這麼多的……寶石……」

胡小天暗暗發笑，寶石？因為你是皇帝肚子裡就是寶石嗎？普通的結石罷了，還真會往自己的臉上貼金。胡小天道：「陛下洪福齊天，這裡面可都是舍利啊！」

薛勝康唇角露出一絲笑意，不過他畢竟術後身體虛弱，連話都懶得說了。

胡小天交代道：「陛下必須要保持平臥，如果明天正午後沒什麼事情的話，就可以改成半坐位，何時恢復進食必須要經過我的同意。」

石寬叫來宮女太監，讓他們將現場打掃乾淨，為了穩妥起見，薛勝康就躺在那裡。

胡小天將注意事項全都交代了一遍，雖然手術做完，可是在確定薛勝康好轉之前他是不可能獲許離開皇宮的。

脫下手術服，摘下帽子手套，胡小天有種如釋重負的感覺，雖然膽囊切除術對他而言並不複雜，可是今次承受的壓力也是極大，來到勤政殿外，看到徐百川臉色蒼白地靠在殿前廊柱站著，整個人顯得憔悴之極，目光呆滯望著前方，不知他心中究竟在想著什麼？

胡小天走過去輕輕拍了拍他的肩頭，徐百川這才回過神來，看到胡小天臉上的微笑，馬上猜到這次手術必然順利圓滿，迫不及待道：「皇上怎麼樣？」

胡小天微笑道：「一切順利！」

徐百川聽到這個消息，心頭高懸的石頭總算落地，整個人卻突然失去了支撐噗通一聲坐到在了地上。

胡小天慌忙伸手去攙扶他，徐百川擺了擺手道：「不用，不用……我沒事……我沒事……」因為太過高興，竟然喜極而涕，胡小天手術成功就意味著他們這些人的性命全都保住了。

長公主薛靈君此時從勤政殿內出來，她的情緒也明顯放鬆了許多。目光落在徐百川臉上顯得有些不滿，今晚徐百川在手術中的表現她可看得清清楚楚，身為太醫之首，徐百川剛才的表現可謂是膿包之極，其實這也怨不得徐百川，他有生以來還是第一次看到胡小天這種治病的方法，雖然此前有過心理準備，真正親眼目睹的時候，仍然消受不起，感覺自己大半輩子的醫療經驗和觀點徹底被顛覆了。

徐百川滿臉慚色道：「見過長公主殿下……」

薛靈君甚至都懶得搭理他，轉向胡小天卻是一臉溫暖的笑意。

胡小天知道徐百川此時極其尷尬，主動為他解圍道：「徐大人，皇上身邊還是需要有人陪護，你經驗豐富，今晚看來就要辛苦你了。」

徐百川聽胡小天這樣說，心中實在是感激，他當然明白胡小天的良苦用心，自己今晚的糟糕表現，恐怕不僅僅觸怒了長公主，更激怒了皇上，胡小天這樣安排是要給他一個將功贖罪的機會，徐百川拱了拱手道：「我這就去！」他向薛靈君告辭之後趕緊入了勤政殿。

長公主薛靈君望著徐百川的背影，輕聲道：「你對他挺不錯啊！」

胡小天笑道：「其實徐太醫也立了大功，如果不是他的麻藥，今天的手術不會如此順利。」

長公主薛靈君歎了口氣道：「跟你一比我才明白，原來太醫院的這幫太醫全都是廢物。」

胡小天道：「術業有專攻，大家擅長領域不同，談不上誰高誰低。」

長公主薛靈君道：「難為你還能替他說話，你難道不清楚他為何要向我皇兄舉薦你？」

胡小天微笑不語，他怎能不知，徐百川和這幫太醫是因為遇到了難題，大雍皇帝薛勝康如果出了什麼事情，他們所有人要掉腦袋。

薛靈君道：「你這次立下大功，我皇兄一定會重重賞賜你。」

胡小天道：「區區小事何足掛齒，我救皇上不僅僅因為他是大雍的皇帝，更因為他是君姐的兄長，不然我才不會冒險呢。」

薛靈君聽到他這樣說，心中暖融融的無比受用，可謂是給足了自己面子。

胡小天道：「還是當作這件事沒發生過的好，皇上並不想這件事情傳出去。」

薛靈君意味深長道：「不希望這件事傳出去的是你吧？」

胡小天笑道：「我無所謂啊，相比較皇上的賞賜而言，我更在乎君姐的賞賜，不知君姐打算怎麼犒賞我呢？」

薛靈君聽到胡小天的這番話，居然從中感悟到一絲挑逗的意味，俏臉上自然而然浮現出嫵媚至極的表情，嬌滴滴道：「小天兄弟想我怎麼犒賞你呢？」

迷人風情看得胡小天呼吸為之一窒，旋即腦海中恢復了清明一片，自己是個太監啊，若是在她面前表現出色授魂與的模樣，以薛靈君在情場上的經驗，必然能夠看出自己的破綻，胡小天道：「餓了，能給點吃的嗎？」

薛靈君格格笑了起來：「有，你想吃什麼，我現在就安排御膳房做給你吃。」

胡小天道：「一碗陽春麵足矣！」

薛靈君眨了眨眼睛道：「這麼簡單？」

胡小天吃過陽春麵，來到了長春閣，休息的房間已經為他準備好了，而且浴桶內的熱水也已經打好，劍萍笑盈盈站在浴桶前，俏臉微微有些發紅，笑容中明顯帶著那麼一點的羞澀，更增添了幾分動人的嫵媚。她輕聲道：「胡大人，劍萍奉長公主之命，特來服侍胡大人沐浴。」

胡小天眨了眨眼睛，美人服侍自己沐浴，聽起來的確是充滿期待，可胡小天卻明白自己無福消受。真讓她服侍自己，假太監的秘密豈不是大白於天下了？

胡小天笑道：「劍萍姐姐太客氣了，小天可受不起。」

劍萍道：「是長公主的命令。」

胡小天道：「你回去跟長公主說，這事兒還是免了，我打小就伺候別人，如果別人伺候我，我肯定渾身不自在，再說了，我的出身劍萍姐姐應該清楚，有些秘密不想姐姐見到。」

劍萍俏臉通紅，當然明白他不想讓自己見到的是什麼。既然胡小天堅持，她也只能作罷，咬了咬櫻唇道：「那我就在屏風外候著，你有什麼需要就叫我。」長公主的命令她還是不敢違背的。

胡小天正想勸她出去。

房門被人敲響，卻是長公主薛靈君走了進來。胡小天心中暗奇，難不成薛靈君因為自己救了她哥哥，也準備親自伺候自己沐浴？此等豔福真是想都不敢想，讓我如何消受？又怎敢消受？

長公主薛靈君將手中的一個玉瓶遞給劍萍道：「小天，這是黑胡人送來的冰肌雪骨露，沐浴之後用在身上可以緩解疲勞，通體舒泰，回頭讓劍萍給你擦上。」

胡小天道：「君姐，我實在是不習慣……」

薛靈君道：「噯，你今晚立下如此大功，只當好好放鬆一下，劍萍很會伺候人，而且按摩手法一流，若是換成別人，我才捨不得讓她去侍奉，劍萍，你一定要好好伺候我這個兄弟，若是讓他有一絲一毫的不滿意，看我怎麼治你！」

劍萍道：「是！」

胡小天道：「小天聽聞大雍這邊生長著一種極其珍貴的異獸黑虎。」

薛靈君道：「黑虎？不錯，的確有此物，只是近些年來應該已經絕跡了。」

胡小天道：「勞煩君姐幫我問問，看看能不能找到一根黑虎鞭。」

薛靈君聞言不禁有些好笑，心中暗忖，你一個太監要黑虎鞭有何用？她並不知黑虎鞭功效的傳聞，以為只是普通的壯陽之物。看來胡小天討要這東西，十有八九是為了取悅他的主子。

胡小天道：「君姐千萬不要笑我，小天過去在大康皇宮的時候就聽一位前輩說過，那黑虎鞭可以讓太監枯木逢春，重新變回一個真正的男人。」

薛靈君第一反應就是怎麼可能？雖然有吃什麼補什麼的說法，可是總不能吃下去一根黑虎鞭就能長出來一根，胡小天這麼聰明的人怎麼會相信這種荒謬的傳言，不過她轉念一想每個人都有缺點，胡小天是個太監，也許太渴望重新變回成男人，所以他對一切的可能都想嘗試，於是點了點頭道：「小天兄弟，既然你開口求我，我一定會盡力幫你去找，不過能不能找到我可不敢保證。」

胡小天滿臉堆笑道：「拜託君姐了。」他才不是想要什麼黑虎鞭，只是因為剛才薛靈君讓劍萍試探自己，所以胡小天才故意這麼說，讓薛靈君對自己太監的身分深信不疑，以免再節外生枝。

薛靈君離開胡小天的房間回到長春閣內，劍萍跟著她來到裡面，恭敬道：「小主，剛才我仔細查驗過，胡小天他是個如假包換的太監。」

薛靈君點了點頭：「奇怪，一個太監怎麼可能還會對女人感興趣？」

劍萍道：「這種事並不是沒發生過，前朝的蔣公公不是一樣娶了三妻四妾。」

言者無心聽者有意，薛靈君冷冷望著劍萍道：「你是不是對他動了情，想要嫁給他當老婆呢？」

劍萍嚇得慌忙跪倒在地上：「小主，沒有的事情，劍萍這輩子只有您一個主人，沒有公主殿下就沒有劍萍的今天，除非是我死，劍萍是無論如何都不願意離開公主殿下的。」

薛靈君漠然望著她道：「你跟在我身邊那麼久，估計也是心有不甘，你放心吧，早晚我都會給你找個人家，不過怎麼都不會幫你選擇一個太監。」

劍萍花容失色道：「小主，劍萍對天發誓絕沒有那樣的心思。」

薛靈君不耐煩地擺了擺手道：「算了，不用這麼緊張，其實胡小天如果不是太監，倒也是個很有魅力的奇男子。」

劍萍得到她的應允之後方才敢站起身來，小聲道：「小主還準備讓他為您做重瞼術嗎？」

薛靈君歎了口氣道：「見到他為我皇兄手術的場面，我這心底到現在還感覺到非常的不舒服，此時反倒有些猶豫了。」她站起身來，緩緩走了幾步，輕聲道：「這個胡小天的確是有些本事，難怪大康會派他當遣婚史，只是為何他會入宮當了太監呢？」

劍萍道：「不是說大康龍燁霖謀朝篡位，將他親老子從皇位上趕下來，然後對此前龍廷恩重用的那幫臣子趕盡殺絕嗎？胡小天的父親胡不為乃是大康戶部尚書，胡家因此落難，胡小天為了救胡家，所以才代父贖罪，入宮當了太監。」

薛靈君淡然笑道：「應該沒有任何可能吧，如果龍燁霖真心要殺胡不為，絕不會因為他兒子入宮當太監贖罪就放過他們全家，這件事應該另有隱情。」

劍萍道：「要不要繼續查呢？」

薛靈君搖了搖頭道：「沒必要，大康朝廷現在正處於風雨飄搖之時，他一個太監又能掀起什麼風浪……」她的話尚未說完，金鱗衛統領石寬過來請她，卻是皇上再度醒來，醒來之後第一件事就是讓她過去見他。

薛靈君跟著石寬一起重新回到勤政殿內。

第六章

# 無人問津的階下囚

龍燁霖坐在宣微宮內，宛如一頭困獸一般來回踱步，
他終於意識到自己犯下大錯，以他的實力根本無法和姬飛花對抗，
一招走錯，全盤皆輸，
從萬人景仰的皇者到無人問津的階下囚，距離原來如此之近。

薛勝康躺在床上，靜靜望著兩旁的燭火，他的精神雖然仍然有些萎靡，可是身體的疼痛已經減輕了許多，薛勝康有種重生的感覺，他向來相信自己的直覺，此前的那種瀕死感讓他恐慌，若非如此，他也不會冒險決定讓胡小天為自己施行手術。

佩環輕響，薛靈君快步來到他的身邊，周圍宮人全都退了下去，一直守在皇上身邊的太醫徐百川也識趣地站起身來和石寬一起退了出去。

薛勝康唇角露出一絲淡淡的笑意。

薛靈君來到床前，關切道：「皇兄，你怎麼醒了？剛剛開過刀，損失了不少元氣，現在正是要好好休息的時候。」

薛勝康低聲道：「朕此時感覺還好，心中忽然想起幾件事要交代給你。」他的目光看了看一旁的座椅。

薛靈君明白他的意思，在他身邊坐下，輕聲道：「皇兄有什麼話只管說。」

薛勝康道：「朕生病的事一定要嚴守秘密，千萬不可讓相關人等走漏風聲。」

薛靈君溫婉笑道：「皇兄放心，我已做出妥善安排，不會有任何的紕漏。」

薛勝康道：「大康那邊的事情已經落實了，龍燁霖被從皇位上趕了下去，現在是他的大兒子龍廷盛在主持，簡皇后垂簾聽政……」說到這裡，他停頓了一下，喘了一口氣又道：「真正把持朝政的仍然是姬飛花。」

薛靈君道：「大康目前的狀況，無論誰坐在皇位上都只是一個傀儡罷了。」

薛勝康道：「龍燁霖自不量力，大康的那幫皇子皇孫全都是廢物，龍氏落到如今的境地實屬咎由自取。」

薛靈君柔聲道：「皇兄，您現在最重要的是休息，不必過度關心大康的事情，等到身體康復之後，咱們再探討這件事也不遲。」

薛勝康歎了口氣道：「小君，朕不是關心大康的事情，而是大康發生的事情讓朕不得不警醒啊。」

薛靈君眨了眨美眸，頓時明白了他的意思。

薛勝康道：「無論姬飛花如何強勢，他將一個在位的君主拉下皇位也必然會引起軒然大波，而此次大康宮中如此劇變竟然沒有掀起太大的波瀾，你以為是什麼緣故？」

薛靈君道：「姬飛花獲得了皇族內部的支持，比如說簡皇后。」

薛勝康點了點頭道：「大康皇族內部圍繞立嗣之事早就開始了明爭暗鬥，數代皆是如此，簡皇后自然想讓她的兒子登上太子之位，女人一旦被權力欲蒙蔽了內心，會變得比男人更加可怕，更加的不擇手段。」

薛靈君道：「所以皇兄擔心皇后她……」

薛勝康道：「道洪和道銘兩個他們這些年的舉動，朕都看得清清楚楚，朕之所以沒有過問，是想通過他們的所作所為看清他們的本性，更是要借此看清他們的娘親要如何鬥法。小君，朕發病的時候真的很怕，擔心自己會過不去這一關，所以才事先擬好了那份詔書。」

薛靈君笑道：「皇兄洪福齊天又怎會有事，現在不是已經逢凶化吉。」

薛勝康道：「朕在位這些年，大雍在我的手上富國強兵，朕凡事必鞠躬盡瘁，親力親為，正因為此，大雍被我打上了太深的烙印，就在剛才胡小天為我開刀之時，朕忽然意識到，自己是不是管得太多了？」

「怎麼會，如果沒有皇兄勵精圖治，焉能有大雍今日之強盛。」

薛勝康淡然笑道：「一個人再強，再有能力，他的生命終究有限，這世上沒有人會長生不死，朕也不能。」言語之中充滿失落。

「皇兄必然長命百歲。」

薛勝康呵呵笑了起來，卻不小心牽動了傷口，不由得皺了皺眉頭。

薛靈君關切道：「皇兄，您還是別說話了，好好休息，一切等康復了再說。」

薛勝康道：「朕還有一件重要的事情要交給你，幫我盯緊那兩個小子，千萬不可讓他們鬧出兄弟相殘的事情來。」

薛靈君點了點頭道：「皇兄放心，我會看緊他們。」說到這裡，她又想起了一件事情：「皇兄，道銘似乎對聯姻之事很不滿意。」

薛勝康道：「滿意如何？不滿意又如何？大雍乃泱泱大國，如果連聯姻這種事情都能出爾反爾的話，又拿什麼去取信天下人？他如果連這樣一件小事都看不破，又有什麼資格繼承朕的江山社稷？」

薛靈君秀眉一動。

薛勝康道：「一個真正的王者決不能凡事都想著去借助外力，而是要依靠自己，他的心思我何嘗不明白。」

薛靈君勸道：「皇兄，別想那麼多了，趕緊睡吧。」

薛勝康道：「人無遠慮必有近憂，大康的興衰就是我們的前車之鑒啊！」

龍燁霖坐在宣微宮內，宛如一頭困獸一般來回踱步，他終於意識到自己犯下大錯，以他的實力根本無法和姬飛花對抗，一招走錯，全盤皆輸，從萬人景仰的皇者到無人問津的階下囚，距離原來如此之近。

外面響起開鎖的聲音，龍燁霖的雙目中流露出些許的希望，當他看到來人是小太監尹箏之時，目光頓時黯淡了下去，尹箏將飯菜放在桌上，恭敬道：「皇上請用膳。」

龍燁霖望著那托盤中簡陋的飯菜，不由得怒從心起，上前一把將托盤推到地上，碗盤撞擊在地面上發出瓷片碎裂的聲音：「你算什麼東西？竟然給朕吃這些！讓姬飛花過來，朕要見他，朕要見他！」

尹箏歎了口氣，心中暗罵龍燁霖不識時務，撿起托盤，準備清掃地上的瓷片。

龍燁霖卻忽然抓住地上的一塊瓷片向他衝了上去，揮動瓷片刺向他的咽喉。

尹箏被嚇了一大跳，慌忙用托盤擋住。

龍燁霖不顧一切地衝向大門外，大叫道：「救命……」

來到門前，卻被一個身影擋住，抬頭一看正是姬飛花。

龍燁霖嚇得打了個激靈，手中的瓷片噹啷一聲落在了地上。

姬飛花在他臉上掃了一眼。

尹箏誠惶誠恐地趕了上來，正想解釋，姬飛花皺了皺眉頭道：「出去，我和陛下單獨說兩句。」

尹箏低頭離開了宮室。

龍燁霖望著姬飛花，表情中充滿了畏懼又帶著些許的期待，他咽了口唾沫，不知從何開口。

姬飛花道：「你剛剛不是要見我嗎？」

龍燁霖點了點頭道：「愛卿，朕……朕想通了……」

姬飛花唇角露出一絲充滿嘲諷的笑意：「陛下的話，飛花還真是不明白呢。」

龍燁霖道：「朕不該聽信讒言，懷疑愛卿對我的忠誠，朕發誓，朕以後什麼都聽你的，再也不做對愛卿不利的事情。」

姬飛花歎了口氣，心中暗道，早知如此何必當初，現在跟自己說這番話豈不是太晚。

龍燁霖道：「愛卿可否再給我一個機會？」

姬飛花道：「我此次過來找你，是想送你去靈霄宮，不知你意下如何？」

龍燁霖拚命搖頭道：「朕不去，朕不去……」當初他協同姬飛花一起將自己的父親從皇位上拉下來，然後將他送到縹緲山靈霄宮軟禁，卻想不到這麼快就輪到了自己。

姬飛花道：「你不想去也可以，不過你要跟我說實話，當初和權德安是如何策劃，在宮中權德安又安插了多少人？」

龍燁霖道：「這件事你不該問我，你應該去問權德安。」

姬飛花冷笑道：「我若是能夠找到他，又何必來見你這廢物！」

龍燁霖的內心如同被鞭子狠抽了一記，自己在姬飛花的面前早已體無完膚，他甚至不把自己當成一個人看待，哪還有絲毫的尊重，龍燁霖痛苦到了極點，他現在的狀況當真是生不如死，可是一想到死，他又從心底感到害怕。不得不放低尊嚴，去祈求姬飛花，尊嚴？他現在還有什麼尊嚴，在姬飛花的眼中他只是一條搖尾乞憐的狗而已。

龍燁霖道：「朕什麼事情都不清楚，一切都是權德安在安排，我只是一時糊塗，受了他的蠱惑，朕真是悔不當初啊！」

姬飛花道：「永陽公主跟隨你前往靈霄宮探望老頭子的時候，偷偷帶回來一封信你知不知道？」

龍燁霖拚命搖頭道：「我不知情，我不知情！」

姬飛花道：「老頭子通過她向太子傳訊，他知道玉璽在哪裡。」

龍燁霖聞言心中一震，臉上浮現出極其怨毒的表情：「這些狼心狗肺的畜生，朕饒不了他們！」

姬飛花淡然笑道：「上樑不正下樑歪，他們可都是你的子女，自然像你十足。」說完這句話，他轉身就走。

龍燁霖慌忙叫道：「愛卿……愛卿，我知道錯了……」

房門在姬飛花的身後關閉。

尹箏躬身向姬飛花行禮：「提督大人。」

姬飛花道：「從今天起，他再敢不聽話就讓他餓著！」

「是！」

姬飛花準備離去的時候，李岩匆匆來到他的身邊，低聲道：「提督大人，尚膳監的張德全有話說。」

姬飛花點了點頭，此次宮變，他並沒有急於大開殺戒，即便是宮廷內部的肅清也是在悄悄進行，張德全是權德安的手下，此前他就已經將一切掌握得清清楚楚，不過他並不急於收網，而是等待這些人主動投誠：「讓他去內官監見我！」

張德全誠惶誠恐地來到內官監，姬飛花靜靜坐在那裡等著他，他的表情溫和而平靜，並沒有任何的戾氣。

每個太監在入宮之後都必須要學會察言觀色，至於修為的深淺那就在各人修煉了，張德全無疑是擅長此道，他恭敬向姬飛花行禮道：「張德全參見提督大人！」

姬飛花道：「你找我有什麼事情？」

張德全道：「是有些事情。」

姬飛花點了點頭道：「說！」

張德全道：「有關權公公的。」

姬飛花笑了起來，指了指身邊的椅子：「坐吧！」

張德全頗有些受寵若驚，謝過姬飛花之後坐下：「事情其實是這樣，權德安一直都在籌畫對付提督大人。」

姬飛花道：「如果咱家沒有記錯，張公公好像是他一手提拔而起的吧？」其實他自己何嘗不是這樣。

張德全道：「良禽擇木而棲，小的沒什麼大志，只想安安生生度過這輩子，本來也準備裝出什麼都沒有發生過就算了，可是思來想去，有些話還是要告訴提督大人知道的。」

姬飛花道：「張公公也是宮中的老人了，咱家的為人你應當清楚，咱家向來恩怨分明，快意恩仇。」

張德全顯得有些惶恐道：「只是小的過去也幫權德安做過一些事情……」

姬飛花道：「這你倒是不用擔心，過去的事情就過去了，只要你對咱家坦誠相待，咱家自然會既往不咎。」

張德全點了點頭，似乎終於下定了決心：「權德安為了對付提督大人，也算得上是處心積慮了，他當初安排胡小天入宮，其實就是為了接近大人。」

姬飛花皺了皺眉，這個資訊根本毫無營養，他早已從胡小天那裡知道了這件事。

張德全看出自己的這個資訊並不足以打動姬飛花，壓低聲音道：「那胡小天根本就是個假太監！」

姬飛花目光一凜：「你說什麼？」

張德全道：「權德安根本沒有為胡小天淨身，當初胡小天入宮之時為了逃避驗身，是我親自去現場將他要了過來，這都是權德安在背後授意我這麼做。」

姬飛花歎了口氣道：「你們還真是膽大，竟然弄了個假太監入宮，難道不怕事情敗露要了你們的腦袋。」

張德全道：「權德安以胡不為夫婦的性命做要脅，讓胡小天趁機接近大人，從大人這裡刺探情報。」

姬飛花淡然笑道：「就這些？」張德全所說的這些他大都清楚。

張德全道：「還有一件事，這宮中其實還有人和洪北漠勾結，意圖救出太上皇，捧他復辟呢。」

姬飛花心中一動，表面上仍然風波不驚，端起茶几上的茶盞，慢條斯理飲了一口茶道：「哪個？」

張德全道：「凌玉殿的林貴妃和她手下的宮女葆葆。」

姬飛花眉峰一動：「你有什麼證據？」

張德全道：「長久以來林菀都是通過飛鴿傳書與洪北漠互通資訊，權德安早就盯上了她，其間阻劫過幾封他們的通信。」

「說的什麼？」

張德全道：「因為上面全是暗語，權德安也無從得知，不過有一點能夠斷定，洪北漠對宮中的情況瞭若指掌，應該是通過她們兩人的緣故，葆葆時常前往司苑局找胡小天，目的也是為了找出皇宮道地，據說有條道地可以直接通往縹緲山。」

姬飛花開始時只是抱著聽聽的想法，可越聽越是心驚，林菀的事情他早就清楚，但是林菀派葆葆前往司苑局調查密道卻從未向自己提過，她果然有不少事情瞞著自己。

姬飛花道：「就憑著你的一面之詞，讓咱家如何相信？」

張德全從袖中抽出一份名冊，恭恭敬敬呈上道：「這上面記錄了權德安在宮中安插的所有人手，大人只需按照這名單上面抓人，就能夠將權德安在宮內的勢力連根拔起。」

薛靈君離去之後，胡小天很快就成功喚醒了命根子，看來隨著內力的增加，提陰縮陽的功夫也隨之提升了不少，至少現在已經無需借助外部的刺激了。這一夜睡得相當舒服，薛勝康那邊也沒有什麼特別狀況，一整夜平平安安的度過。

第二天，胡小天天還沒亮就爬了起來，前往勤政殿去探望皇上的恢復情況，不過薛勝康應該是身體虛弱的緣故，睡到現在都沒有醒來。於是胡小天只能耐心等候，一直等到日上三竿，方才等到薛勝康睡到自然醒，將他傳召進去。

胡小天知道這一時代人們自我修復的能力都強大，檢查了一下薛勝康的刀口，居然已經開始癒合了，這速度還真是讓人驚歎。為薛勝康換了一次藥。根據傷口目前的狀況，估計最多三天，薛勝康就能夠完全康復。

薛勝康的精神明顯好轉了許多，他笑道：「朕感覺已經好了呢。」

胡小天道：「陛下不可心急，傷口雖然癒合很快，但是並沒有完全長好，還是需要靜養幾日才能下床活動。」

薛勝康道：「朕現在可以坐起來嗎？睡得腰痠腿疼，真是難受啊！」

胡小天笑道：「當然可以！」他讓宮女拿了一個軟墊，扶起薛勝康讓他靠在軟墊上。

薛勝康半躺在床上，感覺這個姿勢舒服了許多，愜意地舒了口氣道：「胡小天，朕這次的病多虧了你，你倒是說說看，想要什麼賞賜？」

胡小天笑道：「小天的確沒什麼想要的，不如皇上答應欠我一次賞賜，等我以後想起來，再找皇上給我。」

薛勝康笑了起來：「你膽子果然不小，在朕面前敢提出這樣條件的，你還是第一個。」

胡小天道：「皇上乃英明之君，自然不會跟我這個小人物一般見識。」

薛勝康道：「能聽到你說出英明之君這四個字，朕不勝欣慰，你過去也在大康皇宮中做事，在你眼中，我和你們大康的君主哪個更英明呢？」

胡小天苦笑道：「陛下給小人出了一個天大的難題，我只能選擇不答了。」

薛勝康道：「不答就不答，我聽說你是大康戶部尚書胡大人的兒子，你父親當年為大康立下了無數功勞，到最後卻落得如此下場，你心中究竟是何感想呢？」

胡小天道：「陛下的問題一個比一個尖銳，小天只能繼續裝啞巴了。」

薛勝康微笑道：「你不用怕，朕非常欣賞你，你若是願意，朕就把你留在大雍做事，讓你統領太醫院如何？」

胡小天誠惶誠恐道：「陛下實在是高看我了，小天何德何能，豈敢擔當那麼重要的責任。」

薛勝康道：「朕用人從來不看出身和資歷，朕看重的是能力，只要你有能力，朕就會給你施展才能和抱負的機會，我大雍能有今日之局面，和朕知人善任還是有些關係的。」他對自己在用人方面還頗為自得。

胡小天道：「多謝陛下美意，小天等到公主和七皇子完婚之後，就要返回康都覆命。」

薛勝康道：「朕知道你是擔心身在康都的爹娘，你不用怕，只要朕開口，他們應該會給朕這個面子，將你的爹娘平安送到大雍來。」

胡小天道：「陛下，小人對自己的爹娘瞭解得很，他們是寧願死也不肯離開故土的，身為人子，小天必須要順從父母的心願。」

薛勝康點了點頭，頗有感觸道：「寒門多孝子！」

胡小天心中暗暗抗議，屁！老子想當年也是個官二代，我們老胡家也是大康響噹噹的名門望族，不是什麼寒門，可是轉念一想，在薛勝康眼中普天之下皆是寒門，只怕連大康龍家如今都要被他看不起，更不用說自己家了。

胡小天道：「陛下，您現在的情況已經穩定了，小天也出來了這麼久，想先回起宸宮去看看，也省得公主他們擔心。」

薛勝康道：「也好，讓石寬送你回去，對了，這件事你應該知道該怎麼做吧？」

胡小天笑道：「陛下放心，小天完全不記得昨晚發生過什麼事情了。」

薛勝康微笑頷首，胡小天還真是聰明伶俐。

胡小天回到起宸宮的時候已經是正午時分，周默等人全都在翹首企盼，等候他的到來，雖然明明知道胡小天被傳召到了宮裡，誰也不敢冒冒失失地去找他，至於發生了什麼事情，誰也不知道，如果不是霍勝男安慰他們不會有事，熊天霸殺進皇宮救人的心思都有了。

看到胡小天終於回來，熊天霸樂得合不攏嘴，他一直都在起宸宮外的路口處等著，所以胡小天一回來，他第一眼就看到了，陪著胡小天往回走，一邊嘮叨著：「胡叔叔，我師父他們都急死了，生怕你被他們給害了。」

胡小天笑道：「胡說什麼？我又不是什麼重要人物，他們害我作甚？」

兩人說話間已經來到了起宸宮外，周默聞聲也迎了出來，微笑道：「回來就好，從昨晚到今天公主找了你好多次，說是有急事呢。」

胡小天道：「我這就去見她！」

夕顏對胡小天昨晚的去向也頗為關注，等胡小天到了，一雙美眸冷冷看著他，似乎要透過胡小天的這身皮囊一直鑽到他的心窩子裡去。

胡小天笑瞇瞇道：「小天參見公主殿下！」

夕顏冷哼了一聲，仍然惡狠狠盯著他。

胡小天終於感覺到有些不自在了，乾咳了一聲道：「就算我長得比多數人帥那麼一點，也不用看得那麼肆無忌憚吧？」

夕顏道：「胡小天啊胡小天，你這詭計多端的傢伙，究竟有多少事情瞞著我？」

胡小天笑道：「瞞著你是為了怕你為我擔心，好男人都是在外面打落門牙往肚裡咽，回到家裡，在老婆面前還得強顏歡笑，像我這樣的男人打著燈籠都找不到吧？」

夕顏咬牙切齒地笑道：「的確找不到，因為你根本就不是男人！」

胡小天道：「這話太傷感情了。」

「劍法不錯，居然能夠戰勝劍宮少門主邱慕白。」

胡小天道：「消息還是蠻靈通的，我以為你整天待在這起宸宮，腦子都呆傻了，看來還是一如既往的聰明伶俐。」

夕顏道：「你昨晚去哪裡了？」

「男人出去應酬，女人最好別問！」

夕顏柳眉倒豎，只差撲上去要把胡小天給生撕了。

胡小天馬上又換了一副笑臉道：「說起來，到時要恭喜公主殿下，賀喜公主殿下了。」

夕顏看到這廝變臉如此之快，更是恨得牙根癢癢：「有話快說，有屁快放！別在這兒給我兜圈子。」

胡小天笑道：「你還真是粗魯，不過我喜歡！」

夕顏道：「那我以後還必須要文雅一點，凡是你喜歡的我才不屑去做。」

胡小天道：「昨晚我入宮見到了皇上，皇上對你和七皇子的婚事贊同得很，還說要親自為你們主持婚禮呢。」

夕顏低聲道：「你就那麼著急把我嫁出去？」

胡小天道：「你處心積慮，改頭換面不就是為了這一天嗎？」

夕顏道：「他若是敢來主持婚禮，我剛好一箭雙雕，一併將他們父子兩個全都幹掉！」

胡小天嚇得吐了吐舌頭：「你這是要把我逼上絕路嗎？」

看到胡小天又驚又怕的樣子，夕顏心頭沒來由一陣快意，終於忍不住格格笑了起來。

胡小天心中暗道，什麼話我都跟你說盡了，如果你仍然堅持要對薛道銘下手，就休怪我不講情義，為了自己和家人朋友的平安，不得不對你採取極端手段了。

夕顏一雙美眸盯住胡小天的眼睛道：「你現在心裡想什麼？是不是在想如果我固執己見，你就要想辦法對付我，決不讓我如願是不是？」

胡小天低聲道：「知夫莫若妻還是有一定的道理的。」

「你想殺我？」夕顏美眸流露出冰冷的寒意。

胡小天微笑道：「捨不得，不過你要是把我逼急了，我就給你下點迷藥，然後把你偷偷轉運出去，廢了你的武功，讓你一輩子老老實實跟在我的身邊，當一個被我呼來喝去的女奴，每天伺候我穿衣吃飯，下雨給我打傘，熱天給我搧扇，冬天給我暖腳……」

夕顏打斷這廝的臆想道：「你給我下藥？你有那個本事嗎？不過你倒是提醒了我，我完全可以這樣對你啊！」

胡小天道：「我說咱兩人能不能別總是想著你坑我我坑你，這種時候，咱們好像更應該一致對外吧。」

夕顏道：「大康那邊的事情，你的確沒有騙我。」

胡小天道：「我犯得著騙你嗎？你對我不仁，可是我對你不能不義。」

「聽起來還真是有些感動呢，胡小天，如果我不嫁給薛道銘，到時候你又拿什麼交差？」

胡小天道：「你改變主意了？」

夕顏道：「我仔細想了想，幹掉薛道銘也沒什麼意義，還是殺掉那個黑胡四王子有些意思，看你可憐巴巴地求我，我就當同情你，幫你這個忙。」

胡小天道：「你想殺完顏赤雄？」

夕顏甜甜一笑，湊近他的耳朵：「不是我殺，是你去殺！只要你在我大婚之前殺掉完顏赤雄，我就答應你不殺薛道銘，而且我會乖乖以安平公主的身分嫁過去，幫你圓滿完成這次任務，你意下如何？」

胡小天道：「我怎麼覺得你還是在坑我？」

夕顏道：「我不是沒給你機會，總之，你殺了完顏赤雄就一切好說，如果你在大婚之前做不好這件事，那麼休怪我不講情面。」

胡小天道：「跟你好話說盡，搞到最後還是這個結果，足以證明你根本不在乎我。」這貨右手握拳放在胸口，痛心疾首道：「你知不知道，我很心痛！」

夕顏望著他嬌滴滴道：「看到你心痛，我好開心。」

「變態！」

夕顏的要脅並沒有給胡小天太大的心理壓力，胡小天認為夕顏的頭腦絕不次於自己，此前已經將各方局勢詳細分析給她聽，她應該也做了一番調查，如果她執意剷除薛道銘，坑害的不僅僅是大康，也有西川李氏，胡小天雖然不知道她和李氏之間的關係，但是有一點能夠斷定，夕顏必然會站在西川李氏的利益上考慮問題。

她剛才能要脅自己去殺完顏赤雄就證明她原本的計畫已經開始鬆動，應該意識到殺死薛道銘對西川李氏並沒有任何的好處。

當天下午蔣太后大駕親臨起宸宮，她的到來自然驚動了起宸宮上上下下，陣仗也是不小，有一百名金鱗衛護送太后前來，霍勝男和胡小天一起前往宮門外迎接，事前霍勝男已經安排手下兵衛將通往起宸宮的幾個路口封鎖，以免有意外發生。

蔣太后的鳳輦在起宸宮正門落下，一名小太監來到車前躬身伏下，兩名宮女分別在鳳輦旁站了，將蔣太后從鳳輦內攙扶出來，鳳輦到起宸宮已經臨時鋪上了紅色地毯，蔣太后這邊腳落在了實地上，董公公走過來接替了一名宮女，攙扶住蔣太后的右臂，恭敬道：「太后，這裡就是起宸宮了。」

蔣太后瞇起眼睛看了看，輕聲道：「今兒的陽光真是毒辣。」

董公公尖細著嗓子嚷嚷道：「華蓋何在？」

蔣太后笑道：「不用了，偶爾曬曬太陽倒也舒坦。」

霍勝男和胡小天並肩來到蔣太后身前，躬身行禮道：「參見太后，祝太后萬福金安！」

蔣太后道：「都趕緊起來吧。」

「謝太后！」

胡小天看到蔣太后臉上的笑容陽光燦爛，推測到她並不知道她兒子生病的事情，不然肯定是笑不出來了。

霍勝男上前攙扶蔣太后，胡小天則在一旁引路。

蔣太后道：「這起宸宮，哀家倒是有日子沒來了。胡大人，你還住得慣嗎？」

胡小天恭敬道：「多謝太后照顧，不然小天只能在外面住客棧，估計連回去的路費都不夠了。」

蔣太后被他引得呵呵笑了起來：「你這小子，可真會逗人開心，胡小天啊，哀家聽說你跟勝景拜了把兄弟，究竟有沒有這回事兒？」

胡小天道：「有那麼回事，還是霍將軍幫忙見證的呢。」

霍勝男瞪了他一眼，她一直不齒燕王薛勝景的為人，才不會幫他們做什麼見證，不過她也沒否認，輕聲道：「太后，他們就是在起宸宮拜的把子。」

蔣太后笑道：「你和勝景都結拜兄弟了，咱們也不是外人，小天哪，你以後也跟哀家的兒子一樣！」

胡小天實在是受寵若驚，這豈不是等於讓自己叫她乾娘？其實普通人拜了把子，兄弟的父母自然是自己的父母，按理說叫聲乾媽也是應該的，可薛勝景的身分不同，他親娘乃是大雍太后，自己要是跟著叫乾娘，等於大雍皇親國戚的關係就落實了。

霍勝男卻不這麼想，蔣太后的乾兒子只有一個，那就是她的義父尉遲沖，現在居然也讓胡小天叫她母后，胡小天豈不是等於和尉遲沖平輩了，他們平輩不就意味著高出了自己一輩，自己豈不是要稱胡小天一聲叔叔？

胡小天笑道：「太后，小天不敢。」

蔣太后道：「有何不敢呢？你膽子不是挺大的嗎？」

胡小天總覺得蔣太后話裡有話，笑了笑，岔開話題道：「太后，我去將公主叫出來。」

蔣太后搖了搖頭道：「不用，咱們去喝會兒茶，黃瑛你們兩個先去見安平公主吧，別嚇著她，跟她說點咱們大雍皇宮的規矩，再將她請過來。」她口中的黃瑛乃是宮中穩婆，專門負責給妃子宮女驗身，今次跟隨蔣太后前來，目的就是查驗安平公主是否完璧之身。

胡小天當然明白這一套，想要嫁入皇宮肯定沒那麼容易，層層把關，自己是千里送貨，如今人家到了驗貨這一關，如果收到貨物，品質不合乎標準，肯定要退貨的。

物。她雖然早已交出了後宮的事情，如今大雍後宮都是皇后在打理，可是在關鍵的時候，老太后還會出來說話，比如這次董淑妃針對大康使團的事情，蔣太后如果不出面，還不知她會鬧到怎樣的地步。

霍勝男領著兩位宮中穩婆去了後苑，胡小天則陪著蔣太后去了寧心軒喝茶。

蔣太后端起青花瓷茶盞，抿了口茶，雙眸望著一旁的花池，沒來由歎了口氣。

胡小天小心翼翼道：「太后因何歎氣？是不是遇到了什麼不順心的事情？」

蔣太后道：「沒什麼，只是突然想起了我的那些子女們，昨兒哀家想將他們叫來慈恩園陪我吃頓飯，可每個人都說有事，皇上忙於政事，這老二就說身體不適，女兒又說她要參加一個什麼晚宴，在他們心中，哀家早已不重要了。」

胡小天不由得笑了起來，即便是貴為太后也一樣為這些家長里短的事情心煩，其實昨天薛勝康和薛靈君的確有事，至於薛勝康，畢竟剛剛切完包皮沒有多長時間，或許真的不舒服也未必可知。胡小天道：「皇上他們都是做大事的人，自然不可能有那麼多的時間陪您，不過我聽說無論皇上還是燕王都是仁孝之人，太后應該多體諒他們一些。」

蔣太后點了點頭，唇角現出一絲苦笑道：「哀家什麼道理都懂得，只是這心中有時候還是想不開，小天，你說我這個老太婆是不是太多事了？」

胡小天笑道：「怎麼會？太后宅心仁厚，平易近人，母儀天下，小天每次跟您說話都有種如沐春風的感覺，說句斗膽的話，覺得跟您特別貼心，好像跟我娘聊天的那種感覺……」說到這裡，他眼圈居然紅了，轉過臉去，看似觸景生情，實際上這貨根本是裝出來的。

蔣太后道：「想你娘了？」

胡小天點了點頭道：「自從正月出來，不覺已經三月上旬，離開的時候還是天寒地凍，如今已經春暖花開，等我回到康都只怕都是立夏了，小天忽然想起，在離開康都之時，我娘一早起來去路邊送我，卻被一名武士推到在地，當時小天連殺掉那名武士的心思都有了。」胡小天不由自主想起那天娘親送行之時的情景，心頭酸澀不已，虎目之中已經淚光閃爍，雖然其中有表演的成份在內，可是他整個人也已經成功入戲。

蔣太后歎了口氣道：「哀家那三個孩兒能有一個像你這般孝順，都心滿意足了。」

胡小天轉過頭去，用袖子擦了擦眼角道：「小天是什麼身分，哪敢和陛下他們相比，他們都是做大事的人，常言道自古忠孝不能兩全，為國事操勞，殫精竭慮，的確要忽略一些其他的事情。」

蔣太后道：「有些時候，哀家甚至想過，如果我們只是一個普普通通的百姓家，那麼哀家就能夠每天都看到我的子女了。可是我也明白，人不能太自私，既然掌控天下，就要為天下百姓謀福祉，皇上這麼做也是對的，其實他百忙之中還是沒有忘記我。」

胡小天道：「太后若是想見皇上，可以時常去宮裡住住。」

蔣太后搖了搖頭，宮裡又如何，還不是一樣。

此時霍勝男和那兩位穩婆已經回來了，兩位穩婆面帶喜色，其中一人來到蔣太后身邊，附在她耳邊說了幾句，胡小天傾耳聽去，雖然聲音細微，卻聽得清清楚楚，果然是兩位穩婆對驗身的結果極為滿意。

想起夕顏妖嬈和清純集於一身的模樣，胡小天心頭沒來由就熱了起來，卻不知和這妮子顛鸞倒鳳是一種怎樣的享受，他馬上意識到自己有些邪惡了，夕顏這個妖女可不好伺候，相對而言，她甚至比須彌天更加難以對付，須彌天修武之心非常堅定，以成就萬毒靈體為自身的最大目標，為了這個目標，她可以不惜一切代價，她的手段雖然毒辣，可是為人並不算複雜。而夕顏卻讓胡小天有種捉摸不透的感覺，身為五仙教聖女卻如此維護西川李氏，如果說她對自己有情，可偏偏幹得都是不通情理的事兒，如果說她對自己無情，可認識了這麼久，回頭想想，真正往死裡坑自己的事情她也沒做過。

過了一會兒，夕顏在兩名宮女的陪同下來到了寧心軒，憑心而論，她現在偽裝成紫鵑的模樣，就紫鵑的容貌而言算不上什麼絕代佳人，只是中上之姿。但是夕顏的氣質無疑要超出紫鵑數倍，即便是這樣的容貌，配上她舉手抬足間自然而然流露出的風姿，已經讓人感覺到心曳神搖了。

夕顏一副嬌羞無限的少女模樣，來到寧心軒內，向蔣太后施禮，聲音宛如出谷黃鶯一般道：「曦月參見太后，祝太后萬福金安！」

蔣太后微笑望著夕顏，和顏悅色道：「快起來吧！」又向董公公看了一眼道：「賜座！」

夕顏坐下之後，螓首低垂，文靜嫻淑，從她的身上哪還找得到半分的刁蠻狡詐，胡小天暗暗佩服這妮子的演技。

蔣太后對夕顏的第一感覺就是沒什麼不好的地方，也沒什麼特別的地方，她曾執掌後宮，自然見慣了後宮佳麗，相比較而言，夕顏的容貌當然算不上讓人驚豔，不過這小妮子身上與生俱來的高貴雍容的氣質卻是普通女孩身上沒有的，畢竟是皇家出身。

蔣太后道：「曦月，再過幾天你就要正式嫁到咱們薛家來了，也就是我們薛家的孫兒媳婦，既然都是一家人了，就不要拘謹。」

「是！」

蔣太后道：「哀家聽說你從康都過來，途中遭遇了不少的風險挫折，嫁妝也遺失了不少，所以跟皇后商量了一下，讓針工局根據你的尺寸趕做了幾身嫁衣，今兒順便給帶了過來，回頭你試試合不合身。」

夕顏道：「多謝太后掛懷，也請太后替我謝過皇后娘娘關心。」

蔣太后笑道：「等你嫁過來之後，親口去謝她，不過這兩天她也會過來的。」她將茶盞放在几上，茶已經喝完，雖然只是一個細微的動作，卻意在考校這位大康公主的眼色。

夕顏何其靈動，只一瞥就已經明白了太后的意思，不等其他人動作，已經主動站起身來，拿起茶壺為蔣太后續上茶水，一舉一動都顯得極其優雅，言談舉止都表現出極高的素養。

蔣太后應該對夕顏的表現頗為滿意，微笑點了點道：「哀家還有事情，也該走了，小董子，你將咱們帶來的東西跟小天交接一下。」

「是！」

眾人起身相送，蔣太后卻擺了擺手，只讓霍勝男一個人送她出去。

來到起宸宮外，霍勝男笑道：「太后可還滿意？」

蔣太后道：「這孩子姿色雖然平凡了一些，不過畢竟出身高貴，這一身的氣派是別家的孩子沒有的。」

霍勝男道：「皇后怎麼沒來？」

蔣太后道：「又不是她娶兒媳婦，她若是表現得太過熱衷，別人會以為她居心不良，淑妃因為這事兒已經是恨透了她，最近沒少往哀家那裡叫屈，皇上處理國家大事已經夠煩，哀家能幫他分憂還是幫他分擔一些，皇后可鎮不住淑妃。」

霍勝男笑了起來，忽然想起剛剛的事情，小聲道：「其實燕王爺和胡小天結拜應該是有事求他。」

蔣太后笑道：「他做了什麼混帳事又豈能瞞得過哀家，這麼大年紀還跟年輕時候一樣貪玩，絲毫不體恤皇上的辛苦，哪怕能夠幫助皇上分擔一些政務也好。」

霍勝男道：「人各有志，也許燕王爺的志向本來就不在這上面。」

蔣太后道：「胡小天這孩子我倒是喜歡，不但有本事，說的話還特別貼心。」

霍勝男道：「他是有些能耐，不過畢竟是大康的使臣。」

蔣太后笑道：「你是不是擔心我認了他當乾兒子，以後就要以長輩之稱來稱呼他呢？」

霍勝男不好意思地笑道：「才沒有！」

蔣太后道：「衝著勝景那裡，你是應該叫他一聲叔叔呢。」

「我才不會叫他叔叔呢。」

蔣太后一共送來了八箱禮物，除了綾羅綢緞，嫁衣鳳冠之類，還有不少的金銀珠寶，胡小天交接完畢，帶著鳳冠霞帔來到夕顏的房間內。

夕顏望著這廝嬉皮笑臉的樣子，冷冷道：「一副奴才相！」

胡小天道：「演戲罷了，你我其實沒有什麼分別，無非是扮演的角色不同。」他演的就是奴才，夕顏扮演的是公主，說穿了他們就是兩個演員，分工不同而已，誰也不比誰更高尚。

夕顏道：「拿這東西過來幹什麼？」

胡小天道：「太后有命，讓公主殿下試試嫁衣合不合身。」

夕顏道：「放那兒吧，回頭我自己試。」

胡小天道：「忽然很想看看公主穿上嫁衣的樣子呢。」

夕顏眨了眨眼睛，居然點了點頭道：「好啊，我現在就穿給你看好不好？」

胡小天眉開眼笑道：「我幫公主更衣。」

夕顏唇角露出一絲迷死人不償命的笑容：「好啊！如果你不介意雙手腫上一倍，儘管幫我更衣。」

胡小天點了點頭：「石榴裙下死，做鬼也風流，別說雙手腫上一倍，就算是再重要的地方腫上一倍，為了你也甘心情願。」

夕顏笑得花枝亂顫，胡小天也跟著笑，他們對對方已經十分瞭解，突然同時將面孔一板，夕顏看到這廝變臉比自己還快，原本醞釀的發作頓時落空，愕然道：「你翻什麼臉？你憑什麼跟我翻臉？」

胡小天道：「好心當成驢肝肺，你當我樂意伺候你？再見！」這貨拱了拱手，居然當真離去。

夕顏在身後柔聲道：「別走嘛，人家跟你認錯還不行嗎？」

胡小天停下腳步，卻聽夕顏又道：「這樣好不好，讓你幫人家脫衣服好不好？」

胡小天吞了口唾沫，慢慢轉過頭去，卻見夕顏已經化作一道虛影，粉拳一揚，照著他的鼻子就是一拳，胡小天身軀一仰，夕顏的這一拳頓時落空，胡小天的身體如同不倒翁一般，以雙腳為軸，不可思議地旋轉到夕顏的身後，然後直挺挺站了起來，張開臂膀摟向夕顏的纖腰。雙手剛剛沾到她的肌膚，感覺觸手處滑膩非常，夕顏如同靈蛇一般從他雙手的縫隙中鑽了出去，然後抓向胡小天的脈門。

胡小天右手握拳，一拳擊向夕顏溫軟如玉的纖手，這一招是勢大力沉，如果被他擊中豈不是要骨斷筋折。夕顏收回手臂，足尖一點，已經飄到後方兩丈，隨手一彈，一團粉紅色的煙霧蓬的一聲炸裂瀰散，將胡小天籠罩其中。

胡小天卻沒被這團煙霧逼退，他對夕顏的手法再熟悉不過，屏住呼吸衝破煙霧，閃電般出現在夕顏的面前。

夕顏也沒料到他來得如此快捷，後方就是牆壁，唯有向側方移動，胡小天已經衝上來伸出右臂，啪的一聲掌心落在牆上，阻斷夕顏逃跑的路線，左手玄冥陰風爪鎖向夕顏的咽喉。

夕顏居然不閃不避，將螓首一仰，雪白的粉頸完全暴露在胡小天的目光下，嬌聲道：「你這狠心賊，掐死我算了！」

胡小天的目光沿著夕顏頸部的曲線滑落到她峰巒起伏的胸前，又從高處逆行回到她的頸部，最終落在她的櫻唇之上，這貨忽然色膽從心生，低下頭去，試圖在夕顏的櫻唇之上吻上一記。

可是還沒有等他觸及夕顏的櫻唇，卻見夕顏的嘴唇突然變成了烏紫色，胡小天嚇出了一身的冷汗，有毒！再誘人也不能親下去，這貨抿了抿嘴唇，關鍵時刻居然退縮了。

夕顏星眸半舒，此時俏臉居然恢復了她的本來容貌，聲音慵懶誘人：「怎麼了？人家等著你呢。」

胡小天道：「你把我看成什麼人了？我胡小天雖然不是什麼正人君子，可也讀過聖賢書，知道男女之間授受不親的道理，更何況喜歡一個人未必一定要佔有她，而是要將她放在心裡尊重。」

夕顏咬住櫻唇，嘴唇已經完全變成了黑色，一雙美眸充滿嘲諷地望著胡小天，柔聲道：「胡小天啊胡小天，你還能再無恥一點嗎？是你自己怕死才對！」

胡小天道：「怕才能愛，愛才會怕，這麼簡單的道理你都不懂？」兩人近在咫尺，呼吸相聞，四目相對，心中卻彼此提防。

夕顏道：「你喜歡我啊？」

胡小天點了點頭。

夕顏道：「我不信……」

話沒說完，胡小天已經低下頭去，出乎意料地親吻在她漆黑如墨的嘴唇上，雖然是蜻蜓點水，可卻是真真正正的接觸，夕顏的嬌軀一顫，一雙星眸瞪得滾圓，流露出驚慌失措的神情，一顆芳心如同小鹿一樣亂衝亂撞，腦海中一時間變得空白一片。等她意識到發生了什麼，胡小天已經放開了她，笑瞇瞇道：「你就像一塊臭豆腐，聞起來臭，品起來還是蠻香的。」

夕顏道：「你不怕死？」

胡小天道：「人生自古誰無死……」說話的時候感覺自己的舌頭已經有些不靈便了。

夕顏冷冷道：「儘快找個地方，趁著頭腦還清醒的時候，挖個坑把自己埋了，應該還來得及。」

胡小天拿起了銅鏡，望著鏡中的自己，這會兒功夫自己的嘴唇已經腫出了老大，如同在嘴上掛上了兩根香腸，這妮子果然夠毒，居然真忍心在嘴唇上下毒。

胡小天放下銅鏡：「解尿……」他是想要解藥來著，只可惜現在連話都說不清楚了。

夕顏道：「自作自受，你不是石榴裙下死，做鬼也風流嗎？我成全你。」

胡小天把手伸了出去，可憐巴巴望著夕顏。

就在此時外面傳來楊璇的聲音，卻是霍勝男找胡小天過去有事商量。

胡小天低聲祈求道：「解尿……」

夕顏道：「茅廁裡多得是！」

胡小天在心裡把夕顏的祖宗八代問候了一遍，可偏偏又拿她沒辦法。只能掛著香腸嘴走出門去，胡小天一出門把楊璇嚇了一跳，真是沒認出來這長著一張鴨子嘴的人物竟然是胡小天。

胡小天正琢磨著該如何解釋，房間內忽然傳來夕顏怒沖沖的聲音：「小胡子，如果下次再犯，就不是掌嘴那麼便宜的事情了。」呃……這女人何其毒辣，落井下石，這下好了，所有人都知道自己被她掌嘴，所以才變成了如此模樣。

胡小天心中這個恨啊，不就是擅長用毒嗎？等以後你落在老子手裡，我一定要折磨得你求生不得求死不能。可他也明白自己眼前的這一關都不知道如何過去呢，畢竟藥物的毒性未明，是不是致命？有沒有後遺症，要說今天完全是自己咎由自取，夕顏那漆黑如墨的嘴唇，看著跟黑炭團似的，自己也能夠下得去嘴，這口味不是一般的重。意氣用事的下場果然是悲催的，自己當時怎麼就鬼迷心竅？非得啃上一口，嘗嘗滋味。真愛嗎？差點兒，賭氣嗎？好像是。蝮蛇舌中口，黃蜂尾後針，兩者皆不毒，最毒婦人心……

## 第七章

# 古靈精怪的妖女

除掉夕顏，這個念頭在胡小天的腦子裡稍閃即逝，
他發現自己絕對不可能忍心對夕顏下手，
難道自己當真如剛才在她面前表白那樣，
喜歡上了這個古靈精怪的妖女？

胡小天帶著一張紅腫的嘴唇出現在霍勝男面前，霍勝男自然也是錯愕萬分：「胡大人這是怎麼了？」

楊璇站在胡小天身後，忍不住想笑。

胡小天歎了口氣：「意淫難盡……」這貨口舌實在是不利索，明明是想說一言難盡來著，可一發音就成了意淫。

楊璇道：「胡大人剛剛做錯了事，被公主責罰了！」

事到如今，胡小天唯有承認，他這副樣子，若說沒被人掌嘴誰也不會相信。

霍勝男望著胡小天的樣子，心中又是好笑又是同情，只是有些奇怪，這安平公主平日裡性情好像很溫柔，不知胡小天怎生將她得罪？居然下狠手將他打成了這個樣子。而且打人不打臉，怎麼專挑明顯的地方打。

既然胡小天說話不利索，霍勝男就儘量長話短說，卻是她今晚要去慈恩園陪陪太后，這邊的警戒就交給楊璇負責了。

胡小天只是點頭，他現在是能少說一句就少說一句。

和霍勝男見面之後，胡小天又回到了內苑，卻想不到夕顏居然將房門緊閉，根本不給他見面的機會，胡小天恨得咬牙，這妮子八成是不想給自己解藥了，今天自己這張臉面可丟大了。

帶著極度鬱悶的心情回到了自己居住的小院，周默正在那裡指點熊天霸練武，看到胡小天進來，兩人都是吃了一驚，熊天霸說話不知掩飾，大聲道：「胡叔，你這嘴咋的了？怎麼看起來跟鴨子似的？」

周默瞪了他一眼：「一邊兒練武去！」他來到胡小天面前：「三弟，你這嘴唇怎麼腫這麼大？」

胡小天沒法說實話，丟人啊！歎了口氣道：「公主給我一塊睡過……」

聽得周默虎目圓睜，這兄弟真是膽大，連公主也敢睡？不對啊，這公主明明是個冒牌貨，她是妖女啊！

「水果！」胡小天好不容易才控制住舌頭正確發音。

周默這才明白人家說的是水果，不是睡過。夕顏是什麼人，周默多少還是瞭解一些，他低聲道：「難道是中毒？」

胡小天點了點頭，周默頓時擔心起來，怒道：「我去找她要解藥。」

胡小天搖了搖頭，示意周默不要生氣，其實是他咎由自取，不過他也不害怕夕顏會毒死自己，應該只是因為惱他真敢輕薄於她，所以略施懲戒，肯定不會致命，但是這香腸嘴估計要掛上一陣子了。

胡小天回到房內，找出了鏡子，對著鏡子看了看，自己現在的樣子簡直就是唐老鴨轉世，兩片嘴唇要是割下來足夠炒一盤的了。不過嘴唇是又紅又腫，並沒有發黑。

周默也跟著他走了進來，低聲道：「要不去神農社看看？」

胡小天苦笑道：「這個樣子，怎麼出門！」舌頭似乎感覺靈活了不少，看來藥力已經開始減退。事實也是如此，只過了半個時辰，他的嘴唇就消腫了一小半，雖然看起來仍然像個鴨子，不過比起剛才已經好看了許多，說話變得俐落了。

胡小天發現梁英豪不在，問過之後才知道他又去開挖水道，起宸宮通往外面的水道雖然可以通行，但是那是針對梁英豪而言，胡小天這些人若是想從水道行走，還需要進行局部改造，距離大婚只剩下短短五日，雖然不知這條水道究竟能不能夠用得上，不過也要提前做足準備，以備不時之需。

周默道：「再過五天就是大婚之日，三弟究竟作何打算？難道當真準備任由她嫁過去？」

胡小天道：「有何不可？」

周默道：「你不擔心她對薛道銘不利？」

胡小天道：「她又不是傻子，事情的利害關係我都跟她說得清清楚楚，她若是當真為西川李氏著想，就不會幹這種蠢事。」說完話，他又拿起鏡子照了照，嘴唇好像又消腫了一些。漸漸放下心來，估計夕顏的毒藥並不厲害，不然自己也不可能這麼快就恢復。

周默道：「此女詭計多端，若是她惹出麻煩，恐怕咱們的計畫會全部落空。」

周默對夕顏極不放心，她是目前最大的問題所在，不但可能毀掉他們的計畫，也能輕易毀掉他們此前的全部努力。

胡小天道：「大哥有什麼意見？」

周默道：「以防萬一，還是提前讓她消失！」

胡小天當然明白周默口中的消失是什麼意思，其實將安平公主送到大雍，他的使命就已經完成，如果現在安平公主出事，所有的責任也會推到大雍方面，更何況如今的大康朝廷內部風雲變幻，連龍燁霖都地位不保，他哪還有精力兼顧這邊的事情。除掉夕顏，這個念頭在胡小天的腦子裡稍閃即逝，他發現自己絕對不可能忍心對夕顏下手，難道自己當真如剛才在她面前表白那樣，喜歡上了這個古靈精怪的妖女？

周默看到胡小天臉上猶豫的表情，心中不禁暗歎，看來自己的這個三弟應該是對魔女動了真情，多情雖然不是什麼壞事，可是在做大事的時候卻能壞事。

周默道：「當斷不斷反受其亂，你千萬不要忘記，一時心軟可能會讓自己陷入萬劫不復的窘境。」

胡小天點了點頭道：「大哥的意思我都明白，只是她心機很深，智計百出，並不好對付，就算咱們可能得手，她的背後還有五仙教和西川李氏，這兩大勢力無論得罪哪一個都會很麻煩，所以最現實的還是選擇與她聯手。」

周默道：「只怕你想與她聯手，別人未必這麼想。」

胡小天道：「共同的利益面前，達成聯盟未嘗是什麼難事。」這廝習慣性地拿起銅鏡，看了看鏡中的自己，嘴唇比剛才又消腫了許多，看來用不了太久就會完全恢復。

此時侍奉夕顏的宮女過來找他，說是公主請他過去有事相商。

胡小天也沒有耽擱，跟著那宮女來到夕顏的房間內，夕顏看到胡小天這會兒功夫，嘴唇就已經接近完全消腫，感到有些不可思議，要知道她嘴唇上的毒乃是獨門秘製，如果沒有她的解藥，胡小天此刻應該腫成一個豬嘴頭才對，怎麼他居然這麼快就已經恢復？

胡小天笑瞇瞇道：「公主殿下找我來有什麼吩咐？」

夕顏叫他過來本來是準備給他解藥，可看到他如今這副模樣，應該根本沒有那個必要。想不到他不僅武功提升不少，連抗毒的能力都變得如此之強，卻不知他究竟有了什麼神奇際遇？冷冷道：「沒什麼事情，只是想提醒你，我跟你說過的那件事，最好要抓緊進行，不然休怪我不給你機會。」

胡小天明白她所指的是刺殺完顏赤雄的事情，不由得笑了起來，雖然嘴唇已經基本消腫，可是笑起來仍然不及平時的瀟灑自然，顯得有些滑稽。

夕顏心中想笑，卻又強行忍住，佯怒道：「你當我是在跟你開玩笑？」

胡小天歎了口氣道：「為什麼咱們之間不可以坐下來好好商量，為什麼咱們之間不可以精誠合作？畢竟咱們也是拜過天地的，更何況我還冒著被你毒死的風險給了你初吻，你怎麼可以如此狠心，怎麼可以如此殘忍地對待一個對你如此好的男人。」

夕顏柔聲道：「不知為何，看見你倒楣，我就從心底感到開心。」

胡小天想都不想就給出了一個答案：「因為你變態。」

夕顏道：「你想坐下來好好商量，那麼我就跟你實話實說，康都那邊的確發生了宮變，龍燁霖已經被姬飛花趕下了皇位，現在主持政事的乃是大皇子龍廷盛，我這個長公主乃是他的姑母，大康方面已經無人在乎我的死活，你也一樣。在姬飛花的眼裡你早已失去了可以利用的價值，你以為他還會在乎你的性命嗎？」

胡小天道：「那不如你指給我一條明路。」

夕顏道：「幫我殺掉完顏赤雄，我幫你救出你的父母，然後將你們一家送到西川。」

胡小天道：「好好的我去西川幹什麼？」

夕顏道：「你們胡家和李家畢竟是親家，你做成這件事情就是李家的功臣，我們五仙教在西川還算有些份量，到時候我請我們教主出山，可保你們一家在西川一世平安。」

胡小天呵呵笑道：「聽起來好像有些吸引力，不過我為什麼要求助於李氏？」

夕顏道：「你不是李氏的女婿嗎？你和李家小姐李無憂有過婚約啊。」

「你是說那個癱子？」胡小天的語氣充滿了不屑。

夕顏道：「不許你這樣說她，我和無憂乃是金蘭姐妹，你敢對她有絲毫的不敬，小心我對你不客氣。」

胡小天道：「那好，勞煩你轉告你的金蘭姐妹，也幫我轉告西川李天衡，他跟我們胡家早就一拍兩散，什麼狗屁婚約早已不復存在，他野心勃勃自立為王，想當皇帝，拜託他別踩著別人的肩膀上位，為何要連累我們胡家。」

夕顏道：「你們胡家的事情和李家有何關係？根本是龍燁霖想要對付你們。」

胡小天道：「還有哪個李鴻翰，他在燮州城意圖置我於死地，這筆帳我早晚都會跟他算清楚。」

夕顏道：「想不到你對李家竟然有這麼深的偏見。」

胡小天道：「沒什麼偏見，李家的興衰死活跟我一文錢的關係都沒有。」發洩一通之後，居然感覺壓在胸口的悶氣舒坦了許多，他又向夕顏道：「還有，你給我記住，你想殺薛道銘也罷，想殺完顏赤雄也罷，都跟我沒有任何關係，我也不會再參與你的任何計畫，等你大婚當日，我就離開雍都，有多遠逃多遠。」

「你……」

胡小天道：「之前阻止你胡鬧無非是為了中原的百姓著想，也因為我對你有那麼一點點的動情，且算是我的一點點私心吧。既然你不領情，老子又何苦拿自己的熱臉去貼你的冷屁股！」

夕顏因為這廝粗魯的言辭而俏臉發熱，真是太粗魯了，居然說出這等無恥下流的話。

夕顏道：「你不怕……」威脅的話尚未說完，就被胡小天打斷：「有什麼好怕，當太監都不怕，還怕死嗎？」

夕顏道：「你以為自己逃得掉？」

「那就不勞你費心了。」

夕顏道：「有件事你只怕還不知道，你娘現在並不在京城！」

胡小天聞言一怔，將信將疑地望著夕顏道：「你又怎麼知道？」

夕顏道：「她回金陵娘家了，是姬飛花讓人護送回去的。」

胡小天嘿嘿冷笑，目光中充滿了懷疑。

夕顏道：「你這人一向如此多疑，你自己回頭想想，我何時害過你？」

胡小天心中暗奇，自從來到雍都之後，她大門不出二門不邁，每時每刻都待在這起宸宮中，究竟又是從何處得來的消息？是她故意製造煙幕來擾亂自己的心境還是真有其事？難道這起宸宮內有她的內應？

夕顏看到胡小天滿臉疑竇，知道他並不相信自己的話，輕聲道：「你信也罷，不信也罷，目前唯一能夠保證你們一家平安的就是我……」或許是意識到自己說錯了話，她又補充道：「我們五仙教。」

胡小天靜靜望著她，看得夕顏心底不覺有些發虛，咬了咬櫻唇道：「你盯著我做什麼？」

胡小天歎了口氣道：「一個女孩子為何要摻和到這些事情中來，爭奪江山，逐鹿天下，乃是男人的遊戲，你好好找個男人嫁了，相夫教子多好？」

夕顏撇唇道：「你這個背信棄義的東西早已移情別戀，我才不要嫁給你。」

胡小天搖了搖頭道：「女人心機太深不可愛，太聰明了不可愛，玩弄政治的越發不可愛，夕顏，對女人來說，權力和富貴都是最虛無縹緲的東西，找個自己喜歡的，又對自己好的男人，那才是真正的人生贏家。」

夕顏眨了眨美眸道：「你是在給我灌迷魂湯嗎？」

胡小天道：「好話說盡，何去何從你還是自己選擇，總而言之，你不要妄想逼我做任何事。」他說完轉身向門外走去。

夕顏望著他毅然決然離去的背影，目光竟然有些癡了，只覺得胡小天轉身離去的剎那真是帥到了極致。

夜幕降臨，梁英豪仍然沒有回來，這讓周默不禁有些擔心，他離去之前曾經說過會在天黑之前回來，卻不知因為什麼事情耽擱了？他和胡小天商量之後，決定和熊天霸兩人外出尋找。越是臨近大婚，越是不想再出任何的紕漏。

胡小天晚飯之後休息了一會兒開始練劍，手握藏鋒按照劍譜上所繪製的劍法開始慢慢的推演，玄鐵牌中暗藏的這套劍法真正的精妙之處，在於交授如何劍氣外放，以練氣為主，劍法招式還在其次。

胡小天雖然勤加練習，可是仍無法做到將劍氣收放自如，越練越是感覺這圖譜上的劍法博大精深，連開頭的第一式到現在仍然沒能完全掌握其中的神髓，胡小天也沒有繼續往下修煉，有道是貪多嚼不爛，還是穩紮穩打的練習最好。不過須彌天教給他的那套靈蛇九劍，現在他已經練得純熟。

周默和熊天霸去了一個時辰仍然未見歸來，此前離去的梁英豪也是杳無音訊，胡小天不覺有些焦躁起來，他收起藏鋒，來到外面看看情況。剛好遇到前來找他的楊璇，卻是宮裡來人了，前來的是大雍皇宮司禮監的太監白德勝，雖然不是司禮監提督，在司禮監也是數一數二的人物，跟隨他前來的還有兩名太監。

胡小天本以為白德勝此來是為了大婚的事情，卻想不到白德勝乃是為了大雍皇帝的事情前來。

摒退眾人之後，白德勝方才道：「胡大人好，在下司禮監白德勝，過去曾經是在皇上身邊伺候的，今晚是特地奉了皇上的旨意，請胡大人入宮。」

胡小天內心一怔，旋即就明白，一定是薛勝康想要讓自己入宮為他複診，微笑道：「皇上怎樣了？」

白德勝道：「好得很，多虧了胡大人。」

胡小天剛才那句話問得頗為巧妙，既沒有點明薛勝康的病情，又意在試探白德勝對自己做過的事情是否知情，從白德勝的回答來看，應該沒有任何問題，看來白德勝已經知道了內情，薛勝康昨天曾經告訴自己，要將為他開刀的事情嚴格保密，既然能夠告訴白德勝，就證明這太監絕對是他深信不疑的人。

白德勝恭敬道：「胡大人，車馬已經在外面恭候著，咱們還是趕緊走吧，千萬別讓皇上等急了。」

胡小天道：「怎麼今晚石統領沒來？」

白德勝笑道：「宮裡有其他事讓石統領去做，所以皇上讓我來了。」

胡小天點了點頭，他讓白德勝先出門等著，來到楊璇身邊低聲道：「楊將軍，皇上傳召我去宮裡。」

楊璇笑道：「胡大人只管去就是，公主的安全我自會做足防範。」

胡小天道：「等我的幾名手下回來，你告訴他們我的去向，不要讓他們著急。」因為不知道今晚前往皇宮何時才能回來，所以胡小天才這樣說。

楊璇道：「胡大人放心吧。」

胡小天出了起宸宮，上了白德勝為他準備的馬車，馬車緩緩啟動，朝著皇城的方向駛去。今次前往皇宮，並不像昨晚那樣防守嚴密，胡小天掀開車簾，望著道路兩旁，夜色已晚，路上的行人稀少，抬頭望去，今晚並沒有月亮也看不到群星，天氣有些陰暗。

白德勝縱馬來到車旁，微笑望著胡小天道：「胡大人，此去皇城還有一段距離，您不如趁此機會安心歇著。」

胡小天笑了笑：「皇上可曾用過晚膳了？」

白德勝笑道：「用過了，皇上今晚食欲不錯，吃了不少的東西呢。」

胡小天聞言一怔，怎麼可能？自己明明交代過讓他一天之後才能進食，從開刀到現在，滿打滿算還不到一天的時間，就算薛勝康恢復的速度很快，可以吃一些東西了，也不可能是食欲不錯還吃了不少的東西，究竟是薛勝康不遵從自己的醫囑，還是這白德勝信口開河呢？

胡小天漫不經心道：「皇上的飯量還好吧？」

白德勝笑道：「還好還好，今兒好多了，特地讓御膳房給他燉了一隻蹄膀。」

胡小天內心一驚，蹄膀？這白德勝的話裡根本就漏洞百出，薛勝康剛剛切過膽囊，怎麼可能吃這麼油膩的東西？

胡小天笑道：「看來皇上的病已經全好了。」他向四周看了看，到處一片夜色籠罩，他對雍都的地理狀況並不熟悉，故意試探道：「白公公，這條好像不是往皇宮去的道路。」

白德勝笑道：「雍都城的道路四通八達，從哪條路都可以抵達皇宮，咱們今兒走的是近路，是想快一點到宮裡，以免皇上等急了。」

胡小天道：「壞了，我居然忘了一件重要的事情。」

白德勝道：「什麼事情？」

胡小天道：「我今兒答應晚上去長公主府見她的，你看我這記性，居然忘了個乾乾淨淨。」

白德勝道：「那倒也不急，等見過皇上，回頭我送你過去就是。」

胡小天此時已經幾乎可以斷定白德勝必然有詐，長公主薛靈君此時還在皇宮內照顧皇上呢，白德勝既然是奉了皇上的命令而來，就不可能不知道她身在宮中的事情，此人為何要欺騙自己？他究竟是何居心？胡小天放下車簾，內心忐忑不已，看來今晚的所謂傳召根本只是一個騙局罷了。這些人想要對自己不利，他們將自己從起宸宮騙出來，或許目的就是要除掉自己。

因為是要入宮面聖，胡小天沒有帶任何的武器，他傾耳聽去，除了馬蹄聲和車輪在青石路面上滾動的轔轔聲，就是遠處嘩嘩的水流聲，附近應該有一條小河。

隨著水流聲變得越來越清晰，他們應該逐漸接近了河岸，胡小天再度拉開車簾道：「哎呦，壞了，我肚子好痛啊！」

白德勝佯裝關心道：「胡大人怎麼了？」

胡小天捂著肚子一臉痛苦狀：「可能是晚上吃壞了肚子……哎呦，憋不住了，不成了，我得找個地方方便方便。停車！趕緊停車！」白德勝只能讓人將馬車停下，胡小天推開車門走了下去，卻見不遠處就是一條小河，他們的馬車距離河上拱橋不過十丈的距離。

胡小天捂著肚子就朝河岸跑去。

白德勝目光一凜，向隨行的太監使了個眼色，那太監悄然跟在胡小天的身後。

胡小天在河岸邊又回過頭來：「別跟著我啊，我不習慣被別人看的。」

那太監又停下腳步，看了看白德勝，白德勝努了努嘴，眼睛惡狠狠瞪了這廝一眼，打心底埋怨這廝廢物一個。

白德勝遠遠望著胡小天在河邊草叢中蹲了下去，他向那名手下做了一個揮刀的動作。

草叢中又傳來胡小天的聲音道：「喂！你們誰帶紙了，我沒帶手紙嘍！」

白德勝向那名手下招了招手，陰陽怪氣道：「咱家帶紙了，我這就給胡大人送過去。」為了謹慎起見，他決定親力親為，現在是剷除胡小天最好的時機，機不可失，失不再來。

胡小天道：「想不到蹲在河邊方便居然如此舒爽，這感覺真是爽呆了！白公公，你要不要試一試，我給你留了個位置。」身後草叢發出窸窸窣窣的聲音，白德勝一步步向他走了過來。

胡小天默默計算著白德勝和自己之間的距離，微笑道：「白公公，你不嫌臭的？」

白德勝的右手揚起，袖口寒光乍現，卻是在袖中暗藏著一把細窄的彎刀。白德勝陰測測笑道：「人吃五穀雜糧，誰能沒有急的時候。」他又向前走了一步，彎刀露出袖口，忽然無聲無息地刺向胡小天的後心。

白德勝所有的注意力都在胡小天的上半身，竟然沒有留意到胡小天隱藏在草叢內的下半身根本沒有脫褲子。

在他發動刺殺的剎那，胡小天的身軀向前騰躍出去，身在半空中不可思議地旋轉過來，手中握著的一把沙石劈頭蓋臉向白德勝撒去。沙石經過胡小天的內力激發，無異於強弓勁弩激射而出，尖嘯聲中襲向白德勝的面門。

白德勝手中彎刀如同新月，掬起一抹淒厲的寒光，在自己的身前化作一團無懈可擊的光幕，將沙石盡數擋在外面。而胡小天卻抓住這一時機，足尖在地上輕點，身軀再度騰躍而起，擺脫白德勝，以驚人的速度衝向其中一名太監。

白德勝的兩名跟班此前分散開來分別守住兩角，意圖封鎖胡小天可能的退路，胡小天的確可以選擇躍入河水之中，以他的水性擺脫這幫人的追殺應該不難，可是在擊敗邱慕白之後，胡小天對自己的武功已經有了足夠的信心，逃走不是目的，他要將這意圖刺殺自己的三人逐一擊敗，搞清楚此次刺殺的幕後主使。

那名太監身材枯瘦，看到胡小天衝向自己，不慌不忙地亮出軟劍，右手一抖，劍身鏘琅琅一陣鳴響，如同銀蛇般扭曲刺向胡小天的下陰。

胡小天暗叫一聲好，吸了一口氣，身軀硬生生在空中拔高三尺，躲過對方的刺殺，一腳踢在那太監的面門之上，這一腳絲毫沒有保留半點的力量，蓬的一聲，對方閃避不及，面門被他踢得骨骼盡碎。胡小天趁機搶過對方手中的軟劍，此時白德勝揮舞彎刀追殺而至。

胡小天仍然沒有選擇和他正面交鋒，而是向另外一名太監衝去，在這樣的情況下必須先剪除對方的羽翼，然後再全心對付白德勝。雖然只是一個照面，胡小天已經判斷出，無論是白德勝還是這兩名跟班，武功都次於自己，就憑他們還沒有除掉自己的能力。

白德勝刺出的一刀又被胡小天輕輕巧巧避過，胡小天如同獵豹一般衝向另外一名太監，那太監看到胡小天倏然就跨過了十多丈的距離，瞬間來到自己面前，嚇得慌忙舞刀向他砍去，胡小天手中軟劍一抖，以攻為守，一點寒星已經在對方的動作完成之前沒入了他的咽喉。這一招正是靈蛇九劍中的毒蛇吐信，雖然這柄軟劍並非什麼神兵利器，可是用來施展靈蛇九劍卻剛好有了用武之地。工欲善其事必先利其器，看來還是有些道理的，如果手中握著的是藏鋒，絕達不到這樣的效果。

成功幹掉了兩名太監，胡小天回看白德勝，卻見這廝居然放棄了對自己的追殺，不顧一切地向馬車旁跑去。白德勝也不是傻子，看到胡小天如此厲害，兩招就殺掉了自己的兩名手下，知道自己單打獨鬥不可能是他的對手，逃跑無疑是明智的選擇。

白德勝想得雖然很好，但是他的步法又怎能比得上胡小天，不等他靠近馬車，胡小天已經攔住他的前方去路，笑瞇瞇望著白德勝道：「白公公！您這麼著急是想往哪兒去？」

白德勝抿了抿嘴唇道：「我……我……」他突然雙膝一軟跪了下去：「胡大人，您大人不記小人過，還請饒了我的性命……」忽然他揚起左臂。

胡小天豈能被他搖尾乞憐的模樣騙過，在白德勝左臂剛有動作的時候，就一劍狠劈了下去，寒光過處，白德勝的左臂隨之斷裂，鮮血從斷裂的臂膀中噴了出來，滾落在地上的左手握著一把機弩，只是還沒等他將毒箭射出，就已經被胡小天斬斷了臂膀。

頸部一涼，胡小天將帶血的劍尖抵住了他的咽喉，冷冷道：「你最好給我老老實實地交代清楚，什麼人讓你來的？」

白德勝痛得滿頭都是冷汗，望著胡小天表情極其古怪，忽然他臉上五官扭曲面目猙獰，口鼻中都流出了黑血，手足抽搐，倒在地上，轉眼間已經氣絕身亡。胡小天一時不察，竟沒有料到他會服毒自盡。毒藥應是事先藏在牙根處，一旦遇到危險就咬碎毒藥，自盡身亡，確保不會走漏風聲，從這些人的做派來看，應該是職業殺手。

胡小天用軟劍挑開白德勝的褲帶，卻見他兩腿之間那話兒好端端地，根本不是什麼太監，再看剛才被他所殺的那兩名太監，也都是完完整整的男兒身，搞了半天，這三名太監全都是假貨。他們是假傳聖意將自己從起宸宮騙出來，按照他們本來的計畫，是想將胡小天騙到某處，將他神不知鬼不覺地幹掉，可是卻被胡小天提前發現，以這三人的武功就算加起來也不可能是胡小天的對手，看來他們只是負責將胡小天引入局中，負責剷除胡小天的另有其人。

一滴冰冷的雨滴落在胡小天的額頭上，天空中突然下起了雨，遠方的夜空響起了低沉的悶雷聲，胡小天向起宸宮的方向望去，心中忽然緊張了起來，他忽然想起今晚發生了太多的意外狀況，霍勝男前往慈恩園陪同太后，梁英豪清晨出門至今未歸，前往尋找他的周默和熊天霸不知此時是否回還？而自己又被人設計引出了起宸宮。

調虎離山！難道這所有的一切都是為了削弱起宸宮的防守力量，真正的目標還是夕顏？如果那樣，夕顏豈不是危險了？想到這裡，胡小天再也無法淡定，他飛身躍上白德勝騎乘的那匹黑馬，一抖韁繩，雙腿用力一夾馬腹，催動坐騎向起宸宮的方向狂奔而去。

夕顏也聽到了夜空中的雷聲，她拉開房門來到門廊前，聽到雨滴零星打在樹葉上的聲音，一名負責侍奉她的小宮女走了過來，拿起一件斗篷為她披在肩頭，怯怯道：「公主殿下，夜冷風寒，您要保重身體，早點上床歇著。」

夕顏點了點頭，轉身看了看那小宮女：「你去外苑將胡公公叫過來。」

小宮女道：「胡公公被皇上請到宮裡面去了。」

夕顏不由得皺了皺眉頭，連續兩天都去了皇宮，這胡小天不知在搞什麼？

夕顏道：「那就把霍勝男給我叫來。」

「霍將軍去了慈恩園。」

「什麼？」夕顏秀眉顰起，居然連霍勝男也不在，她輕聲道：「還有什麼人在？周默在不在？」

小宮女道：「聽說也出去了，現在起宸宮只有楊將軍在負責。」

夕顏的芳心中沒來由一陣慌張，她甚至產生了胡小天不顧她離去的念頭，但是轉念一想並不可能，就算下午自己狠狠懲戒了他一次，以胡小天的心胸也不可能跟自己計較，此時她不由自主念起胡小天的好來，別的不說，他的胸懷還是蠻大的。

夕顏想了想道：「你讓楊璇過來。」

小宮女點了點頭，不多時就將楊璇請了進來。

楊璇笑盈盈來到夕顏的面前：「公主殿下，這麼晚了還沒休息？不知找末將有什麼事情？」

夕顏上下打量了楊璇一眼，輕聲道：「怎麼今晚人都出去了？」

楊璇道：「霍將軍去了慈恩園，胡大人剛剛被皇上請去了皇宮，估計是商量公主和七皇子的婚事去了。」她意識到夕顏的不安，輕聲安慰道：「公主殿下不必擔心，我們負責駐守起宸宮的一百人是精挑細選的好手，絕不會出任何的問題。」

夕顏點了點頭。

楊璇道：「公主殿下去休息吧，外面已經下雨了。」

雨水敲打樹葉的聲音開始變得急促了，在不知不覺中已經變大，夕顏道：「楊將軍辛苦了。」她轉身走回了宮室。

那小宮女跟著她走了進來，隨著進入宮室之後將房門關上了。

夕顏在窗前坐下，手臂支撐在桌上，雙手托腮，凝望著外面漆黑的夜色，靜靜傾聽著雨打樹葉的聲音呆呆出神。

小宮女道：「公主殿下餓不餓？要不要廚房送些宵夜過來？」

「不用了，彩蘭，你去給我倒杯茶。」

小宮女點了點頭，不一會兒沏好茶端了過來：「公主殿下請用茶！」

夕顏端起茶杯在唇邊品了一口，輕聲道：「好茶，彩蘭，這茶葉可是西川出產的一片雲？」

小宮女彩蘭笑了起來，腮邊浮現出兩個淺淺的梨渦，顯得極其可愛：「公主真是廣聞博見，的確是的，今天太后讓人賞賜的。」

夕顏又聞了聞茶香，表情有些陶醉，美眸閃爍了一下道：「我很想去那邊看看！」

「公主沒去過西川嗎？」

夕顏搖了搖頭：「沒去過！」

彩蘭道：「聽說那邊山清水秀景色很美。」

夕顏道：「應該是吧……」她的嬌軀晃了一下：「我有些頭暈。」

彩蘭道：「公主太累了，我扶您去床上休息。」

「好！」夕顏站起身，將手交給彩蘭，走了一步，卻明顯有些腳步踉蹌，幸虧彩蘭扶住她，不然肯定跌倒在地上。

彩蘭扶著她在床邊坐下，夕顏道：「我……我怎麼頭暈目眩，胸口懋悶……彩蘭……我……我莫不是中毒了……」

彩蘭可愛的小臉之上卻浮現出一抹陰冷的笑容，輕聲道：「怎麼會？公主還是好好歇著吧。」

夕顏捂住咽喉：「……你……你在茶中放了什麼……」

彩蘭輕聲歎了口氣道：「公主殿下，您不用害怕，其實這世界上沒有比死更容易的事情，您就當是睡覺，睡過去就什麼都不用害怕了……」

夕顏臉上呈現出驚恐莫名的神情：「你……你……為何要害我？」

彩蘭道：「你不用怪我，怪只怪你自己的命不好。」她的右手在臉上拂過，真正的容貌出現在夕顏的面前，她的年紀應該已經有三十歲了，雖然保養得當，但是顯露出的成熟風韻和小姑娘的單純完全是天地之別，她輕聲道：「你能夠死在我顧三娘的手下，也算是一樁造化了。」

夕顏點了點頭，原本惶恐的目光卻變得殺機凜然，本來已經搖搖欲墜的嬌軀卻突然坐正，一雙美眸鎮定望著顧三娘道：「你以為區區的枯骨紅顏就能夠要了我的性命？難道我聞不出其中的味道？」

顧三娘無論如何都想不到會發生這樣的變化，整個人被驚得呆在那裡，她想要說話，卻感覺喉頭有些不舒服，竟然發不出聲音，雙手之上似乎有東西在蠕動，低頭望去，卻見自己的一雙手掌之上兩隻五彩斑斕的蜈蚣正在緩慢蠕動。耳後頸前也有蟲爬的感覺，顧三娘如墜冰窟，整個人僵在那裡，嚇得一動不動，大氣都不敢出一下。

夕顏歎了口氣道：「一個人無論怎樣改變她的容貌，可眼神是改變不了的，雖然你竭力裝出天真無邪的樣子，我從你的目光深處仍然可以看到滄桑和城府，更何況你的易容術本來就算不上高明，以為戴上一張人皮面具就可以瞞天過海？顧三娘？聽起來還像是有些名氣的人物，真不知北澤老怪怎麼調教出你們這些膿包弟子。」

顧三娘口不能言，身體又不敢動彈一下，生怕驚動毒蟲會咬在自己身上，目光中流露出祈求之意。

夕顏道：「我知道就算問你你也不會說，所以還是省得麻煩了。」右手一揮，一道白光射向顧三娘的咽喉，卻是一條白蛇從她的袖口激射而出，一口就咬在顧三娘的咽喉之上。

顧三娘一聲不吭地倒了下去，雙目圓睜，顯然死不瞑目，她本以為自己已經得手，卻想不到這安平公主竟然識破了她的奸計。

夕顏望著顧三娘的屍體搖了搖頭，從她的身上搜出那張人皮面具，將毒蟲收了。然後扒下顧三娘的衣裙，將人皮面具戴在自己的臉上，對著銅鏡仔細端詳了一下，潛運內力，將周身骨骼肌肉縮小了一些，這下看起來她的身形和小宮女彩蘭相若，再加上人皮面具，外人應該看不出破綻。

一切準備停當之後，夕顏拿起燈籠緩步來到門前，拉開房門走了出去。

方才走了幾步，就看到有人冒雨走了進來，夕顏停下腳步，靜靜望著雨中的身影，那人正是楊璇。

楊璇走入長廊之中，抖了抖身上的雨水，向夕顏使了一個眼色。

夕顏心中暗恨，看來這楊璇也和顧三娘是一夥。

楊璇看到夕顏並無反應，又向前走了一步，壓低聲音道：「如何？」

夕顏沒有說話，點了點頭。

楊璇鬆了口氣，此時從假山前方的噴水池內現出了兩道身影，一人高瘦，一人矮胖，兩人應該在池中已經潛伏了一段時間，先後跳出噴水池，那矮胖的禿頭男子大步來到兩人面前抱了抱拳，向夕顏道：「師妹，屍體在何處？」此人正是顧三娘的五師兄毒和尚李一水。

夕顏擔心發聲露餡，目光向房間內看了看。

李一水向那高瘦男子道：「三師兄，快！將她的屍體弄進水道。」被他稱為三師兄的人叫彭一江。

夕顏聞言微微一怔，難道這起宸宮還有水道和外界相通？怪不得這些人可以神不知鬼不覺地來到這裡。比起這兩人，她更恨的是楊璇，竟然吃裡扒外，勾結外敵出賣自己。

彭一江的目光在夕顏的臉上掃了一眼，然後落在她的頸部，短暫停留了一下道：「師妹，辛苦你了。」

夕顏笑了笑。

楊璇催促道：「有什麼話回頭再說，千萬不要耽擱了時機。」

彭一江道：「師妹請前方帶路。」

夕顏舉步向前方走去，望著她的背影，彭一江的雙目之中流露出陰冷殺機，突然他揚起右手，袖中暗藏的黑色針筒暴露出來，咻！咻！咻！毒針毫無徵兆地向夕顏的後心射去。

李一水顯然沒有想到彭一江會向師妹出手，驚呼道：「師兄……」只可惜他出聲遠遠比不上彭一江出手的速度。那一輪鋼針盡數射在夕顏的後心，夕顏無聲無息地撲倒在了地上。

楊璇也是吃了一驚，李一水愕然道：「師兄，她是七妹啊！」

彭一江臉上籠上了一層寒霜：「我不會認錯！」他和顧三娘之間早有私情，此事一直在地下進行，就連同門中人也不知道，此前顧三娘潛入起宸宮之時兩人就有約定，見面之後會有暗號，夕顏當然不知道兩人之間的約定，雖然將面貌身材扮演了個十足，但是仍然不免在彭一江的面前露餡。彭一江為人陰險，即便是當時識破，也沒有馬上揭穿，而是等夕顏帶路之時，突施殺手。

彭一江並沒有馬上上前檢查，而是揮了揮手，兩隻血紅色的吸血蝙蝠從他的袍袖中飛出，飛掠到夕顏的身邊，在她頸後盤旋了一下，並沒有發動攻擊，這是彭一江飼養的毒寵嗜血天蝠，這種毒物喜食人血，但是從不吃死物，彭一江為了謹慎起見先放出嗜血天蝠，如果夕顏沒死，這兩隻毒寵必然衝上去咬住她的頸部血管，如果她死了，嗜血天蝠連碰都不會碰她。

經此一試，彭一江斷定夕顏必死無疑，唇角露出一抹陰森的冷笑，緩步來到夕顏身邊，將她的身體翻轉過來，伸手去揭開她臉上的面具，手指剛剛觸及夕顏的面龐，夕顏卻睜開了雙眸，嘴唇輕啟，噗地吐出一道青光，暗藏在口中的毒針射向彭一江的雙目。以彭一江的武功，避開毒針原本不難，可是他距離夕顏實在太近，而且他對嗜血天蝠的感知力深信不疑，認為夕顏必死，所以才會毫無防範，卻想不到夕顏先中了毒針，然後又躲過了嗜血天蝠的檢查。

彭一江雙目一陣劇痛，慘叫一聲，頃刻間變得一片漆黑，身軀在第一時間向後方退去，在這樣的情況下，彭一江的應變速度不可謂不快，唯有後退才有一線生機，彭一江在後撤之時，雙手揮舞，兩隻嗜血天蝠發出一聲淒厲的嘶鳴，向夕顏飛撲而去。

夕顏身軀宛如靈蛇般向前方竄去，足尖點地，嬌軀幾乎平行地面在一尺左右的高度上貼地飛行，雙手各自彈出一顆彈丸，在虛空中蓬蓬炸響，頃刻之間長廊內就已經煙霧瀰漫。

兩隻血紅色的嗜血天蝠並沒有受到這煙霧的阻擋，震動一雙肉翅張開獠牙向夕顏急電般射去。

夕顏嬌軀一擰已經飄到院落之中，夜雨淒迷灑落在她的身上，夕顏一雙美眸泛起藍幽幽的光芒，注視著那對飛向自己的嗜血蝙蝠，雙手一震，兩道綠色光芒分別射向空中，意圖將嗜血天蝠斬殺於虛空之中。

第八章

# 厚臉皮

夕顏眨了眨雙眸，幾乎不能相信自己的所見，
斑斕門的黑水箭乃是他們門中最為陰狠的暗器之一，
如果被黑水箭射中，身上的肌膚立時燒灼潰爛，可胡小天究竟是怎麼了？
他竟然一點損傷都沒有？難道是黑水箭失效了？還是胡小天本身百毒不侵？

嗜血天蝠乃是彭一江飼養多年的毒寵，他在這對毒寵上花費了不少的精力，從幼獸的時候就開始訓練，而且為了增強牠們的毒性和殺傷力，尋找了不少毒物飼養牠們。若論天下間最擅長使用毒物的門派有兩個，一個是北方的斑斕門，一個就是南方的五仙教，這兩大門派之間雖然沒有什麼聯絡，彼此也沒有什麼仇恨。

夕顏射出的兩柄飛刀呼嘯而至，嗜血天蝠在飛刀射中自己之前，翅膀微微傾斜就已經改變了在空中飛行的軌跡，血色翅膀劃破雨絲，宛如兩道紅色弧形閃電分從兩旁向夕顏撲去。

夕顏嬌軀向後疾退，櫻唇之中銀光閃閃，卻是噙住一支銀色的小笛，那小笛並沒有發出聲音，可是四周的屋簷下嘩啦啦飛出黑壓壓一片蝙蝠，蝙蝠群勇敢迎上，阻擋住兩隻嗜血天蝠的去路。

一場廝殺在所難免，兩隻嗜血天蝠雖然體型大出那些蝙蝠數倍，可是無奈對方數量百倍於牠們，頃刻間陷入一場搏殺之中。

李一水矮胖的身軀在雨水中陀螺般旋轉，一條足有手臂粗細的大蛇從他的身上騰飛而起，飛掠過數丈的距離撲向雨中的夕顏。一道白光從夕顏的身上飛掠而出，卻是那條白蛇，白蛇只有拇指一般粗細，和李一水的大黑蛇相比，根本就是小巫見大巫。

黑蛇張開巨吻，竟然一口就將白蛇吞了下去。

兩隻嗜血天蝠越戰越勇，一會兒功夫已經將那蝙蝠群衝得七零八落，殺死的蝙蝠屍體散落一地，蝙蝠群的陣型已經開始潰亂。

彭一江雙目已經開始潰爛，他從隨身的朱紅色葫蘆中倒出三顆藥丸，塞入嘴中大口大口咀嚼咽下，這是他們斑斕門獨門解毒丹，雖然不知自己所中的究竟是何毒，服下解毒丹，應該可以緩解毒性發作的時間。

彭一江高大乾枯的身軀盤膝在泥地之中坐了下去，雙手合什，口中念念有詞，他周圍泥濘的地面開始蠕動起來，不多時，一條條色彩斑斕的毒蟲從泥濘中爬出，毒蟲爬行到彭一江的身上，遠遠望去彭一江的周身遍佈毒蟲，宛如穿上了一層五彩斑斕的甲冑，這是斑斕門獨門絕技──毒甲。

楊璇在遠處觀望著，她並沒有加入戰團，雖然她的武功不錯，但是她在用毒方面一竅不通，別說和這群人交戰，就是觀戰都感覺到毛骨悚然，此時聽到大門外傳來急促的馬蹄聲，楊璇表情微變，她迅速抽身向大門處走去。

離開內苑，向兩名守住內苑的女兵道：「守住大門，沒有我的吩咐，任何人都不得出入！」

「是！」

胡小天縱馬一路狂奔，起宸宮已然在望，宮門緊閉，胡小天飛身下馬，大步飛奔到宮門前方，握緊右拳重重朝宮門上擂去，大吼道：「開門！開門！」

不多時，宮門從裡面緩緩打開，楊璇率領四名女兵出現在他的面前，望著一身被雨水濕透的胡小天，楊璇的表情顯得有些錯愕，內心也是奇怪到了極點，這廝怎麼又平安回來了？她故作詫異道：「胡大人，您不是去了皇宮嗎？」

胡小天道：「公主殿下呢？」

楊璇道：「已經歇息了！」

胡小天並沒有理會她，大步向內苑走去。

楊璇忽然從腰間抽出鳳翎刀從後方向胡小天的脖子砍去，握刀抽刀揮刀的動作一氣呵成，刀光斬斷了雨絲，又如水銀瀉地，向胡小天的後頸無聲無息地斬落。

胡小天向前跨出一步，手中軟劍鏘啷一聲彈射而出，反手擋在自己的後方，劍身阻擋住楊璇的刀刃，鳳翎刀強大的衝擊力將軟劍砍得向後反折，火星迸射，水花四濺。胡小天在刀劍相交的剎那，接連向前跨出了兩大步，身軀已經成功轉了過來，唇角露出一抹冷笑，在他斬殺白德勝那三名假太監之後，就已經推測出問題極有可能出在楊璇身上。楊璇不可能不認識白德勝，身為起宸宮負責警戒的統領，如果她不認識白德勝，也不可能輕易就讓自己跟隨他前去，所以剩下的可能性只有一個，那就是楊璇和白德勝串通。

胡小天冷冷望著楊璇：「賤人！居然串通外人害我！」

楊璇使了一個眼色，四名女兵分從周圍向胡小天逼近。

胡小天不等她們形成包圍圈，已經向楊璇衝了過去，手中細劍一抖，使用的卻是圖譜上的那一招，他要速戰速決，假如這一招能夠成功將劍氣外放，應該可以將楊璇斬殺於劍氣之下，剩下的四名女兵就好對付得多。

鳳翎刀在雨中挽了一個刀花，發出一聲銳利的尖嘯，刀身蘊含的力量將雨絲逼迫開來，向兩旁排浪般席捲而去，想不到楊璇看似嬌柔的體魄內竟然蘊含著如此強大霸道的力量。

胡小天這一劍並沒有成功將劍氣射出，軟劍和鳳翎刀再次交錯，蓬的一聲，雨水鋪天蓋地向胡小天的身體襲來，他並沒有占到任何的便宜，裡面傳來急促的腳步聲，又有十多名女兵從裡面向這邊趕來增援。

胡小天手中軟劍如靈蛇一般扭曲，虛刺一劍，逼退楊璇之後向自己所在的院落飛奔而去。

楊璇怒道：「抓刺客！千萬不可讓他逃掉。」她此時的行為根本就是賊喊捉賊。

胡小天根本不是逃，他衝入自己所在院落的原因有兩個，一是要拿到稱手的武器，剛才嘗試了幾次，軟劍都無法自如的發出劍氣，看來還需要大劍藏鋒才行，二是因為那群女兵已經將他通往內苑的道路封死，楊璇這一聲呼喝，還不知要驚動多

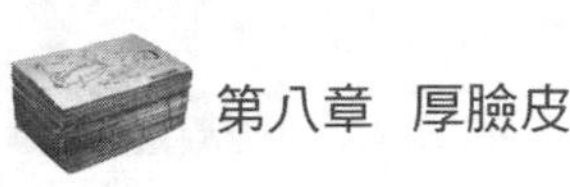

少人，這幫女兵到底是不是她的同黨並不清楚，可是在霍勝男不在的前提下，這些人自然遵從她的命令。

胡小天所在的院落和夕顏的內苑之間只有一牆之隔，以他現在的武功完全可以翻牆而入。

楊璇手握鳳翎刀緊隨胡小天的身後衝入院落，兩名女兵彎弓搭箭瞄準胡小天射去，胡小天以肩膀撞開房門衝入室內，他剛剛衝入房內，就有兩支羽箭射在門框之上，發出奪奪的聲響。

楊璇一雙鳳目流露出陰冷的光芒，她咬牙切齒道：「穿牆箭伺候！」身後六名女兵從箭囊中取出穿牆箭，穿牆箭的鏃尖特製，如同螺旋一般的形狀，尾羽也和尋常羽箭不同，一旦射出，羽箭在直線飛行的途中飛速沿著軸心自轉，穿透力極其強大。

楊璇一聲厲喝：「射！」六箭齊發，咻！咻……六支穿牆箭從窗格牆壁射入室內。

胡小天已經成功找到藏鋒，黑暗中躲在廊柱後方，雖然看不到外面的情景，但是他敏銳的感知力起到了重要的作用，從羽箭在空中飛行的尖嘯聲，他已經判斷出羽箭所在的位置，飛行的速度。腳步變幻，尋找羽箭攻擊不到的空隙，手握大劍藏鋒，身軀騰空從隔窗中破窗而出，重新出現在雨夜之中的剎那，雙手揮動藏鋒一劍斜行劈出，蘊含的內力貫注於藏鋒之內，在胡小天揮動藏鋒的剎那，劍氣脫離劍身飛出，瞬間擴展至一丈長度，密集的雨點落在無形劍氣之上，無法透過分毫，竟然在夜色之中形成了一條長達一丈，寬約兩尺的透明輪廓。

楊璇看到眼前情景，臉色為之一變，她慌忙向後方退去。

六名女兵彎弓搭箭準備進行再一輪射擊，不等她們完成這一動作，那透明的劍氣已經切斷了她們手中的長弓，崩！崩！崩……弓弦弓身斷裂之聲不絕於耳，劍氣銳不可當，波及到的範圍內如同摧枯拉朽，六名女兵根本來不及逃離，就被那凜冽的劍氣當胸劃過，現場血光衝天，腥氣瀰漫，小天竟然一劍斬殺了六名女兵。

他向楊璇望去，楊璇看到情況不妙，嚇得轉身就逃。

胡小天豈能容她逃走，反手又是一劍揮出，一道劍氣橫飛而出，楊璇意識到不妙，慌忙伸手揮刀去擋，她高估了自己的實力，更低估了胡小天劍氣的威力，凜冽的寒芒在雨水中晶瑩剔透，遠遠望去有如薄冰，雨水在輪廓上拍打出迷濛的霧氣，胡小天的這一劍瞄準楊璇的雙腿，他並沒有想一劍斬殺楊璇，留下活口的目的是為了問清整件事的幕後真相。

鳳翎刀雖然擋住了部分劍氣，但劍氣卻從中分成兩半，分別斬向楊璇的雙腿。

楊璇只覺得下肢劇痛，低頭去看，發現自己的雙腿仍然好端端地連在身上，心中暗自慶幸，看到胡小天第三次攻擊尚未發動，此時不逃更待何時，她大步向前，身體卻猛然失去了平衡，噗通一聲摔倒在泥濘之中，原來她的大腿竟然被劍氣從中斬斷，剛才沒有移動步伐的時候，仍然黏在上面尚未分離，這一邁步，徹底將斷裂的大腿分離開來。

楊璇的兩條斷腿仍然立在那裡，身體卻撲通一聲趴倒在地上，她轉身望去，方才意識到發生了什麼，看到自己的兩條斷腿，緩緩倒在泥濘之中，楊璇再也抑制不住內心的惶恐，大聲尖叫起來。

胡小天充滿不屑地看了她一眼，並沒有衝上前去對她出手，內苑傳來陣陣怪異的嘶鳴聲，顯然激戰正酣。對胡小天而言，沒有什麼比救出夕顏更加重要。

黑色大蛇的身軀在地上扭曲掙扎，卻是那白蛇被牠吞入腹部之後竟然繼續鑽行，從黑色大蛇的腹部開始進攻，撕咬著大蛇的內臟腸胃。

李一水看出情況不對，驚慌失措道：「二黑，你怎麼了？」

一道白光洞穿了黑色大蛇的腹部，卻是那白蛇從黑色大蛇的軀體之中鑽了出來，黑色大蛇的內臟已經被牠盡數撕裂，眼看已經活不成了。斑斕門中每個人都有自己的毒寵，他們將毒寵視為自己的半條性命，看到毒寵被白蛇所殺，李一水目眥欲裂，慘叫了一聲，右手一道黑影席捲而出，卻是一條軟鞭向白蛇抽去。

白蛇極其靈活，躲開軟鞭，蜿蜒行進，轉瞬之間已經消失在夕顏身邊。

黑色軟鞭在虛空中變幻方向，宛如靈蛇般向夕顏的咽喉纏繞而去。

夕顏竟然不怕那軟鞭，伸出右手向軟鞭抓去，她的右手上戴著一隻銀光閃閃的手套，啪的一聲，軟鞭抽在夕顏的手上，纏繞住她的手背，佈滿倒刺的軟鞭卻無法穿透夕顏的手套。夕顏手腕一轉已經抓住鞭梢，軟鞭在李一水和夕顏的共同作用下繃得筆直，數十條五彩斑斕的毒蟲從李一水的袍袖中爬上了軟鞭，向夕顏飛速靠近。

夕顏格格笑了起來：「米粒之珠也放光華！」她手握軟鞭的地方出現了數條晶瑩如玉的白色細蟲，在軟鞭上纏繞散開，宛如一朵盛開的白菊，五彩斑斕的毒蟲剛一靠近那朵白菊，白菊頃刻間就合攏在一起，將毒蟲體內的毒液吸食乾淨，毒蟲乾枯的屍體掉落在地上，數十條毒蟲前仆後繼，那白菊因為吸食了毒液變得不斷脹大，原本晶瑩如玉的身軀也變得五彩斑斕，瑰麗異常，彩色菊花分散開來，猶如花瓣散落，沿著軟鞭向李一水的方向爬去。

李一水幾乎不能相信自己的眼睛，無論毒寵還是毒蟲，在和對方比鬥的過程中全都慘敗，他驚呼道：「你……你是五仙教的人？」

夕顏的一雙美眸此時已經完全變成了藍色，冷冷道：「有眼無珠的混帳，今天我要讓你們死無葬身之地！」

握住軟鞭的纖手猛然一抖，數十條五彩斑斕的毒蟲脫離軟鞭飛起，向李一水的

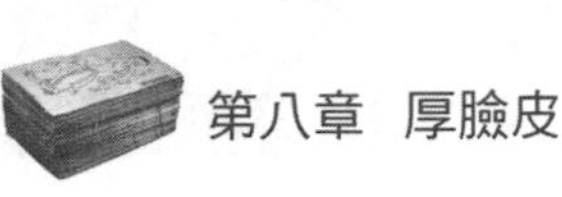


臉上撲去。

李一水不敢怠慢，只能放下軟鞭，雙手宛如變戲法般變出了一個大布袋，向那些飛向自己的毒蟲兜去，成功將那些毒蟲收入布袋。

夕顏手中軟鞭一抖，在虛空中發出宛如爆竹一般的聲響，又是數十條毒蟲向李一水的身上襲來。

李一水揮動布袋將毒蟲擊落，可終究還是有一隻毒蟲落在他的左手之上，狠狠咬了下去，李一水左手刺痛，右手將那毒蟲捏住，一把捏死塞入口中。反手從腰間取出大紅葫蘆，咕嘟咕嘟灌了兩口酒。

夕顏冷笑道：「貪吃鬼，去閻王那裡陪他喝個夠吧！」軟鞭擊破雨霧，照著李一水的頭頂擊落。李一水臉頰鼓脹，噗的一聲，口中噴出一團綠色黏液，向夕顏籠罩過去。

夕顏早就料到他會有此一招，棄去手中軟鞭，足尖一點，已經凌空飛上假山。

此時彭一江從泥濘中站起身來，此時的形容恐怖無比，周身全都爬滿了五彩斑斕的毒蟲，他的身材原本就瘦高，這毒蟲層層疊疊覆蓋在身上，讓他顯得魁梧不少，彭一江向前猛然跨出一步，重重踏在地上，地面為之震動。

李一水從地上抓起長鞭，隨手一抖，向彭一江攔腰揮去，軟鞭纏在彭一江的腰間，李一水用力一揮，彭一江的身體竟然離地而起，伴隨著李一水的一聲怪叫，彭一江合身向假山之上飛撲而去。

兩隻嗜血天蝠已經將蝙蝠群徹底擊潰，看到主人發起攻擊，兩隻毒寵心領神會，一左一右向夕顏飛撲而去。

夕顏雙手揮舞，兩團藍色火焰向身穿蟲甲的彭一江投去，藍色火焰撞擊在蟲甲之上，迅速燃燒了起來，可是不等火焰蔓延，蟲甲沾染火焰的部分就自動脫落，彭一江一拳攻向夕顏，被毒蟲覆蓋的拳頭比起過去大了有一倍不止。拳頭未到，一股腥臭的氣息撲面而來，讓人聞之欲嘔。

夕顏嬌軀擰轉，一道藍色烈焰將她的嬌軀籠罩其中，兩隻嗜血天蝠眼看就要撲到面前，卻被藍色火焰阻隔不敢冒險闖入其中。

彭一江卻毫無畏懼，毒蟲覆蓋的拳頭直接探入藍色烈焰之中，一拳攻向夕顏，夕顏不得已只能以右拳抵擋，雖然她戴著手套，可以阻擋住對方手上的毒蟲，卻無法阻隔彭一江這一拳蘊含的力量。

雙拳碰撞在一起，夕顏嬌軀劇震，腳下立足不穩，向假山下方跌落。

李一水早在下方等待，手中抱著一個兒臂粗細的鐵筒，瞄準夕顏落下的方向，猛然一拳砸落在鐵筒的尾端，數十道黑色水箭向夕顏籠罩而去。師兄弟兩人聯手，意圖將夕顏扼殺在夾擊之中。

夕顏身在半空之中，腹背受敵，藍色火焰此時已經迅速衰減下去，她的嬌軀從火焰的圍護中顯現出來，卻見她周身籠罩在紅色斗篷內，斗篷從內部膨脹形成了一個橢圓形的球體，遠遠望去，猶如一個紅色的蠶繭。

黑色水箭射在斗篷之上，盡數被遮擋在外，兩隻嗜血天蝠看到紅色斗篷，雙目竟也變成了紅色，瘋狂向斗篷衝撞而去，剛一貼近斗篷，斗篷之上便燃起一層綠色的磷火，嗜血天蝠頓時被磷火包圍，一股焦臭的味道彌散在空氣之中，兩隻嗜血天蝠頃刻間變成了兩團綠色的火球，磷火灼傷的痛楚讓牠們發出淒厲的嘶鳴，嗜血天蝠被綠色磷火灼傷，痛苦不已，先後撲入噴水池中，那綠色磷火非但沒有遇水熄滅，反而燃燒更旺，兩隻嗜血天蝠在水中越掙扎越是無力，顯然已經無法活命了。

李一水手中的鐵筒內有玄機，一節節延伸開來，竟然化身為一桿長矛尖端鋒芒畢露，雙臂一抖向斗篷中的夕顏刺去，長矛的尖端戳破紅色斗篷，原本鼓脹的斗篷如同泄了氣一般癟了下去。

彭一江雖然目不能視，但是他的聽力卻清晰判斷出夕顏所在的位置，如影相隨，再次來到夕顏的身後，不等夕顏落地，凝聚畢生功力的一拳已經砸在紅色斗篷之上，已經被李一水刺破的斗篷起不到先前的緩衝作用，斗篷上的綠色磷火點燃蟲甲，但是燃燒的部分馬上就從彭一江的身體脫落，這一記重拳結結實實擊中了夕顏的後背，綠色磷火被這記重擊砸得宛如波瀾般向周圍躲避開來。

夕顏剛剛遭遇彭一江的重擊，現在仍然沒有落地，身在半空之中已經是無處藏身，李一水唇角流露出瘋狂的笑意，再次揮動手中長矛向夕顏的後心刺去，他有十足的把握可以將夕顏刺殺。

腦後卻一股勁風襲來。

李一水及時警覺，單從風雨鼓蕩之勢就已經知道這次攻擊勁力十足。他不得不中途停下這次刺殺，反轉長矛向後方擋去。

卻是胡小天手握藏鋒及時殺到，他這一揮並沒有成功將劍氣外放，胡小天對自己時靈時不靈的劍氣早就習以為常，即便是沒有劍氣，他灌注內力的全力一擊也非同小可，雙手握劍一個大力劈砍，動作樸實無華卻勝在勢大力沉，李一水及時用長矛封住，藏鋒劈在黑色長矛之上，發出噹的一聲巨響，劍矛交匯之處，一時間迸射出無數火星。

李一水的雙臂被震得幾乎麻木，他定睛望去，認出對方乃是大康遣婚使胡小天，想不到這廝的膂力如此之強。

胡小天變招奇快劍鋒一偏，貼著長矛向李一水握矛的雙手削去，大劍和鐵錨不停摩擦，後方拖出一條火星構成的軌跡。

李一水手腕擰動，鐵矛鏘的一聲回收，恢復成最初的鐵筒模樣，然後迅速一拳砸在鐵筒的底部，又是數十道黑色水箭向胡小天射去。

「小心！」夕顏剛剛落地，就已經發現了胡小天處在生死邊緣，這是斑斕門的獨門暗器黑水箭，鐵筒射出的黑水擁有極強的毒性和腐蝕性，倘若沾到人的肌膚上肯定立時潰爛。

胡小天雖然不清楚這黑水箭的毒性，但是也知道東西絕不能碰，手中大劍揮舞得風雨不透，將射向自己的黑水盡數阻擋在外。

夕顏提醒胡小天的時候，彭一江再度殺到，這會兒功夫，他的蟲甲又增厚了不少，周身沒有覆蓋蟲甲之前，彭一江的身體乾枯高瘦，如同一根竹竿一樣，可是現在因為覆蓋一層層的毒蟲，他明顯魁梧了許多，變成了一個五彩斑斕的龐然大物。一掌劈向夕顏，兩人距離還有一丈之時掌力猛然吐出，手掌上那五彩斑斕的毒蟲脫離他的身體，宛如漫天花雨一般向夕顏攻去。

夕顏嬌軀旋轉，紅色斗篷籠罩周身，綠色磷火從上下兩方迅速向中間蔓延，將她的嬌軀完全籠罩其中，毒蟲不顧一切衝向夕顏，宛如飛蛾撲火，前仆後繼。

彭一江的拳頭已經靠近了夕顏，綠色磷火仍然不能成功擋住蟲甲，彭一江以犧牲外層蟲甲作為代價，換取再次擊中夕顏一拳，這筆買賣怎麼看都是划算，他不相信夕顏還可以承受自己的兩記重拳。

夕顏旋轉的身體卻突然靜止，也是同樣的一拳向彭一江迎去，彭一江雙目被毒針刺傷在先，看不到眼前的情景，只能憑藉聽風辨位來發動攻擊。夕顏的右手不但帶著手套，而且指縫之間夾著三根足有半尺長度的鋼針。她的手法極其詭異，出手的速度極快，鋼針卻沒有發出任何的破空之聲。

彭一江不知有詐，他的這一拳正好砸在鋼針之上，等他意識到的時候再收拳已經太晚，鋼針突破蟲甲，刺入他的拳頭，深入他的指骨之中。彭一江痛得發出一聲慘叫，於此同時，兩道色彩不同的光芒撲入彭一江的蟲甲之上，白光乃是此前那條白蛇，金光卻是一直都未啟動的金蛇。兩條小蛇鑽入蟲甲，迅速向彭一江的肉體靠近。

彭一江咬破舌尖，周身蟲甲突然鼓脹開來，蓬的一聲，蟲甲竟然四分五裂，化成漫天蟲雨向夕顏席捲而去。如果不是為了逃避兩條毒蛇的攻擊，彭一江也不會捨棄好不容易才聚攏的蟲甲。

夕顏早就料到彭一江會有此招，在他分解蟲甲發動進攻之時，已經先行後退，口中銀笛發出一聲銳響，此時從宮牆外發出撲啦啦的振翅之聲，成百上千隻烏鴉飛臨而至，那群烏鴉衝向空中地面到處散落的毒蟲，開始啄食起來。

兩條小蛇也隨著分解的蟲甲被震飛，落地之後，馬上蜿蜒行進，繼續向彭一江追去。

胡小天挺起藏鋒，猛然一揮，今晚的效率實在是有些太低，自從和李一水交手以來，竟然沒有一次成功發出劍氣。

李一水口中含了不少的雨水，雙頰如癩蛤蟆一般來回鼓脹起伏，突然噗的一聲噴出一團毒霧，這貨是故技重施，噴吐毒汁毒霧乃是他的所長。胡小天慌忙向後退去。此時彭一江也被兩條小蛇逼退到了院落的中心，突然他忽然轉移了攻擊目標，右手一揮，五根黑色的尖銳指甲竟然脫離皮肉，向胡小天的後心射去。

夕顏發出一聲驚呼，想不到彭一江在這樣的狀況下仍然能夠向胡小天發動攻擊，再想去救已經來不及了。

胡小天雖然背朝彭一江，但是他超強的感知力仍然察覺到對方的猝然發難，身體一個近乎平貼地面的後仰躲開射向自己的指甲，手中大劍順勢向後方刺去，劍鋒距離彭一江還有三尺的距離。

彭一江本以為這一劍無論如何都不會刺到自己的身上，可是小腹卻感到一陣劇痛，胡小天的劍氣在這一招卻成功激發而出，無聲無息地刺入彭一江的小腹。

彭一江此驚非同小可，胡小天竟然達到劍氣外放的境地，更讓他惶恐的是，劍氣剛好刺入了他的丹田，銳利之極的劍氣貫通了他的腹部，丹田氣海，一直從他的腰椎透出，彭一江體內的真氣頓時渙散，他捂著小腹踉踉蹌蹌向後退去，碎裂的腰椎已經無力支撐他的身體。此時兩道光芒從地上一躍而起，卻是那條金蛇和白蛇抓住這難得的時機，狠狠咬中了他的頸部兩側動脈。

胡小天還沒有來得及直起身來，李一水的又一輪攻擊已經來到，鐵筒瞄準胡小天的身體數十道黑水箭盡數射了過去。胡小天為了躲避彭一江的偷襲，身體空門完全展露出來，現在想要防住無孔不入的黑水箭已經沒有任何可能。他能做的只能是閉上雙目，避免被黑水灼傷眼睛，感覺臉上身上，被無數腥臭的黑水射中。

李一水看到偷襲得手，還沒有來得及高興，斜刺裡一條黑色長鞭席捲過來，啪的一聲抽打在他的頸部，宛如靈蛇般束緊了他的咽喉，卻是夕顏趕到，用李一水先前丟下的長鞭扼住了他的咽喉。

李一水不得不棄去鐵筒，雙手去抓長鞭，渾然不管上面的倒刺深深刺入他掌心的血肉。

夕顏怒道：「解藥！」

李一水唇角露出瘋狂的微笑，兩頰再度鼓脹起來。

此時內苑的房門被人重重撞開，一隻大鐵錘宛如風車般呼嘯著飛了進來，正砸在李一水的面門之上，李一水的滿口毒液還沒有來得及噴出，就已經被大錘盡數砸到了他的肚子裡，鐵錘將他砸得腦漿迸裂，顯然已經無法活命了。

卻是周默和熊天霸及時趕到，熊天霸撞開大門之後，看到眼前情景，不問三七二十一，一飛錘就將李一水給轟死。也是因為李一水咽喉被長鞭束縛，喪失了躲閃的能力，不然也不會窩窩囊囊地被熊孩子一錘砸死。

夕顏看到李一水被砸死當場，頓時腦海一片空白，再看胡小天滿臉都是黑水躺在泥濘之中，她顧不上去看胡小天，慌忙去翻李一水身上的東西，李一水身上瓶瓶罐罐有幾十個，而且大都模樣相似，夕顏看到眼前情景，急得就快哭出來了。

熊天霸和周默看到眼前慘狀，兩人第一時間奔行到胡小天的身邊，熊天霸道：「胡叔叔……」

夕顏厲聲喝道：「滾開！你別碰他！」

熊孩子被嚇了一跳，心想我招你惹你了，你對我這麼凶？周默皺了皺眉頭，因為夕顏還帶著彩蘭的面具，他也沒能第一時間認出她的本來身分。心中很是不忿，一個小宮女也敢對自己吼，老子怎麼說也比你的身分地位要高吧！可他又被夕顏的氣勢給震住，嘴巴囁嚅了兩下，終於還是沒敢出聲反駁。

夕顏拿起那些瓷瓶逐個去聞，從中找出了一瓶回到胡小天身邊，將瓶口對準了胡小天。

胡小天剛才吸入了不少的腥臭味道，被熏得腦袋暈暈乎乎，不過他並沒有失去知覺，再聞到這臭味，感覺胸口一陣翻江倒海，猛地坐起身來，哇地吐了一大灘。

夕顏看到胡小天臉上青一塊白一塊的樣子，擔心非常：「你臉上的皮膚痛不痛？」

胡小天道：「不痛啊！」他伸手去摸。

夕顏道：「別碰！」可惜還是提醒晚了，胡小天的手指已經摸到了沾染毒液的面龐，這會兒雨又變大了，經過雨水洗刷，胡小天臉上的黑色毒液一會兒功夫就被洗刷乾淨，露出原本白皙光潔的色彩。

夕顏眨了眨雙眸，幾乎不能相信自己的所見，斑斕門的黑水箭乃是他們門中最為陰狠的暗器之一，如果被黑水箭射中，身上的肌膚立時燒灼潰爛，可胡小天究竟是怎麼了？他竟然一點損傷都沒有？難道是黑水箭失效了？還是胡小天本身百毒不侵？想起胡小天強吻自己，自己給他的懲戒，原本是想讓他的那張嘴至少腫上三天三夜，卻想不到連一個時辰都沒過，胡小天就已經完全恢復了正常，看來他的體質迥異常人。尤其是這張臉皮，實在是太厚了。無論怎樣，胡小天沒事就好，夕顏高懸的芳心總算落了下來。

外面傳來陣陣騷亂之聲，胡小天向周默和熊天霸道：「你們兩個先去門外守著，任何人都不得入內，除非是霍勝男親來，誰敢進入這個院子，殺無赦！」

「是！」

兩人離去之後，彭一江已經失去生命的軀殼方才緩緩倒了下去，遍地的毒蟲被烏鴉啄食一空，可是烏鴉啄食毒蟲之後，又被毒液所殺，到處都是烏鴉的屍體。夕顏環視周圍，忽然喉頭一熱，噗地噴出一口鮮血，這口血正噴在胡小天的臉上。

胡小天被李一水噴怕了，有點一朝被蛇咬十年怕井繩，嚇得縮了縮脖子，等他看到夕顏唇角的鮮血，方才意識到發生了什麼，一把將夕顏的香肩摟住，避免她倒在泥濘之中。

夕顏喘息道：「我受傷了……這一切只能交給你來善後了……」

胡小天點了點頭，伸出手去，將她臉上的人皮面具揭掉，面具下是夕顏的本來面目，現在的她就如同一支白色的山茶花一樣纖弱美麗，我見尤憐，再不是昔日那個陰狠毒辣的妖女。

躺在胡小天的懷抱中，夕顏感到前所未有的溫暖和踏實，她疲憊地閉上了美眸，黑長的睫毛上有晶瑩的水珠在閃動，不知是雨水還是淚水。

胡小天想起她剛剛因為自己中毒而彷徨無助的情景，想起她對熊天霸的呵斥，心中忽然一陣莫名的感動，抱著夕顏走出風雨，走入長廊，回到她的房間。耳邊聽到外面傳來陣陣急促的馬蹄聲，看來援軍已經聞訊趕來了。

胡小天將夕顏放在床上，伸出大手，輕輕為她撥開額前的亂髮，低下頭去，望著夕顏因為失血而蒼白的櫻唇，猶豫了一下，終於還是俯下身，嘴唇輕輕印在夕顏光潔的前額之上，夕顏的嬌軀顫抖了一下，雙拳下意識地握緊。腦海中空白一片，嬌軀彷彿火燒一樣，秀靨飛起兩片無法掩飾的紅暈。

胡小天用只有他們彼此可以聽到的聲音說道：「放心睡吧，有我在你身邊，沒有人可以傷害你！」

夕顏鼻子一酸，只覺得從認識胡小天起，他都沒有對自己那麼好過，這厚顏無恥的東西，故意說這樣的話來感動自己，以為這樣就能哄我聽話，真當我是不諳世事的小女孩嗎？夕顏好不容易才平復了內心中激蕩的情緒，輕聲歎了口氣道：「我累得很，不想跟你說話，你出去吧。」

胡小天又有種熱臉貼在冷屁股上的感覺，苦笑搖了搖頭。他想起了一件事，從懷中取出一個小瓶，裡面放著秦雨瞳送給他的歸元丹。胡小天道：「你受了傷，不如先服用一顆歸元丹，對你的傷勢有好處。」

夕顏冷冷道：「那妖女給你的東西，我才不吃。」

胡小天這才想起她和秦雨瞳之間的種種不睦，心中暗自奇怪，卻不知夕顏究竟是怎麼知道這歸元丹是秦雨瞳所贈，大概這是玄天館的秘製丹藥，所以她才得出這個判斷，早知如此就不該將藥名報出來。

胡小天無奈搖了搖頭，將盛有歸元丹的小瓶放在床頭几上，低聲道：「你先歇著，我出去處理一下現場。」

夕顏提醒他道：「屍體最好不要處理，免得弄巧成拙，你只說是毒蟲反噬，導致他們死亡，反正是死無對證。」

外面的幾具屍體胡小天都不認識，他真正關心的還是楊璇，楊璇被他用劍氣斬斷了雙腿，因為當時急於過來救援，所以並沒有來得及審問，過了這麼久，卻不知楊璇是否已經失血而死。

胡小天回到自己所在的院落一看，幾具屍體仍在，可是楊璇卻不知所蹤，地上只留下她的那一雙斷腿，話說這雙腿生得還是不錯的，可長在身上那叫性感，真正切下來就沒了任何的美感，再美的東西一旦失去了生命力，也就失去了神采。胡小天暗自奇怪，楊璇的雙腿已斷，按理說不可能逃出太遠，說不定就藏匿在起宸宮的某處，正待在周圍仔細搜索的時候，霍勝男接到報訊趕回來了。

夜雨已經停歇，現場之慘烈遠遠超出了霍勝男的想像，她佈置在起宸宮的這些女兵有六人被殺，最信任的部下楊璇也不知所蹤，現場還有三具屍體，這三人，其中那名女性乃是冒充宮女彩蘭的殺手，另外兩人對她來說都相當的陌生。

霍勝男臉色凝重，儘管親眼目睹起宸宮的狀況，她仍然不願相信楊璇會背叛自己。現實卻讓她不得不正視這個問題，隨同楊璇一起失蹤的還有八名當值女兵，這八人同樣有嫌疑。而其他的那些當值人員，並不清楚具體的狀況，雖然當時有不少人參加了跟隨楊璇追殺胡小天的行動，但是她們只是遵守將領的命令。

霍勝男望著地上的那兩截殘肢，這是楊璇身體的一部分，楊璇卻不知所蹤了，她咬了咬嘴唇，下令道：「傳令出去，在全城範圍內搜索楊璇和那八名女兵的下落，重點搜查各大醫館藥鋪，她受傷這麼重，走不遠。」

「是！」

霍勝男又來到死去的六名手下前方，她們是被劍氣斬斷了軀體，雖然沒有親眼目睹當時的狀況，霍勝男也能想像得到當時那一劍之威。注視著那一張張失去生命光彩的面孔，霍勝男的內心中複雜到了極點，這些曾經都是陪著她出生入死的姐妹，卻不知因何會背叛自己？望著她們的面孔，霍勝男感到痛徹心扉，她咬了咬嘴唇道：「胡大人好厲害的劍法！」

胡小天道：「想要在霍將軍手下的圍攻中保存性命，唯有竭盡全力。」

霍勝男冷冷看了他一眼：「可不可以給我一個合理的解釋？」

胡小天道：「小天也糊塗得很，還想霍將軍給我一個合理的解釋呢，霍將軍今晚為何會前往慈恩宮？」

霍勝男皺了皺眉頭道：「你在懷疑我？」

胡小天道：「不敢！小天不會捕風捉影地懷疑任何一個人，只是這起宸宮今晚發生了這麼大的事情，連累公主殿下受傷，小天也險些丟了性命，所以在下不得不弄個明白。」

霍勝男咬了咬嘴唇道：「楊璇跟隨我多年，跟我就像親姐妹一樣，我從未懷疑過她……」說這番話的時候，她的內心痛苦到了極點，不僅僅是因為被楊璇背叛，還有為楊璇的擔憂。雖然霍勝男不想承認，但是對楊璇這樣一個情同手足的姐妹，她仍然無法做到徹底絕情。

胡小天道：「霍將軍如果派人前往興元橋附近，應該可以找到三具屍體，那三人全都是我所殺，為首一人自稱是司禮監的太監白德勝，他們想將我騙到一個偏僻無人的所在將我剷除，那裡應該還有他們的同黨，幸虧在途中被我發現破綻，我殺了他們，方才發現這三人根本不是什麼太監。」

霍勝男點了點頭。

胡小天道：「那時我才意識到楊璇有問題，她既然讓我跟隨這些假太監離去，就證明她認可白德勝的身分無疑。」

霍勝男道：「所以你殺了他們之後，即刻趕回了這裡？」

胡小天道：「回來之後，楊璇就想要殺我，我被逼無奈才不得不痛下殺手，等我衝入內苑，剛好看到這三名殺手想要謀害我家公主，最可惡的是，那小宮女彩蘭竟然是個老娘們所扮，她混入起宸宮應該有一段時間了，我還以為你們做足防範，卻想不到仍然會有那麼大的疏漏。」

霍勝男默然無語，事實面前她無話可說，彩蘭潛伏在起宸宮這麼久，她都沒有發現破綻，這件事就可證明她在防範方面漏洞不少，她更沒有想過自己的這幫姐妹會有人背叛自己。低聲道：「那兩名殺手是如何進來的？」

胡小天指了指噴水池，地下通道已經暴露，李一水和彭一江兩人就是從地下通道中攀爬上來的，剛才周默已經悄悄告訴他，他們在地下水道的入口附近找到了梁英豪，梁英豪遭遇襲擊，好不容易才逃了出來，不過也受傷不輕，他們已經將梁英豪妥善安置，胡小天當然不會將梁英豪挖洞的事情交代出來。

霍勝男點了點頭道：「胡大人，你放心，今晚的事情，我一定會給你一個滿意的交代。」目光望向安平公主的房間，低聲道：「公主的情況怎麼樣了？」

胡小天道：「受了一些驚嚇，加上淋雨的緣故有些發燒，情緒並不穩定，她現在除了我之外，不想見任何人。」

霍勝男道：「勞煩胡大人代我向公主致歉。」

此時一名女兵來到霍勝男身前，躬身稟報道：「啟稟霍將軍，長公主殿下來了。」

霍勝男微微一怔，這邊發生的事情居然那麼快就已經驚動了宮裡。

長公主薛靈君並非單獨前來，和她一起過來的還有金鱗衛統領石寬，擔心死者的慘狀驚擾到薛靈君，霍勝男提前讓人將屍體移到前院的一個房間內。

胡小天和霍勝男一起將薛靈君迎入起宸宮。

長公主薛靈君本想去見安平公主，聽胡小天說起她因為受了刺激，現在的狀況並不穩定，所以也只能打消了這個念頭，雖然她在私下裡早已和胡小天以姐弟相稱，但是今次是代表大雍皇室而來，表面功夫還是要做的，薛靈君歎了口氣道：「胡大人，發生了這樣的事情真是抱歉，你放心，我方一定會將此事追查到底，務必給貴國一個滿意的交代。」

胡小天道：「長公主殿下，我們要的不是交代，我們只想安平公主殿下平平安安的，說句不客氣的話，公主殿下嫁入大雍就是大雍的人，在雍都，在起宸宮內居然還會發生這種事情，這讓我們又如何能夠放心得下？」胡小天開始有目的地推脫自己的責任，洗清自己就等於將所有的責任推給大雍，這是為了他不久之後的離開做準備。

石寬沉聲道：「胡大人，目前事情還未查清，很難說這些殺手來自何方。」

胡小天道：「石統領什麼意思？我怎麼有些聽不明白？」

石寬道：「胡大人千萬不要誤會，石某絕不是推卸責任的意思，只是這件事來得蹊蹺，大雍和大康兩國聯姻，天下間不知要有多少人會關注這件事，同樣也會有不少人想要破壞此次聯姻，從而離間兩國之間的關係。所以在事情沒有查清之前，很難說這些殺手究竟來自何方。」

胡小天道：「石統領的意思是，如果查不出這些殺手是何人指使，那麼我們就只有自認倒楣了。」

石寬道：「胡大人還請對我們多一些信心，任何事都會留下痕跡。」

長公主薛靈君道：「石統領，你就負責幫忙查清這件事，還有，距離大婚只有五日，一定要確保同樣的事情不再發生。」

「是！」石寬躬身領命。

薛靈君的雙眸朝胡小天望了一眼道：「胡大人，你出來送送我！」

胡小天心中鬱悶，老子一腦門子的煩心事，哪有心情送你？可他也明白薛靈君一定有話要單獨對自己講，於是跟著薛靈君來到了門外，薛靈君並沒有向馬車走去，而是緩步走向前方無人之處，在一棵古槐下停下腳步。

胡小天跟了過去，輕聲道：「君姐找我有什麼想問的？」

薛靈君道：「皇上的病情好轉了許多，他讓你明日晚間入宮。」

胡小天還以為她會問今晚起宸宮究竟發生了什麼，卻想不到仍然是關於大雍皇帝的事情，看來在這些大雍皇族的心中，安平公主的生死根本沒有那麼重要。胡小天點了點頭道：「記得了，其實今晚就是那假太監白德勝借著皇上傳召我入宮的名義，將我騙了出去。」

薛靈君唇角泛起一絲淡淡的笑意道：「白德勝可不是什麼假太監，他在宮中已經有四十多年了，一直都深得皇上的信任，既然你提起他，明天我就讓他親自過來接你。」

胡小天道：「焉知會不會又是個假的。」

薛靈君道：「不見皇上的蟠龍金牌，你就不要跟他前去。」她的俏臉上浮現出一絲笑靨道：「你還真是多疑，這樣吧，明天還是我親自過來接你，省得你那麼多的怨氣。」

胡小天道：「小天怎敢埋怨君姐。」

薛靈君道：「你嘴上不說，可心裡一定在怪我們。」她抬頭看了看陰沉沉的夜空，輕聲道：「這天氣真是悶死人了，這兩天我都在照顧皇兄實在是累得很，先回去休息了，你也早些睡吧，有石寬過來幫忙，任何事情你都不要操心，只管交給他處理就是。」

胡小天道：「有些事還是親力親為的好，交給誰都不放心。」

薛靈君格格笑了起來，她知道經歷今晚的刺殺，胡小天的心情肯定大受影響，也不再繼續解釋什麼，向胡小天揮了揮手，向馬車走去。

送走薛靈君回到起宸宮，石寬已經在停放屍體的房間內仔細檢查那一具具的屍體，看到那六名死於胡小天劍下的女兵，石寬也是心中暗暗驚歎，想不到胡小天的劍法竟然修煉到了如此境界，難怪大雍皇帝會派他前來護送公主，他卻不知道胡小天被選中為遣婚史的初衷並不是因為他的武功。

等石寬來到李一水幾人的面前，他不由得濃眉緊鎖，李一水的面部被熊天霸一錘砸得稀爛，所以看不清他的本來面貌，但是他所使用的武器還在，石寬仔細檢查完李一水的周身物品，再看彭一江，雖然彭一江此時的容貌也有了很大的改變，但是石寬仍然認出了他的身分，再看到顧三娘，石寬已經基本可以確定他們幾人的身分，低聲道：「這三人是斑斕門的人！」

霍勝男道：「你是說那個專門飼養使用毒物的邪派？」

石寬點了點頭道：「我和斑斕門的門主北澤老怪曾經見過兩次，對他手下的十大弟子也算有些熟悉，如果我沒認錯，這胖子應該是五弟子人稱毒和尚的李一水，這中間的高瘦男子乃是三弟子血蝠蟲師彭一江，這女子應該是老七顧三娘。北澤老怪的十大弟子各有所長，毒和尚李一水擅長驅蛇，彭一江是十大弟子中唯一掌控蟲甲之道的，而且他擁有一對嗜血天蝠的毒寵，凶殘強悍，至於這個顧三娘，最擅長的就是易容術，下毒於無形。」

霍勝男倒吸了一口冷氣：「竟然是他們！」

石寬道：「胡小天能夠斬殺你的六名手下並不稀奇，可是他能夠殺死北澤老怪的三名得意弟子，此人的武功心計絕對深不可測。」

霍勝男道：「胡小天已經達到了劍氣外放的境界，這三名殺手雖然厲害，可是仍然抵擋不住他的劍氣。」

石寬道：「毒師下毒的手段遠超我們的想像，他們的武功雖然未必能夠躋身一流，但是他們下毒的手段卻是神出鬼沒，即便是一流高手一樣可能會栽在他們的手裡，連我都不敢說能夠輕易戰勝他們三人聯手。」他的言外之意就是胡小天肯定不會是自己的對手，怎麼可能輕易斬殺三名一流毒師。

石寬檢查了三人身上的致命傷口，李一水被錘殺之前，頸部已經被長鞭扼住，彭一江雖然腹部有劍傷，但是他的雙目在死前已經被毒針射入，而且真正致命的傷口卻是在他的頸部兩側，從傷口的形狀來看應該是被毒物咬噬所致。至於顧三娘頸部的傷口和彭一江頸部的傷口幾乎一模一樣。石寬幾乎能夠斷定，這三人中的兩個很可能死在毒蟲的口中，絕不是死於胡小天的劍下。

石寬道：「胡小天會不會用毒？」

霍勝男搖了搖頭，她並不清楚這件事，胡小天的身上畢竟有著太多她不瞭解的地方。

此時門外傳來胡小天的聲音：「霍將軍！我能進去嗎？」

不等胡小天走入房內，霍勝男和石寬已經出來，石寬望著胡小天道：「胡大人回來了，這裡面的幾人全都死在你的手裡嗎？」

胡小天道：「基本上都是，他們都是用毒高手，可是在被我刺傷之後，他們攜帶的毒蟲突然瘋狂錯亂起來，不分青紅皂白的亂咬，而且他們三個忽然相互攻擊起來，有人怎麼死的連我也不清楚。」雖然解釋的模稜兩可，但是卻也合情合理。胡小天此前倒是想過要將三人的腦袋割下來，再朝他們身上刺上幾劍，但是他想到這種事並不靠譜，畢竟一個人生前和死後的創傷痕跡完全不同，只要是有經驗的辦案老手一眼就能夠看出其中的破綻，事實證明，石寬就是此道中的高手，如果剛才自己真的這麼做了，估計絕對瞞不過他的眼睛，最終只會弄巧成拙，反倒是現在這種說法更加可信一些。夕顏顯然也早就想到了這一點，所以提前就提醒了胡小天。

石寬道：「胡大人知不知道他們的身分？」

胡小天搖了搖頭：「這裡是大雍，我人生地不熟的，又能認識誰？」他話裡有話，暗指這三名殺手和大雍有關。

石寬也不跟他辯駁，向霍勝男道：「霍將軍，如果方便的話，我想詢問今晚在場的一些人。」

霍勝男點了點頭，事到如今，她也不好拒絕石寬的要求，畢竟問題是出在她的隊伍內部，連情同手足的楊璇居然都背叛了自己，卻不知自己的這群手下還有幾人可信？霍勝男有生以來第一次對自己的這群部下產生了懷疑。

胡小天道：「霍將軍查出他們幾人的身分了？」

霍勝男道：「那三名殺手是斑爛門的人，北澤老怪的弟子，都是天下赫赫有名的毒師，倘若他們聯手，我也未必能夠應付。」

胡小天聽出她的言外之意，淡然笑道：「霍將軍的意思是，我理當被他們給毒死，而不是現在這個結局嗎？」

霍勝男道：「我問過她們，周默和熊天霸是在戰鬥即將結束之時方才趕到，你一個人殺了他們三個？」

「有問題嗎？」

霍勝男道：「如果楊璇想要加害公主，在你趕來之前，她會有足夠的時間做這件事，更何況還有斑爛門的三名殺手。」

胡小天道：「霍將軍在暗示我什麼？」

霍勝男道：「我可不可以見見公主？」

胡小天搖了搖頭道：「不可以！」他心中明白，霍勝男應該開始懷疑夕顏。其實只要稍加琢磨，就會發現夕顏的身上會有很多的疑點。

隨同石寬到來的還有十二名金鱗衛，雖然人數不多，可是這些人全都是一流高手，石寬派六人進入水道，前往探察這條水道究竟通往何處，到底有沒有其他人還在水道中潛伏。其餘人則分別負責盤問起宸宮內的人員。

胡小天冷眼旁觀，今晚的這場刺殺暴露出了太多的破綻，無論自己怎樣大包大攬，最終仍然不可能將夕顏身上的疑點完全洗清。石寬怎樣看尚且不清楚，不過霍勝男顯然已經懷疑夕顏。

忙完外面的事情，胡小天居然還能抽空洗了個熱水澡，這才不慌不忙地來到了內苑。不僅僅是因為他的心態鎮定，也因為實在有必要清理下這一身的狼藉。

為了以防萬一，胡小天讓周默親自負責警戒之責，沒有他的允許，任何人不得接近公主。

周默見到胡小天到來，以傳音入密道：「周圍都有人在監視，你說話做事務必要小心。」

胡小天微微一笑，低聲道：「今天的事情明明是咱們占盡了道理，反倒搞得跟咱們做賊一樣，你先回去吧，今晚我來陪公主殿下。石寬心思縝密，回頭或許會盤問你和熊天霸的去向，你需要提醒熊孩子，務必要謹慎作答，至於梁英豪……」因為知道梁英豪受傷，胡小天不禁心存憂慮。

周默道：「三弟只管放心，英豪那邊已經進行了妥善安置，他雖然受了傷，可是並不致命，我們只需統一口徑，說英豪提前離去就是。」他停頓了一下又道：「真正的麻煩還是在裡面。」他所指的自然是夕顏無疑。

胡小天苦笑著點了點頭，清了清嗓子道：「公主殿下，小的能進來嗎？」

接連喊了兩嗓子，方才聽到夕顏虛弱無力的聲音道：「進來吧……」

胡小天推門走了進去，卻見房間內燭影搖紅，夕顏獨自一人躺在瑤床之上，胡小天來到她身邊，卻見她的俏臉仍然沒有任何血色，整個人顯得憔悴無比，幽然歎了一口氣道：「你這沒良心的東西，居然對我不管不問，不顧而去了。」

第九章

# 獵殺目標

今晚的刺殺也表明，有人並不想這場聯姻順利進行，
夕顏這個假冒的安平公主也已經成為被獵殺的目標。
對夕顏來說，最現實的事情就是放棄，
她受傷之後或許不得不面對自保的問題，
看來唯有和自己聯手這一條道路可選。

胡小天在床邊坐下，低聲道：「宮裡來人了，正在調查今晚的事情，大有不查個水落石出誓不甘休的勁頭。」

夕顏一雙美眸眨了眨，唇角浮現出一絲不屑的笑意：「怕了？」

胡小天道：「怕的是你暴露。」

夕顏道：「就憑他們還差得遠……」忽然皺了皺眉頭，露出痛楚的神情。

胡小天道：「怎樣？要不要我找大夫過來給你看看？」

夕顏搖了搖頭道：「不用，我還死不了！」

胡小天道：「哪裡痛？」

夕顏道：「胸口！」

「要不要我幫你揉揉？」

夕顏咬了咬櫻唇：「無恥下流！」

胡小天笑道：「謝謝誇獎。」他看到自己放在几上的小瓶仍然原封未動，低聲道：「你還沒吃？」

「你以為所有人都像你一樣沒有志氣？我就是死也不會吃那妖女的東西。」

胡小天心中暗奇，卻不知夕顏和秦雨瞳之間到底有何仇怨，為何搞得水火不容？他輕聲道：「金鱗衛統領石寬就在外面，他剛剛認出了那三名殺手的身分，說是斑爛門的。」

夕顏點了點頭道：「你以後有麻煩了。」

胡小天愕然道：「為什麼是我？」

夕顏道：「他們當然不會聯想到我的身上，你不是大包大攬，承認所有人都是被你所殺，冤有頭債有主，以後斑爛門的不找你算帳還會找誰？」

胡小天其實早就想到了這一層，苦笑道：「我豈不是等於替你背了黑鍋？」

夕顏笑道：「你不願意啊？」

胡小天道：「如果不願意，我何必巴巴地跑回來救你？」

「後悔了？」

「有點兒，如果你遭遇了不測，我不但省卻了那麼多的麻煩，而且對大康也可以順利交差。」

夕顏道：「那你還回來救我？」

胡小天道：「救你我後悔一時，不救你我可能後悔一輩子，你說我應該選擇哪一個？」

夕顏聽他這樣說，內心中甜絲絲無比受用，她輕聲道：「衝著你今晚的所作所為，沒枉費我對你那麼好。」

「你對我好嗎？我怎麼不覺得？」

夕顏伸出手想要在他的手臂上狠扭一下，卻因為這動作牽動了傷處，劇烈咳嗽了起來，胡小天慌忙將她扶起，夕顏拿起手帕捂住櫻唇，等到咳嗽過後，移開的時候，發現手帕上已經染上了紅色的血跡。

胡小天暗暗驚慌，想起剛才夕顏曾經噴了自己一臉的鮮血，判斷出她必然受了很重的內傷，關切道：「你不可以硬撐，我這就去請郎中給你看看。」

夕顏抓住他的大手，緩緩搖了搖頭。

胡小天道：「可是……」關切之情溢於言表。

夕顏喘了口氣道：「看到你這麼關心我，我心裡歡喜得很呢。」

胡小天真是哭笑不得：「姑奶奶，保命要緊，你都吐血了，這可不是開玩笑的。」

夕顏道：「我死不了，我若死了，還有誰關心你保護你呢？」

胡小天道：「你先別說話了，我去給你倒杯水來。」

夕顏道：「彭一江的內力比我想像中還要強勁許多，他震傷了我的心脈，看來短時間內，我是不能妄動真氣了。」

胡小天道：「歸元丹……」

話沒說完已經遭遇夕顏惡狠狠的眼神，顯然不想他再提起這件事。

胡小天慌忙轉換話題道：「這件事必然是大雍皇族內部人所為，不然楊璇也不會死心塌地為他賣命。」

夕顏道：「難道是薛道銘？」

胡小天道：「不好說，此前淑妃已經針對咱們做了不少的事情，如果不是太后出面干預，她也不會有所收斂，大婚臨近，從我昨天見到皇上的情景來看，他對這次聯姻也是認同的，我反倒不相信淑妃敢孤注一擲做出這等喪心病狂的事情來。」

夕顏點了點頭道：「我也這麼看，如果我出了任何事，別人首先就會懷疑到淑妃母子的頭上。」

胡小天道：「聽說大雍內部皇子之間為了太子之位勾心鬥角，不排除這件事和他們內部的權力紛爭有關。」他的眼前忽然浮現出大皇子薛道洪的面孔，卻不知這件事的背後是否和薛道洪有關？

夕顏道：「小天，我忽然改變主意了。」

胡小天道：「什麼？」他並不明白夕顏的意思。

夕顏道：「看在你今晚這麼賣力救我的面子上，我決定聽從你一次。」

胡小天聞言不禁又驚又喜，夕顏這麼說，難道是意味著她決定放棄刺殺薛道銘？望著夕顏憔悴的俏臉，胡小天心中暗忖，她受傷不輕，就算初衷不改，以她現在的狀況刺殺薛道銘也是有心無力，放棄原本的計畫可能也是無奈之舉，胡小天低聲道：「聽從什麼？」

夕顏一雙妙目望定了胡小天，柔聲道：「你覺得呢？」

胡小天道：「以身相許？」

夕顏道：「如果你不介意陪著我的小蛇一起共眠，我當然也不會介意。」一條白蛇已經從她的掌心遊走出來，昂首吐信，雙目冷森森盯住了胡小天。胡小天原本還有那麼點心猿意馬，想入非非，可看到這條小蛇，馬上後背冷颼颼的，什麼欲念都沒有了，苦笑道：「好好的你弄出這根東西做什麼？真是大煞風景。」

夕顏道：「我是想讓牠給咱們做個見證。」

胡小天道：「有什麼稀奇，其實我也有……」

夕顏俏臉一熱，當然知道他說的是什麼，咬了咬櫻唇道：「那你叫它出來跟小白見見面。」

胡小天呵呵笑了一聲，打死他他也不敢在這條白蛇面前現寶。他乾咳了道：「我面皮薄，你這麼說人家有點受不了。」

「你臉皮薄？黑水箭射在臉上都絲毫無損，這張臉皮就快趕上絕世寶甲了。」

「呃……給點面子。」

那小白蛇又向前探了探頭，胡小天嚇得往後撤了撤身：「能不能讓這位小白兄迴避一下？」

夕顏不禁莞爾，收了那條白色，輕聲道：「他們是不是已經開始懷疑我了？」

胡小天道：「誰都不是傻子，而且霍勝男佈置在起宸宮的女兵不少，就算沒有親眼所見，她們也能夠從種種跡象中發現一些端倪。」

夕顏笑道：「你別忘了，沒有人看到我的本來面目，她們即便是看到，也會以為是他們三個在同門相殘。」

胡小天道：「謊話連篇，不過聽起來也算可信。」

夕顏道：「這期間發生的事情，我自會向霍勝男他們解釋，你不用擔心我，只需查出那三個斑斕門的毒師究竟受了什麼人的指使。」

胡小天道：「他們全都死了，我去問誰？」

夕顏道：「他們雖然死了，可是斑斕門絕不會善罷甘休，說不定還有其他門人身在雍都，得知同門被殺之後，一定會找你復仇。」

胡小天雖然現在對自己的武功已經有了相當的信心，但是想起這些斑斕門毒師無所不用其極的手段，打心底還是吸了口冷氣：「這麼說，我的麻煩豈不是大了？」

夕顏道：「你不用怕，雖然你的武功不怎麼樣，可是你的體質很特別，連黑水箭和冥王之吻都傷不了你，除非斑斕門的門主北澤老怪親自出手，其他人應該不可能傷害到你。」

胡小天聽到冥王之吻的時候不由得皺了皺眉頭，想起夕顏此前漆黑如墨的嘴唇，低聲道：「你親我那口就是冥王之吻？」

夕顏俏臉飛起兩片紅霞，忸怩道：「明明是你強吻我才對。」

胡小天道：「我說你可夠狠的，我就輕輕親那麼一下，你居然就對我使用這種終極大殺器，當真想要謀殺親夫啊？」

夕顏道：「你不是仍然好端端地活著？」

「那是我命大！」胡小天憤憤然道。

夕顏柔聲道：「別生氣嘛，人家最多以後答應你，再也不讓你親了就是。」

胡小天道：「聽來聽去我還是沒占到什麼便宜。」

夕顏嬌滴滴道：「小天，其實人家都跟你拜過了天地，在心裡早已將你當成了我的丈夫，你想親我又何必急在一時。」

胡小天道：「那倒也是，你剛剛說過聽從我一次，是不是打消了刺殺薛道銘的念頭？」

夕顏道：「只要你想我放棄，我就放棄。」美眸眨了眨，顯得乖巧柔順。

胡小天知道她素來詭計多端，豈能輕易被她表現出的乖巧騙過，從夕顏目前的狀況來看，顯然受傷頗重，她已經根本不可能繼續原來的計畫，更何況自己已經將所有的利害關係都講給她聽，大康朝廷內部風雲突變，現在再殺薛道銘對西川李氏百害而無一利。今晚的刺殺也表明，有人並不想這場聯姻順利進行，夕顏這個假冒的安平公主也已經成為被獵殺的目標。對夕顏來說最現實的事情就是放棄，她受傷之後或許不得不面對自保的問題，看來唯有和自己聯手這一條道路可選。

夕顏又咳嗽了一聲，輕聲道：「你不用徹夜守在這裡，周默也可以離去，其實你將我護送到這裡，就等於對大康有了交代，我發生任何事都是大雍方面的責任。」

胡小天道：「我不想你出事！」這句話脫口而出，乃是他內心的真正想法。

夕顏因他的這句話目光變得溫柔起來，小聲道：「我明白，小天，我不會出事，大不了我就認命，五天之後嫁給薛道銘就是。」

胡小天感覺內心深處如同被針刺了一下，痛且難受，他明白夕顏這妮子根本是故意說這樣的話來刺激自己，她是想讓自己嫉妒，不得不承認，她這次成功激起了自己的嫉妒心。胡小天抿了抿嘴唇：「無論怎樣，我都會尊重你的選擇。」

胡小天的反應大大出乎夕顏的意料之外，她本以為這廝好歹會象徵性地挽留一下呢，怔怔望著胡小天：「你居然一點都不嫉妒？」

「我一個太監有什麼好嫉妒的？」

夕顏怒目而視。

「氣大傷身，你重傷未癒，還是放鬆心態的好。」

夕顏道：「你有沒有良心？」

胡小天道：「其實你能夠活到現在就是最好的證明。」

夕顏為之氣結。

胡小天站起身道：「我出去看看，好像有人來了。」他耳力超群，已經聽出外面有腳步聲正在走進這裡。

夕顏道：「別忘了我說過的事情，讓霍勝男進來見我。」

過來的正是霍勝男，胡小天來到她的面前，微笑道：「霍將軍來得正好，公主殿下正要找你呢。」

霍勝男點了點頭，她向房內走去，走了兩步卻發現胡小天並沒有同行，又停下腳步道：「你不進去？」

胡小天笑道：「公主說了，請霍將軍單獨去見她。」

看到霍勝男進去之後，胡小天向周默使了個眼色，以傳音入密讓他離開崗位。兩人一起向他們居住的院落走去，來到門前，正遇到石寬。這會兒功夫，石寬和他的那幫手下已經搜遍了起宸宮的每個角落，連那兩隻被磷火燒死的嗜血天蝠也從水池中找了出來。

石寬雙手負在身後，顯然是在這裡恭候胡小天的到來，沉聲道：「胡大人！」

胡小天停下腳步道：「石統領，找我有事？」

石寬道：「可否單獨說兩句？」

胡小天點了點頭，周默抱了抱拳，獨自一人返回小院。石寬道：「安平公主可曾受傷？」

胡小天道：「公主受了驚嚇，神智有些錯亂，即便是對我都充滿了防範，我也不清楚她的身體狀況，只是剛才看到她吐了幾口血。」

石寬道：「為何不請醫生？」

胡小天道：「她要單獨見霍將軍，一切還是等到霍將軍出來再說。」

石寬道：「我剛才已經驗明了三名殺手的身分，他們都是斑爛門的弟子，矮胖者乃是李一水，在北澤老怪十大弟子中排名老五，瘦高者乃是老三彭一江，那女子是位列第七的顧三娘。」

胡小天皺了皺眉頭道：「我對這些江湖上的事情並不清楚，對貴國江湖中的事情更加不瞭解。」

石寬道：「胡大人此前是否和他們有仇？」

胡小天搖了搖頭道：「根本不認識，今晚之前我甚至都沒有聽說過斑爛門的名字。」他在這一點上並沒有說謊。

石寬道：「此前就聽說胡大人的劍法已經到了劍氣外放的境界，一直無緣得見，今晚看到那些死者，方才知道胡大人的修為比傳說中更加厲害。」

胡小天笑道：「石統領高看我了，我這劍法也是時靈時不靈，有些時候稀裡糊塗地就發出了什麼劍氣，可多數時候都是乾著急憋不出來。」

石寬的唇角露出一絲淡淡笑意：「胡大人懂得用毒嗎？」

胡小天道：「略懂一二。」現在他如果再堅持說不懂，豈不是等於把所有的疑點都推到了夕顏的身上。

石寬道：「佩服！佩服！胡大人真是深藏不露呢。」

胡小天道：「本來咱家以為來到這裡不會有表現的機會，卻想不到歸根結底，公主殿下仍然還要我等出手保護。」

石寬道：「據我所知，胡大人從外面回來的時候，先是被楊璇帶人追到了這院子裡，應該糾纏了一段時間吧？」

胡小天不置可否地笑了笑：「就憑她們幾個還攔不住我。」

石寬道：「在此之前幾名殺手應該已經潛入內苑，安平公主有沒有說過她到底經歷了什麼？」正如胡小天分析的那樣，任何人都會懷疑到安平公主的身上。

胡小天反問道：「你能確定他們這次的任務就是要殺死安平公主？也許他們想留活口呢……」他的話尚未說完，就看到一名女兵慌慌張張跑了過來，顫聲道：「石統領，不好了，公主殿下吐血了，好像是中了毒。」

吐血在胡小天的意料之中，中毒倒是在他的意料之外，因為夕顏本身就是用毒高手，她應該不可能中毒，所以剩下的最大可能就是偽裝，夕顏請霍勝男單獨會面的目的也許就在於此。

石寬和胡小天兩人匆匆來到內苑，看到霍勝男從房內出來，素來鎮定的她此時也不禁有些慌張了，低聲向二人道：「須得儘快請太醫過來，安平公主剛剛吐了不少血，而且她的頸部肩頭都有被蛇蟲咬過的痕跡，應該是中毒。」

胡小天聽到這裡已經徹底放下心來，蛇蟲咬過的痕跡？那兩條蛇根本就是她養的寵物好不好，看來夕顏擺明了要故布疑陣，徹底將這潭水攪渾。

石寬道：「我這就差人去辦。」說話的時候他向胡小天看了一眼，胡小天為皇上開刀解除了連太醫都無法解決的難題，怎麼此刻安平公主中毒他卻不出手？

胡小天道：「我不懂解毒！」

術業有專攻，聞道有先後，解毒方面的確不是胡小天的強項，石寬派人去皇城請太醫的時候，胡小天也讓熊天霸去神農社將柳長生父子請來，畢竟前往皇城請太醫，一來一回至少要耗去一個時辰，神農社乃是京城第一醫館，柳長生雖然腿傷未癒，但是憑藉胡小天的面子，他肯定會排除困難前來，畢竟胡小天有恩於神農社。

讓柳長生過來的目的絕不是為夕顏解毒，夕顏也無需解毒，只是多一個人驗證夕顏所中之毒無藥可解。

胡小天此前雖然沒有和夕顏交流過，可是他對夕顏想要做什麼心中明明白白，兩人之間不用說任何話，只需一個眼神就已經知道對方的想法。

柳長生父子不到半個時辰就已經來到了起宸宮，熊天霸將柳長生從車內背了下來，背著他一路小跑進入起宸宮的內苑，柳玉城背著藥箱緊隨其後。

胡小天和石寬全都在門前，柳長生在京城名氣很大，此人不畏權貴，性情清高，即便是達官貴人也很難輕易將之請動，石寬看見到他深夜前來不由得心中暗奇，想不到胡小天的面子居然這麼大。

胡小天上前抱拳行禮道：「深夜打擾柳先生，實屬迫不得已，還望見諒。」

柳長生道：「你我之間還需說這種客氣話嗎？胡大人，快帶我去見病人。」

胡小天引著柳長生父子進入房內，石寬也跟著進去，雖然霍勝男說過安平公主情況危急，但是從頭到尾，他都沒有親眼見到。

霍勝男始終陪在安平公主身邊伺候，聽說柳長生來了，也慌忙迎了出來。

胡小天搬來椅子，讓柳長生在床邊坐下，因為情況緊急，也顧不上太講究什麼迴避的禮儀。

此時的夕顏躺在床上，一張面孔變成了青黑色，眉宇間黑氣最為濃重，霍勝男又將夕顏頸部的傷口指給柳長生看。柳長生仔細觀察了一下傷口，然後用手指觸摸了一下傷口周圍皮膚的溫度，最後才為夕顏診脈，足足過去半柱香的時間，他方才放開夕顏的脈門，低聲道：「玉城，取三顆九轉洗血丹來，想辦法讓公主服下。」

石寬一旁望著，看到安平公主的面色，再聽到她微弱的呼吸聲，知道安平公主中毒絕不是作偽，只怕情況比預想中還要嚴重得多。

柳長生現場寫了一張方子，交給柳玉城，讓他即刻返回神農社將所有的藥物配齊，然後在最短的時間內返回，胡小天讓熊天霸陪同柳玉城去辦。做好這一切之後，他和石寬一起將柳玉城架到了隔壁的房間內，霍勝男按照柳長生的吩咐，和另外兩名手下在房間內檢查安平公主身上還有沒有其他的傷口。

來到隔壁的房間，將柳長生在桌前放下，胡小天迫不及待地問道：「柳先生，我家公主到底是怎麼了？」

柳長生歎了口氣道：「不瞞胡大人，公主殿下乃是被多種咬傷，從她的脈相來看，她的體內不止一種毒素，而且毒性發展極其迅速，我現在能夠做的，只是用九轉洗血丹暫時延緩她體內血液的流動，減緩毒素擴展的速度。」

石寬道：「柳先生知不知道她所中的究竟是什麼毒？」

柳長生道：「從傷口來看，有蛇毒，也有蜈蚣之類的毒蟲咬噬的痕跡，具體有幾種，目前我還無法確定。」

胡小天佯裝出一副悲憤莫名的表情：「一定是斑斕門的那群賊子下的毒手，若是公主有什麼三長兩短，我必將斑斕門的賊子碎屍萬段，方解心頭之恨。」

石寬表現得要比胡小天冷靜許多，他低聲道：「以柳先生來看，公主殿下會不會有危險？」

柳長生道：「不好說，因為她體內的毒性未明，所以我只能用一些常規的處理方法，剛才我開的方子乃是用來藥浴之用，需要有內功高手以內力幫助公主逼出體內的毒素。」他看了看石寬，目光落在胡小天的身上：「不知胡大人可否願意？」胡小天乃是太監之身，為公主逼毒是要將病人浸泡在盛滿藥湯的浴桶之中，然後以內力注入對方的體內，在對方經脈中游走，逼出已經進入她體內的毒素，這種方法雖然不可能徹底將體內的毒素清除，但是至少可以清除出一部分，起到減輕中毒症狀的作用。

霍勝男此時也來到房間內，憂心忡忡道：「那三顆九轉洗血丹我已經餵公主服下，只是她的情況仍然未見好轉。」

柳長生道：「勞煩霍將軍即刻準備熱水。」

霍勝男問過之後方才知道柳長生所要的熱水有何用處，她想了想，主動請纓願意為安平公主運功療傷。在柳長生看來，霍勝男如果願意做這件事要比胡小天更加妥當，畢竟逼毒的時候最好將衣衫除去。雖然胡小天是個太監，可他畢竟過去是個男人。

胡小天原本倒想過借著這次機會剛好可以一飽眼福，可馬上又想到夕顏根本是偽裝，自己若是趁火打劫，肯定要被這妮子看不起，更何況她向來喜怒無常，說不定因此遷怒於自己，跟自己翻臉也未必可知，索性做得大度一些。

霍勝男之所以主動提出願意用內力為安平公主驅毒，其中一個很重要的原因是因為今晚的事情她明顯失職，正是她的疏忽才造成了大錯，霍勝男性格極為要強，雖然沒有公開致歉，但是她已經在以實際行動來補償自己的錯誤。

他們正在為驅毒進行積極準備的時候，從皇宮請來的太醫也到了，來的乃是徐百川，他是大雍太醫院的統領，是太醫院當之無愧的第一招牌。徐百川之所以能夠前來起宸宮，是因為皇上特許，安平公主遭遇刺殺中毒，性命危在旦夕絕非小事。即便是石寬也不敢擅自做主，他讓人將這件事稟報了皇上。

大雍皇帝薛勝康能讓徐百川過來，也表明了他對這件事的重視。

徐百川和柳長生被稱為雍都杏林中的泰山北斗，幾乎代表著大雍醫學界的最高巔峰，聽聞柳長生已經到了，徐百川在診斷病情方面表現得更加慎重，他和柳長生一個服務於宮廷，一個混跡於民間，兩人之間也沒什麼芥蒂，彼此的交情算得上君子之交淡如水。

徐百川由霍勝男陪同去夕顏的床邊仔細觀察了她的中毒情況，過了好久方才出來。因為柳長生已經先於他做過診斷，所以徐百川非常謹慎，先詢問了柳長生的看法。由此也能夠看出徐百川的圓滑，他不僅僅是一位太醫，同時也是一位官員，做任何事情之前，首先考慮到要給自己留好餘地。

還好他和柳長生在病情的診斷上大致相同，徐百川對柳長生的治療方案也表示認同，他低聲道：「現在最麻煩的就是毒性未明，只有查出究竟是什麼毒物所傷，才能根除公主殿下體內的毒素。」

柳長生將自己的驅毒方子說了。

徐百川點了點頭道：「如果能夠配合黑冥冰蛤那就最好不過。」

柳長生苦笑道：「黑冥冰蛤可沒那麼容易找到。」

徐百川道：「據我說知，燕王府內就藏有一隻，只是……」他自己說完之後也感覺到等於白說，想讓燕王將寶物奉送，只怕沒有那麼容易。

柳長生道：「那黑冥冰蛤奇就奇在能夠反覆使用。」

徐百川道：「我看這件事還是應該儘快奏明聖上，只要聖上發話，燕王應該會答應借用黑冥冰蛤。」他說完又道：「只是這麼晚了，陛下已經安歇，總不能再去打擾他，只能等到天明再說。」

胡小天道：「什麼事都不如公主的性命重要，我這就去燕王府。」雖然胡小天知道夕顏的中毒只是用來蒙蔽眾人的假像，可是既然做戲就要做足十分，不可在這群人面前暴露出任何的破綻。

眾人此時才想起胡小天和燕王薛勝景是剛剛結拜不久的兄弟，他若是開口，燕王應該不會拒絕。

胡小天抵達燕王府的時候已經是五更時分，燕王府仍然籠罩在一片夜色之中，用不了太久黎明就會到來，負責值守的武士見到是胡小天前來，慌忙進去通報，對胡小天和燕王結拜的消息，燕王府上上下下可謂是無人不知無人不曉。

不多時總管鐵錚就迎了出來，雖然鐵錚對胡小天向來沒多少好印象，可是自從胡小天和燕王結拜之後，他的態度也變得客氣了許多，拱手行禮道：「胡大人，不知深夜前來有何急事？」

胡小天抱拳還禮道：「鐵總管，在下冒昧前來確有急事，可否勞煩鐵總管去通報我大哥一聲，就說在下有急事找他。」

鐵錚面露難色，低聲道：「胡大人，並非是在下不願意，而是王爺有令在先，任何人不得隨意打擾他休息，現在已經是寅時，不如請胡大人移步花廳，耐心再等半個時辰。」

胡小天道：「我此次前來乃是為了人命關天的大事，還望鐵總管通融。」

鐵錚看到他如此焦急，知道肯定有大事發生，否則胡小天也不會這個時候過來，他點了點頭道：「好，那我就拚著被王爺罵一次。」

胡小天耐心在花廳等了半個時辰，方才看到薛勝景姍姍來遲，胡小天心中暗罵，自己都說了是人命關天的大事，這廝居然還耽擱了這麼久的時間，看來在心底根本沒有重視過自己這個結拜兄弟。以為手術已經做過了，以後不用再求老子了！

薛勝景打著哈欠步入了花廳，此時遠方的天空已經露出了青灰色，黎明已經到來，薛勝景道：「兄弟，究竟何事如此匆忙？害得為兄連覺都睡不好？」身後鐵錚一臉的苦笑，顯然被薛勝景狠罵了一頓。

胡小天起身迎向薛勝景道：「大哥，這個時候過來打擾你，真是不好意思。」

薛勝景拍了拍他的肩膀道：「坐下說，坐下說！」

胡小天將這件事的來龍去脈向他講了一遍，薛勝景聽完眉頭緊鎖。

胡小天看到他的表情就感到有些不妙，這薛勝景該不會吝惜一隻黑冥冰蛤，不捨得借給自己吧？

薛勝景長歎了一聲道：「兄弟，就你我之間的感情，別說是借，就算是送給你也無妨，只是那黑冥冰蛤並不在我的手裡。」

胡小天愕然道：「不在？」

薛勝景點了點頭道：「不在，一個月前，我王府的庫房被竊賊潛入，竊賊偷走了不少的東西，其中就有這件黑冥冰蛤，因為其中有不少東西是我皇兄賞賜，我擔心被他責怪，所以並沒有聲張，一直在偷偷派人調查尋找，至今仍然沒有下落。」

胡小天在薛勝景說這番話的時候悄然觀察鐵錚的表情，卻見鐵錚流露出錯愕的表情，雖然這表情稍縱即逝，卻仍然被胡小天記在心底，王府發生這麼大的失竊案，身為總管的鐵錚不可能不知情，從鐵錚剛才表情的微妙變化，可以推測到他對此事並不知情。胡小天心中暗自冷笑，薛勝景啊薛勝景，只不過借一件東西，你都不捨得，好歹老子也有恩於你，此等作派，真是讓人齒冷。

胡小天並沒有表露出任何的不快，起身道：「既然如此，也沒有辦法，大哥我先走一步。」

薛勝景道：「兄弟別急著走。」他向鐵錚道：「你去找馬青雲，讓他取一瓶百草回春丸過來。」

鐵錚領命之後轉身去了，不多時已經帶著一瓶百草回春丸回來，薛勝景親手將那瓶藥遞給胡小天道：「這瓶百草回春丸乃是我高價求來的，雖然不是什麼靈丹妙藥，可是對救治蛇毒非常有效，兄弟拿回去試試。」

胡小天知道薛勝景只不過是做做樣子罷了，接過那瓶藥向薛勝景道：「大哥，我得回去了，大恩不言謝，咱們以後再說。」

薛勝景虛情假意道：「你我之間何須說這些？鐵錚，幫我送送我兄弟。」

胡小天走後，一個青袍人走入房間內，來到薛勝景面前恭敬施禮，正是薛勝景的師爺馬青雲。

薛勝景道：「你去打聽一下，起宸宮到底發生了什麼事情？究竟是什麼人這麼大的膽子居然敢行刺安平公主。」

馬青雲道：「王爺，會不會是淑妃找來的人？」

薛勝景緩緩搖了搖頭道：「淑妃對這樁親事不滿已是人盡皆知，所以安平公主只要發生意外，所有人都會像你一樣，首先想到的就是他們母子。淑妃不是傻子，老七也是個聰明絕頂的人物，不可能在成婚之前做出這樣孤注一擲的舉動。」

馬青雲低聲道：「王爺覺得這件事另有其人？是有人想將這把火燒向七皇子？借機破壞大康和大雍之間兩國的關係？」

薛勝景的一雙小眼睛瞇了起來，流露出狡黠的目光：「大康和大雍之間的關係早已註定，無論聯姻成功與否都改變不了大局。此次聯姻重要的絕不是婚姻本身，也不在安平公主。」

馬青雲道：「如果安平公主發生了意外，只怕要掀起一場軒然大波。」

薛勝景道：「鬧得越大越好，本王才懶得蹚這趟渾水，你去打探清楚，昨晚起宸宮到底發生了什麼？」

「是！」

馬青雲離去之後，薛勝景從袖中取出一個玉匣，展開玉匣，裡面卻是一隻潔白如玉的山蛙，這就是胡小天前來索求的黑冥冰蛤，薛勝景看了一眼，又將玉匣重新合上，喃喃道：「兩個小崽子未免太心急了一些，惹出了這麼大的禍端，我倒要看看你們如何收場。」

清晨仍然烏雲密佈，暗淡的天光讓人的心頭有些透不過氣來，昆玉宮總管方連海快步走入宮中，董淑妃剛剛洗漱完畢，正坐在銅鏡前，一名宮女為她梳理著秀髮，忽然董淑妃的肩頭顫抖了一下，那宮女嚇得停下了動作。

淑妃緩緩轉過臉去，鳳目圓睜，怒視那名梳頭的宮女，宮女嚇得撲通一聲跪在了地上。

董淑妃揚起手來狠狠甩了她一記耳光，怒道：「沒用的廢物，是不是想謀害本宮？」

那宮女磕頭如搗蒜：「娘娘饒命，娘娘饒命……」

大雍後宮之中，董淑妃的難伺候是出名的，這些年中在她手下倒楣的宮女太監不計其數。

董淑妃正要發作，卻聽到方連海尖聲尖氣的聲音傳來：「娘娘息怒！娘娘息怒！」

淑妃冷冷望著方連海，方連海卻是滿臉堆笑。

淑妃道：「一大早的，你死哪兒去了？」平時都是方連海為她梳頭，如果不是他不在，也不會輪到這個宮女，手法根本不能和方連海相提並論，梳頭的時候戰戰兢兢，不小心扯掉了淑妃的幾根頭髮，淑妃向來惜髮如命，發火也是正常，當然最近一段時間她一直都氣不順也占很大的原因。

方連海從小宮女手中接過象牙梳子，使了個眼色，那小宮女如釋重負地退了下去。

等到四下無人，方連海方才低聲笑道：「恭喜娘娘，賀喜娘娘！」

「何喜之有？」

方連海嘿嘿笑道：「奴才剛剛得到消息，昨晚起宸宮遭遇襲擊，死傷不少，那安平公主也受了重傷。」

淑妃身軀一震，猛然轉向方連海，渾然不顧梳子扯痛了頭髮：「你說什麼？」

方連海道：「那大康安平公主受了重傷，聽說是中毒，太醫院的徐百川和神農社的柳長生全都過去了，據說這次要凶多吉少了。」他一臉笑意道：「此事對娘娘來說不是大喜事嗎？」

淑妃咬了咬嘴唇，站起身來，有些不安地來回踱步，走了幾步：「有人刺殺安平公主？」

方連海點了點頭道：「娘娘這下總算可以安心了。」

淑妃怒道：「混帳東西，這和本宮有何關係？」

方連海這才知道自己說錯了話，慌忙躬身行禮道：「奴才一時高興說走了嘴，還望娘娘不要跟我一般見識。」

淑妃斟酌片刻方才道：「此事非同小可，你馬上安排一下，本宮要親自前往起宸宮探望。」

「什麼？」方連海一臉愕然。

淑妃怒道：「還不儘快去辦！」

「是！」

董淑妃此時心亂如麻，聽到安平公主遇刺的消息她根本沒有感到任何的喜悅，這件事並非是她所策劃，能夠在爾虞我詐的後宮中走到如今的位置，不僅僅要依靠她背後家族的影響力，更重要的一點還是要依靠自身，董淑妃第一時間就想到此事可能會造成的影響，此前她針對大康使團的種種做法已經惹得太后不悅，而且親自出面干預。經過此事之後，淑妃已經重新考慮在這件事上的處理方法，既然無力阻止這場聯姻，就只能順其自然，等到安平公主嫁入家門之後，她這個做婆婆的有無數種手段來對付她。

昨晚發生在起宸宮的這場刺殺已經完全打亂了董淑妃的計畫，雖然此前她無數次希望龍曦月在前來雍都的途中死去，可真正當龍曦月的性命危在旦夕之時，董淑妃卻意識到這件事大大的不妙。連方連海這個奴才都認為這件事對自己來說是一件大喜事，那麼多數人都會認為最希望安平公主死的就是自己，也就是說肯定會有很多人懷疑到她的身上。

胡小天回到起宸宮的時候，天已經完全亮了，一群人都在院子裡等著他，看到胡小天沮喪的表情，所有人都明白他這次的燕王府之行可能是無功而返。徐百川聽說黑冥冰蛤被人竊走的事情，也不由得歎了口氣，安慰胡小天道：「其實就算借來黑冥冰蛤也無法徹底將公主殿下體內的毒素肅清，目前已經查出，公主殿下至少被七種不同的毒物咬中，而且她飲用的茶水中被人下藥。」

柳長生坐在長廊內，臉上的表情凝重之極，胡小天來到他的身邊，恭敬道：「柳先生，這裡是燕王爺送給我的一瓶百草回春丸，您看有沒有用處？」

柳長生歎了口氣道：「沒什麼用處，公主殿下所中的毒素早已侵入五臟六腑，即便是能夠借來黑冥冰蛤，也一樣改變不了什麼。」

胡小天聞言色變，即便是在柳長生面前也要將戲份演得十足：「柳先生，您是說，我家公主她……」

房門從裡面打開了，霍勝男緩步走了出來，她的臉色蒼白如紙，整個人憔悴了許多。

守在門外的女兵慌忙上前去攙扶她，霍勝男擺了擺手，示意自己沒什麼事情。她向柳長生道：「柳先生，已經按照您所說的辦法做了，只是效果並不明顯。」

柳長生對這個結果早已有了心理準備，點了點頭道：「霍將軍還是儘快回去休息吧。」

霍勝男雙眸向胡小天掃了一眼，輕聲道：「胡大人，我有句話想單獨對你說。」

胡小天點了點頭，跟著霍勝男來到了她的房間內。

霍勝男剛才運功替夕顏逼毒，內力損耗甚巨，呼吸的節奏都變得有些急促。

胡小天道：「辛苦霍將軍了！」

霍勝男盯住胡小天的眼睛，雙目灼灼，犀利的目光宛如刀鋒般想要直刺他的內心深處：「安平公主會不會武功？」

胡小天馬上明白，她應該是在運功療傷之時發現了什麼，一個習武之人的經脈和普通人還是有明顯區別的，想要發現這一點並不困難，胡小天道：「應該會一些，只是我從未見公主出過手！」他的回答滴水不漏。

霍勝男道：「剛才我為安平公主逼毒療傷的時候，發現她的後背有兩處傷痕，乃是遭受重擊所致，如果是普通人，恐怕早已死了，公主能夠活到現在實屬僥倖。」

胡小天知道她對這件事產生了很深的懷疑，輕聲歎了口氣道：「任何事都有可能，霍將軍又不懂醫術，你的判斷也未必準確。」

霍勝男道：「我雖然不懂醫術，但是我自幼習武，對拳腳棍棒形成的傷痕還算了解，剛才胡大人說你回來的時候公主已經中毒倒在房間內，可據我看，公主卻是經歷了一場激烈搏殺呢。」

胡小天道：「霍將軍是在懷疑我了？」

霍勝男道：「胡大人如果真想打消我的疑慮，為什麼不將整件事原原本本地說出來？」

胡小天道：「讓我說什麼？我見到什麼，經歷了什麼已經完完全全告訴了你們，你如果還有懷疑，只管去找證據。」

霍勝男道：「你以為我當真找不到證據？安平公主雖然將衣裙更換過，但是她的鞋子還沒有來得及丟出去，鞋底上面沾了不少的花泥。」

胡小天心中一怔，夕顏居然這麼不小心？留了這麼大一個漏洞給霍勝男抓住？胡小天呵呵笑了起來：「霍將軍，難道在刺殺發生之前，公主殿下就不能出門去轉轉？你這麼說在下就有些不明白了，我家公主身中奇毒，性命危在旦夕，我可曾說過一句埋怨你的話？你奉太后的命令接管起宸宮的警戒之責，昨晚發生了這麼大的事情，如果不是你的手下勾結殺手，豈會造成如此巨大的損失？」

霍勝男咬了咬櫻唇，怒道：「胡小天，你以為我是在推卸責任嗎？」

胡小天道：「這麼大的責任只怕霍將軍擔不起！」

霍勝男拍案怒起：「胡小天，是我的責任我霍勝男自會承擔，絕不會推諉給其他人……」她的情緒過於激動，竟然感到眼前一黑，雙腿一軟，仰頭便倒。

胡小天慌忙伸出手臂，一把摟住她的纖腰。

霍勝男是因為剛剛內力損耗太大的緣故，又因為和胡小天的這番爭執急火攻心，所以才會差點暈倒過去。怒道：「你放開我。」

胡小天歎了口氣道：「你坐下再說。」他扶著霍勝男坐下之後，望著她慘白的面容，心中暗歎，霍勝男也不容易，經歷了這次的事情，只怕就算有太后寵著她，也必須要承擔一些責任，不然在面子上對大康方面無法交代得過去。無論自己是不是存心，都等於將霍勝男坑了一次。可命運轉折的關鍵時刻，絕對不容許有任何的心慈手軟。

第十章

# 天生演技派

淑妃做了個手勢制止胡小天繼續呼喊她，
小聲道：「別打擾這孩子，讓她好好歇著……」
說話的時候眼圈居然紅了，雙目之中淚光閃爍。
胡小天當然知道淑妃巴不得安平公主早就死了才好，
眼前的一幕根本就是偽裝，女人果然都是天生的演技派高手。

胡小天道：「霍將軍，我家公主命在旦夕，你心中若是有任何的懷疑，等她度過危險，親自問她好不好？」

霍勝男聽他這樣說，也不禁回到現實中來，無論這件事當時的真相究竟是什麼？都已經不重要了，如果安平公主死了，這責任絕不是她可以承擔的，想到這裡，她的內心頓時變得沉重起來，黯然道：「你去吧，我想一個人靜一靜。」

胡小天前往公主房間的時候，看到幾名女兵正抬著浴桶出來，浴桶內的水漆黑如墨，這已經是更換過的第三桶水了。

徐百川和柳長生二人剛剛一起去探望過公主的近況，從兩人愁雲滿面的表情來看，對公主的狀況都是一籌莫展。

胡小天沒有詢問，默默走入了房間內，來到床邊，看到夕顏的臉色，連胡小天自己都嚇了一大跳，她的臉色非但沒有好轉，而且變得黑氣沉沉，比起此前的狀況似乎更加嚴重了。

胡小天恭敬道：「公主殿下，你感覺怎樣了？」

夕顏微微將美眸睜開一絲縫隙，看了胡小天一眼，又擺了擺手道：「其他人……出去……」

兩名負責照顧她的女兵，悄然退了出去。

胡小天以傳音入密道：「你怎麼那麼不小心，居然沒有將鞋子藏起來？」

夕顏聞言一怔，秀眉微顰道：「早已被我收藏得好好的。」

胡小天頓時明白剛才肯定是霍勝男在故意詐自己，想不到這妮子也有那麼深的心機。幸虧自己機警，不然還真要中了她的圈套。

夕顏道：「她剛剛為我運功逼毒的時候，已經趁機在探察我的經脈狀況，我有武功的事情大概瞞不過她。」

胡小天道：「她雖然懷疑，但是沒什麼證據。」

夕顏小聲道：「你不是去借什麼黑冥冰蛤了嗎？怎麼沒見你將東西拿來？」

胡小天聽她提起這件事不由得苦笑起來：「薛勝景實在是太小氣，只送了我一瓶什麼百草回春丸。」

夕顏道：「那黑冥冰蛤可是一件寶物，若是有機會，一定要取回來留著用。」提起這件事的時候，美眸生光，顯然對黑冥冰蛤極有興趣。

胡小天知道她所說的取不是偷就是搶，低聲道：「今日之事你打算如何收場？」

夕顏道：「我若是不死，這件事他們肯定還會繼續追查下去，我如果死了，很多人就能夠得到解脫，你說是不是？」她意味深長地望著胡小天，意思再明顯不過，你胡小天也巴不得我死。

胡小天可不是希望她死，而是想夕顏借著死從此在雍都消失，那麼自己就順利完成了任務，而且還占盡了道理，要找大雍皇帝理論，討還這個公道。他壓低聲音道：「你要是死了，我豈不是要護送你的靈柩再千里迢迢地返回康都？」

夕顏道：「用不著那麼麻煩，我自有辦法。」

胡小天正想追問她有什麼辦法的時候，忽然聽到外面傳來通報之聲，卻是淑妃娘娘到了。胡小天向夕顏使了個眼色，起身出門迎接。

胡小天走出門外的時候，淑妃一行已經來到內苑門外，霍勝男、徐百川、柳玉城全都到前方相迎，柳長生因為腿腳不方便，並沒有出現在迎接的佇列之中，讓胡小天詫異的是，在人群中也沒有看到石寬的身影，不知他此時去了哪裡。

眾人齊聲道：「恭迎淑妃娘娘！」

董淑妃向人群中環視了一眼，擺了擺手道：「都起來吧，不要驚擾到了安平公主。」臉上拿捏出一副憂心忡忡的表情，首先走向徐百川道：「徐太醫，安平公主的情況怎樣？」

徐百川歎了口氣道：「啟稟娘娘，安平公主的情況持續惡化，並沒有緩和的跡象。」

淑妃心中喜憂參半，喜的是若是龍曦月過不了這一關，自己埋藏在心頭的這根刺總算可以清除了，可憂的是，如果龍曦月當真死了，還不知外界會怎樣看待自己，該不會將她的死因懷疑到自己的身上？淑妃做事雖然很少顧及別人的感受，但是這件事非同小可，她擔心龍曦月遇刺是一個開始，背後還不知藏著怎樣的陰謀，所以她才會選擇第一時間過來探望，至少可以堵住一些人的口舌。

方連海自從來到這裡，目光便惡狠狠盯住胡小天，他自從上次在起宸宮受辱之後一直懷恨在心，現在主子也親自到來，自然感覺有了依仗，如果不是現在情況特殊，他早就衝上去找胡小天討還公道。

淑妃道：「我去看看她！」她舉步向公主的房間走去，方連海緊跟其後，方才走了兩步，就見到一人迎上來攔住了他們的去路：「娘娘且慢！」

淑妃長眉豎起，鳳目之中怒火乍現，究竟是什麼人這麼大膽，竟然敢攔住她的去路。

攔路之人正是胡小天，胡小天道：「娘娘，公主殿下命懸一線，探望之人不宜太多。」

方連海一直都在尋找發作的機會，聽到胡小天這句話頓時火冒三丈，怒道：「胡小天，你真是膽大包天，竟然敢攔住娘娘的去路，根本是對娘娘不敬，來人！」

淑妃嗯了一聲，瞪了方連海一眼，她來起宸宮的主要目的是為了探視，而不是耍威風。更何況這種時候，她也不想多生是非，輕聲歎了口氣道：「你們都在外面候著。」目光在胡小天的臉上審視了一番，方才道：「勞煩胡大人為本宮引路。」

胡小天恭敬從命，帶著淑妃來到房間內。

淑妃來到床邊，看到夕顏的模樣，心中不由得吃了一驚，夕顏此刻的狀況比起她想像中還要嚴重得多。胡小天搬了個錦團放在床邊，請淑妃坐下，自己輕聲喚道：「公主殿下……公主殿下……」

夕顏雖然微微睜著眼睛，可是目光渙散，明顯有些神志不清。

淑妃做了個手勢制止胡小天繼續呼喊她，小聲道：「別打擾這孩子，讓她好好歇著……」說話的時候眼圈居然紅了，雙目之中淚光閃爍。

胡小天當然知道淑妃巴不得安平公主早就死了才好，眼前的一幕根本就是偽裝，女人果然都是天生的演技派高手。

淑妃坐在夕顏床邊，充滿憐愛地望著夕顏，伸出雙手握住夕顏的右手，夕顏的手型很好看，只是指甲都已經變得發黑，再看她的面孔，不但黑氣沉沉，而且明顯浮腫了一圈，現在這幅模樣別說淑妃，就算是龍曦月的親爹親娘過來也不可能認出她是哪個。

淑妃歎了口氣，低聲道：「曦月，本宮自從得知你和吾兒道銘定下婚約，心中就開心不已，無時無刻不在期待著，你能早日來到大雍，成為本宮的兒媳，眼看大婚在即，卻想不到……你竟然變成了這個樣子……這讓本宮怎能不肝腸寸斷……」

說到這裡，雙目之中淚水宛如斷了線的珠子一樣簌簌而落。

如果不清楚她此前針對大康使團的所作所為，肯定會相信她現在所說所做的一切全都是真的。胡小天暗自佩服，淑妃能夠爬到今日之地位絕非偶然，單單是這份演技，換成現代社會也能混個奧斯卡最佳女配角獎了。

夕顏感到淑妃的眼淚滴落在自己的手背之上，微微睜開雙眸，作出一副迷惘的樣子，虛弱無力道：「娘……娘……是你來了嗎？」

淑妃被她叫得一怔，旋即就明白，一定是夕顏的神志不清，將自己當成了她的娘親，抿了抿嘴唇道：「是我……」

夕顏的目光仍然呆呆望著上方，喃喃道：「娘……娘……我就知道你會來看我的……你不管我和皇兄，獨自走了……你知不知道，女兒無時無刻不在掛念你……」說著說著兩行晶瑩的淚水順著腮邊滑落，可身體卻一動不動。

胡小天望著這兩位演技高手的表演，此刻的心中唯有歎服兩個字可以形容。

夕顏知道淑妃是在演戲，可淑妃卻並不清楚夕顏是在演戲，看到夕顏這番模樣，知道她離死已經不遠，雖然過去淑妃一直巴不得安平公主早點死才好，可是那並不是她針對這女孩本身，而是針對她的身分，正是因為這場聯姻而影響到了她寶貝兒子未來的前程，看到眼前的女孩如此可憐，生命垂危之時仍然念著她的娘親，竟然勾起了淑妃的惻隱之心。

淑妃柔聲道：「曦月，娘就在這裡。」

「娘……你別離開我……女兒好怕……父皇不管我們了……你千萬不要離開我……」

淑妃道：「別怕，娘哪兒都不去，就在這裡陪你……」說到這裡，鼻子竟然有些發酸，人心都是肉長的，看到此情此景，即便是心硬如淑妃，也不禁有些同情龍曦月了，其實龍曦月也不過是政治上的一個犧牲品罷了，只是她的命運更加不幸，還沒有等到和自己兒子成親的那一天就遭遇刺殺，不明不白地死在了異國他鄉。

夕顏道：「娘……我怎麼什麼都看不到了……我什麼都看不到了……我的眼睛……我的眼睛……」

淑妃道：「女兒，你不要害怕，我這就去給你請太醫。」她向胡小天使了個眼色，胡小天出門將徐百川請了進來，在他看來徐百川的醫術要比柳長生差上不少，把他請過來更加放心，其實胡小天還是有些多慮了，以夕顏在下毒方面的手段，想要瞞天過海實在是沒多少難度。

徐百川檢查了夕顏的雙目之後又歎了口氣，悄悄告訴胡小天，只說毒素已經侵入了夕顏的雙眼，再這樣繼續下去，恐怕時間已經不多了。按照徐百川的判斷，夕顏應該熬不過明天。

淑妃此時已經徹底放下了對安平公主的仇視，既然龍曦月必死無疑，她還計較什麼，含淚道：「孩子，你有什麼心願，說給娘聽聽。」

胡小天一旁看著，心中暗自好笑，以淑妃的老道修為居然也能被夕顏這隻小狐狸騙過，可見夕顏的狡猾陰險，以後跟這妮子相處還要多加小心，稍有不察只怕連自己也會中了她的圈套。

胡小天向徐百川使了個眼色，兩人悄悄推出門外。

徐百川向胡小天拱了拱手道：「胡大人，公主殿下毒氣侵入肺腑，只怕是神仙也愛莫能助了。」

胡小天緊咬嘴唇，拿捏出一臉的悲痛之色：「你是說……」

身後傳來柳長生的歎息聲，柳玉城背著他走了過來，柳長生道：「胡大人，徐太醫說得沒錯，是時候為公主提前準備了。」

他所說的提前準備，就是準備後事的意思。

胡小天用力搖了搖頭道：「不可能……不可能……公主殿下絕不會有事……」

柳長生道：「胡大人還是面對現實的好。」

胡小天表面悲痛欲絕，心中卻欣喜若狂，夕顏這個麻煩總算得以順利解決，而且妙就妙在自己不用承擔任何的責任，將安平公主送到雍都就等於將大康皇帝龍燁霖交給自己的使命全都完成，更何況現在龍燁霖都已經發瘋，姬飛花依然掌權，於情於理他都沒有針對自己的可能。

胡小天道：「有沒有見到石統領？」

霍勝男道：「他剛剛入宮去了。」

因為已經確定安平公主的狀況沒有好轉，石寬已經提前入宮向皇上稟報。

霍勝男雖然剛才和胡小天發生過一場爭執，可是在確定安平公主已無康復的可能之後，查清安平公主是否會武功，在刺客到來之時究竟發生了什麼，就變得毫無意義，看到胡小天表情沮喪，目光呆滯，真以為他已經被這個噩耗徹底打擊到了，霍勝男的心中不由得升起一些憐意，輕聲寬慰他道：「胡大人，事已至此，我們再傷心也是無用，還是早些準備。」

胡小天充滿悲憤道：「準備什麼？公主若是遭遇不測，我還有何顏面歸國面對陛下……」這廝終於成功入戲，眼圈紅了，眼淚也不停打轉。

霍勝男只當他是真情流露，哪知道這廝壓根就是虛情假意，裝出這副模樣無非是為了掩人耳目罷了。

一旁有人陰陽怪氣道：「愧對皇恩，當以死謝罪，換成是咱家，早就找一個牆角撞死，哪還有顏面再回江南……」

卻是方連海在說話，看到胡小天如此模樣，方連海心頭真是快活到了極點，你胡小天這下不威風了？連安平公主都要死了，兩國的聯姻之事自然無從談起，就算這件事和你無關，回國之後，想來也要治你一個保護不力的責任，搞不好也會要了你的腦袋。

胡小天霍然轉過臉去，一雙虎目殺氣騰騰地望向方連海，怒道：「你說什麼？」

方連海被他充滿殺氣的目光看得心頭為之一顫，不過當著眾人的面也不願流露出太多的怯意，更何況主子就在房內，諒他胡小天也不敢做得太過分，冷笑道：「咱家自說自話，胡大人又何必心驚。」

眼前陡然身影一晃，等方連海意識過來的時候，胡小天已經揚手結結實實在他的臉上抽了一記耳光，這耳光打得清脆至極，在場眾人誰也沒有想到胡小天會突然出手。

方連海被這一耳刮子抽得愣在那裡，旋即一張面孔漲得通紅，尖叫道：「混帳東西，咱家跟你拚了！」

他衝上來就要跟胡小天拚命，卻被胡小天當胸一腳又踹倒在地。不等方連海從地上爬起，胡小天已經騎在他的身上，左右開弓，照著他的那張大白臉來回搧了四記大嘴巴子，抽得雖然不重，可是動靜十足，清脆響亮，胡小天一邊打還一邊叫著：「竟敢侮辱我家公主！」

方連海心裡這個冤枉，從頭到尾他也沒說一句侮辱安平公主的話，胡小天擺明了是在誣陷他。

雖然胡小天是大康使臣，在場的大都是雍人，但是他們目睹方連海被毆，卻沒有絲毫的同情心，有很多人心裡甚至還感到暗爽，主要是方連海不得人心，這廝仰仗著董淑妃的權勢，一向囂張慣了，自然遭至了不少的反感。

董淑妃聞聲從房內走了出來，看到眼前一幕不由得皺了皺眉頭，冷哼了一聲道：「胡鬧！」

胡小天這才從方連海的身上爬了起來，方連海捂著臉哀嚎道：「娘娘……他打我……」

董淑妃居然沒有幫他出頭的意思，冷冷道：「都什麼時候了還在這裡胡鬧，跟我走，別在這兒影響公主休息。」她看都不看胡小天一眼，舉步離去。

眾人在她身後齊聲道：「恭送淑妃娘娘！」

來到外面，方連海叫苦不迭道：「娘娘，那胡小天實在是囂張跋扈，他竟然當眾侮辱娘娘，還打我耳光。」

董淑妃呵呵冷笑起來，目光狠狠盯著方連海道：「不開眼的東西，你也不看看是什麼時候，這裡又是什麼地方？你可真會挑選時機，在這個時候鬧起來，你以為本宮的面子會好看嗎？」

淑妃此次前來乃是為了在人前經營她善待安平公主的假像，以此來向天下人表明，自己還是憐惜這位大康公主的。方連海這會兒鬧起來，若是傳到別人的耳朵裡，還不知要演繹出什麼樣的版本，別人肯定要將方連海鬧事的這筆帳算在自己的頭上。

董淑妃在大事上並不糊塗，所以她即便是心底再偏向方連海，在人前也不能流露出來，方連海則奴才實在是被自己寵得不像話，在這種時候居然不識時務。

方連海被呵斥之後，方才意識到自己剛才可能做錯了，人一旦被仇恨左右往往會被蒙蔽頭腦，方連海訕訕道：「娘娘……奴才知道錯了！」

董淑妃也沒有繼續罵他，歎了口氣道：「去尚書府走一趟。」

她口中的尚書府自然是她的娘家哥哥，吏部尚書董炳琨的府邸。見到安平公主之後，董淑妃已經證實了傳聞，雍都兩大國醫都已經沒有回天之力，等於已經宣判了龍曦月的死刑，董淑妃遇到這種狀況也有些緊張了，她必須要親自面見自己的兄長，和他商量一下對策。

這兩日皇上因故沒有上朝，戶部尚書董炳琨也總算可以在家裡好好歇一歇，這種機會並不多見，皇上薛勝康自從登基之後就勤政不輟，數十年如一日，無時無刻不將國事放在心上，正是因為他的這份執著與專注，才有了大雍今日之國運昌盛。

如果不是特別緊急的情況，董淑妃不會突然回到娘家，而且是在沒有提前知會的前提下。

董炳琨在自己的書房裡接見了妹妹，儘管身為兄長，在人前還是要做做樣子。兄妹倆單獨相處的時候，方可卸去那些浮華和偽裝，董淑妃在太師椅上坐下，接過兄長遞來的一杯茶，黯然歎了口氣道：「大哥難道沒有聽說起宸宮昨晚發生的事情？」

董炳琨道：「沒有！」

董淑妃道：「看來一定是他們故意押著消息秘而不宣，我也是從太醫院方面得到的消息，起宸宮昨晚潛入了幾名刺客，雖然行刺安平公主未果，可安平公主也中毒了。」

董炳琨眉峰一動：「什麼？情況如何？」

董淑妃將自己瞭解到的情況簡單說了一遍，董炳琨越聽越是心驚，他首先想到的就是這件事會不會牽連到妹妹，牽連到他們曹家，畢竟此前他們曾經多次針對大康使團，而在外人眼中，這場聯姻無疑損害到了他們曹家的政治利益，按照常理推算，他們曹家是最想安平公主死去的那個。

董淑妃道：「大哥，徐百川和柳長生都被請到了起宸宮，他們兩人也都沒有什麼辦法，已經建議準備後事，據徐百川所說，龍曦月可能見不到明天的太陽了。」

董炳琨道：「她死了，對道銘來說，並非是壞事。」

董淑妃道：「話雖如此，可她出了事情，別人肯定會懷疑到我們的身上。」

董炳琨道：「清者自清，反正咱們又沒做過，為何要在乎別人的想法？」

董淑妃道：「別人怎麼想我可以不管，可是皇上怎麼想，我們卻不能不管。」

董炳琨何嘗不知道這個道理，如果皇上因為這件事而懷疑到他們的身上，縱然查不到確實的證據，可是必然會因為這件事而對他們董家產生想法，因此很可能會影響到外甥薛道銘的前程，可以說這個外甥是他們董家日後的最大希望，只有外甥順利成為太子，登上皇位，他們董家的權勢和地位才有可能在大雍更上一層樓。

董炳琨斟酌良久方才道：「照你看來，這件事是誰做的？」

董淑妃咬了咬唇道：「我和道銘沒什麼仇人，如果說有，就一定是那個人。」

董炳琨當然知道她所說的那個人是誰，他緩緩搖了搖頭道：「沒有證據的話千萬不可亂說，尤其是在皇上面前的時候，一定要慎之又慎。」說到這裡他不由得想起皇上這兩日未曾早朝的事情，低聲道：「皇上這兩日究竟有什麼事情？為何不見上朝？」

董淑妃道：「我也不知道，他這兩日都在勤政殿裡，什麼人都不見。」

董炳琨道：「難道是病了？」

董淑妃道：「我專門找太醫院的打聽過，並沒有太醫被傳召。不過他明日就會早朝，應該沒什麼大事。」

董炳琨道：「起宸宮方面你不該去。」

董淑妃冷笑道：「我若是不去，別人肯定會說我冷漠，我去了，就會有人說我心虛，說我故意做樣子給天下人看。可是人活在世上，很多時候都需要做做樣子，我若不去，怎麼知道她究竟變成了什麼樣子？」她喝了口茶，將茶盞輕輕落在茶几上：「雖然她沒有正式嫁給道銘，可是畢竟她和道銘已經有了婚約，我這個未來婆婆前往探望她也沒什麼不妥，於情於理也說得過去。」

董炳琨道：「妹子打算怎麼做？」

董淑妃歎了口氣道：「我正是不知道怎樣做才過來求教大哥，那孩子倒也可憐，剛才我問她有什麼心願，她說想見見道銘，跟他說聲抱歉。」

董炳琨道：「你同意了？」

董淑妃道：「這還得看道銘自己的意思，究竟是趁她活著見上一面，還是等她死後再過去弔唁，總而言之，這起宸宮是必須要去的。」

董炳琨知道妹子是想利用這件事營造外甥至情至聖的假像，他當然不會相信外甥會對這個素昧平生的大康公主會有什麼感情，沉吟了一下道：「無論咱們怎樣做，都難免會有人利用這件事將矛頭指向我們。」

董淑妃道：「那該如何證明我們的清白？」

董炳琨呵呵笑道：「清者自清，何須證明？你越是想表白自己，別人越是會認為你此地無銀三百兩，這種做法絕不可取。」

董淑妃道：「難道就任憑別人胡說嗎？」

董炳琨道：「洪水到來的時候堵絕不是最好的辦法，想要解決必須採用疏導之策。安平公主雖然沒有嫁給道銘，可是他們畢竟有了婚約，來到大雍，天子腳下遭遇這種事情，不僅僅是對陛下的挑戰，更是對道銘對咱們整個董家的挑戰，你和道銘有責任為安平公主主持公道，殺妻之恨吶！」

董淑妃豁然開朗，大哥的意思再明白不過，不必管別人怎麼想怎麼說，他們要率先站出來查出真正的兇手，她低聲道：「可是人海茫茫，找到真凶又哪有那麼容易？」

「找兇手雖然不容易，可是追究責任卻並不困難，保護公主的任務乃是霍勝男全權負責，出了問題自然要由她承擔責任，豈能讓安平公主這樣不明不白的死了？就算咱們答應，大康方面也不會答應。皇上也不可能不給大康一個交代，妹子你說是不是？」

董淑妃此時已經完全明白了大哥的意思，原本困擾她的這個問題瞬間迎刃而解，不由得喜上眉梢，低聲道：「不錯！自當應該追究她的責任，聽說是她的多名手下勾結刺客下手，方才造成如今的局面。」

董炳琨道：「身負重責，卻擅離職守，其罪一也，統領眾人，卻對手下的情況失察，其罪二也，至於有沒有其他的問題，只要查必然能夠查出來，到時候誰還會懷疑到咱們的身上？」

董淑妃道：「霍勝男本身沒什麼了不起，可是尉遲冲乃是她的義父，太后對這丫頭也喜歡得很。」

董炳琨道：「這種事情上尉遲冲不方便說話，他本來就是大康之人，當初在大康遭受排擠，還被大康的老皇帝龍宣恩殺了不少的家人，而龍曦月恰恰是龍宣恩的女兒，尉遲冲若是站出來說話，只怕是越說越亂，說他對龍宣恩懷恨在心，借機想要公報私仇也有可能。」

董淑妃鳳目一亮，哥哥這番話如同醍醐灌頂，原本困擾她的難題此刻已經完全解開了。

起宸宮發生的事情震動了大雍朝野，當天下午時分，這一消息就已經傳得沸沸揚揚，大康使節向濟民過來探望，一直迴避不願和大康使團見面的大雍禮部尚書孫維轅也來了。

胡小天對大雍的這幫官員態度冷淡，草草應付了事，將向濟民叫到了自己的房間裡，向濟民也是雙目發紅，身為大康臣子，雖然一直都在大雍抬不起頭來，但是本國公主在成親之前遭遇刺殺，這件事已經超過了他所能夠承受的底線，向濟民含淚道：「胡大人，公主殿下當真沒救了？」

胡小天點了點頭。

向濟民悲憤莫名道：「胡大人，此事必然是一個陰謀。」

胡小天歎了口氣道：「是陰謀又怎樣？你覺得咱們有能力將事情查個水落石出？大雍會幫助咱們將兇手找出來嗎？」

向濟民搖了搖頭，心中難受到了極點，大康國運衰敗，以他在雍都的經歷來說，這些年的地位也是每況愈下，昔日的中原霸主如今已經成為了別人眼中日薄西山的弱國，身為大康臣子又怎能在這裡找到尊嚴？

公主的事情表面上看是一次偶然的刺殺事件，可是其背後卻蘊藏著必然的因素，即便是沒有這場刺殺，安平公主順利嫁給七皇子薛道銘，等待著她的或許是另外一個漫長的悲劇罷了。

胡小天道：「向大人，你馬上讓人準備，公主殿下只怕時日無多了，一旦她……」胡小天沒有將話說完，做出一副因為喉頭哽咽說不下去的假像。

向濟民倒是沒有產生任何的懷疑，畢竟胡小天過去就是紫蘭宮的總管，和安平公主主僕情深，此時難過也是真情流露。

胡小天整理了一下情緒道：「一旦公主離世，你要第一時間派人將消息送回大康。」

向濟民重重點了點頭道：「胡大人放心，我這就著手安排。」

胡小天又道：「他們已經建議我準備公主的身後事，我身邊人手不足，這件事還需要向大人幫忙。」

向濟民道：「這是我責無旁貸的事情，我馬上就派人回去召集人手。」

此時熊天霸過來通報，卻是大雍七皇子薛道銘來了。

胡小天聞訊心中不由得暗罵，這董淑妃母子真是一路貨色，虛偽到了極點，使團抵達雍都已經二十多天，他們母子從未主動露面過，今天聽聞安平公主遇刺的消息，就急忙趕過來了，無非是想在人前營造自己重情義的假像。

胡小天道：「有沒有放他進去？」

熊天霸道：「我師父沒讓他進去，說任何人見公主都得先經過你的同意。」

胡小天點了點頭和熊天霸一起快步來到內苑門前，大雍七皇子薛道銘一身白衣靜靜站在院落之中，整個人如同一朵出淤泥而不染的白蓮花，胡小天很少見過那麼乾淨的男人，薛道銘雖然沒有獲許進入房間，可是他的表情卻仍然淡定自若，並沒有表露出一絲一毫的憤怒和不悅。

胡小天來到薛道銘面前抱拳行禮道：「胡小天參見皇子殿下！」

薛道銘目光在胡小天的臉上審視了一眼，緩緩點了點頭，輕聲道：「胡大人，我剛剛聽到消息，特地前來探望公主的病情。」

胡小天還是第一次和這位七皇子打交道，薛道銘並沒有他預想中的那樣傲慢無禮，高高在上，非但如此，給他的印象竟有些謙謙君子溫潤如玉。

跟皇室中人打交道多了，胡小天自然明白這些人的複雜，大都是表面光鮮骨子裡卻邪惡透頂的人物。薛道銘對這場聯姻的抗拒也是顯而易見的，如若不然，他豈會到現在才主動露面。

不過正是因為薛道銘這種冷漠的態度，才讓胡小天的計畫得以順利進行，如果當初薛道銘在庸江南陽水寨就去見安平公主，那麼這場戲的表演難度就大上了許多，而夕顏很可能在途中就已經對他下手。

胡小天恭敬道：「皇子殿下，公主她情況很差，還在臥床休息。」

薛道銘道：「勞煩胡公公通報一聲，就說我來了。」

胡小天聽他說話也算得體，人家是大雍皇子，又是安平公主的未婚夫，在道理上自己的確沒有理由將他拒之門外，胡小天拱了拱手道：「皇子殿下請稍等，容小天先向公主稟報再說。」

薛道銘點了點頭，心中卻暗忖，龍曦月此時只怕已經失去了神智，你根本是在故意刁難我，不過他表面上並沒有任何表露。

薛道銘本已做好了多等一些時候的準備，卻沒想到胡小天很快就已經折返回來，一臉悲愴道：「皇子殿下，公主她已經失去了神智，您若是想見她，就請抓緊進去吧。」

薛道銘點了點頭，跟著胡小天一起進入房內。

一進入房間內，就聞到一股濃烈的藥草味道，薛道銘情不自禁皺了皺眉頭，兩名小宮女看到皇子前來，慌忙跪下施禮，薛道銘沒有理會她們，徑直來到床前。卻見安平公主躺在床上，臉色青黑，眉宇之間更是黑雲籠罩，雙目緊閉，嘴唇已經完全成為了烏黑色，氣若遊絲，顯然已經在瀕死邊緣了。

薛道銘緩緩搖了搖頭，雙目之中竟然閃爍出晶瑩的淚光。

胡小天在他身邊，近距離觀察著這廝的一舉一動，當然知道薛道銘肯定是在做戲，這母子二人果然都是一丘之貉，演技全都是一流。

「曦月……我來遲了……」薛道銘說完這句話，兩行男兒熱淚已經滾滾而落。

胡小天故意向前一步，附在夕顏耳邊喚道：「公主殿下，您睜開眼睛看看是誰來看您了？」

薛道銘本來醞釀的一番情真意切的話語卻被這廝打斷，心中暗罵，這情緒豈是那麼好醞釀的，一旦被人打斷，還得從頭再來。薛道銘含淚道：「胡大人不用吵醒公主，讓她好好睡吧。」

胡小天心想你巴不得公主早一刻死掉，現在你娘倆兒輪番上陣，無非是當過了婊子立牌坊，想彌補此前的過失，以免被人唾罵罷了。

薛道銘特地觀察了一下安平公主的手指，十隻指甲全都變得烏黑，他咬了咬嘴唇，伸出手去想要握住安平公主的右手，卻被胡小天給擋住了：「皇子殿下，請坐！」

薛道銘這個鬱悶啊，這貨真是礙事啊，能不能讓老子酣暢淋漓地表演一次，能不能讓我盡情發揮一次，情緒剛剛上來，你就要打斷，我跟你前世有仇嗎？

胡小天最基本的出發點是不想讓薛道銘碰夕顏，雖然夕顏是個妖女，可也是跟老子拜過天地的，當然還有另外一層意思，胡小天也是為了保護薛道銘。雖然夕顏對他說過已經放棄了刺殺薛道銘，可是機會就在眼前，萬一這妮子突然改變了主意，想殺薛道銘豈不是易如反掌。

薛道銘不知道胡小天的真實用意，可夕顏卻將他的心思揣摩得清清楚楚，心中又是好氣又是好笑，她在此時緩緩睜開了雙眼，虛弱無力道：「我……是不是……已經死了？」

胡小天內心一怔，這妮子怎麼突然說起話來了？

薛道銘也被嚇了一跳，想不到安平公主居然醒了，如果奇蹟萬一出現，豈不是麻煩，不過他馬上又否定了這個可能，畢竟柳長生和徐百川都已做出了明確判斷，安平公主無藥可救，如果不是掌握了龍曦月確切的情況，他也不會前來演這場戲。

夕顏一雙美眸黯淡無光，虛弱無力道：「你是……」

薛道銘望著夕顏的眼睛，卻忽然有種心弦被觸動的感覺，只覺得安平公主雖然生命垂危，可是這一雙眼睛卻仍然充滿了神采，用動人心魄來形容也不足為過，可惜這樣美麗的眼睛此時卻看不到任何的東西，他暗自吸了一口氣，提醒自己一定要鎮定下來，千萬不可心慈手軟，這才道：「公主殿下，我是薛道銘！」

夕顏的美眸亮了一下，似乎重新煥發出生命光彩：「殿下……」她伸出左手。

薛道銘也伸出手去，將她的柔荑握在手中。

胡小天就站在一旁看著，心中如同打翻了五味瓶，滋味著實不好受，這妮子是在故意刺激老子嗎？薛道銘啊薛道銘，你抓的是我老婆，撒手！趕緊撒手！這廝真正有些嫉妒了。

夕顏一雙美眸湧出淚花，黯然道：「我還以為今生無緣和殿下相見了……只可惜我看不到殿下的樣子……」

薛道銘雖然抱著演戲的念頭而來，可是真正見到夕顏之時，卻生出一種難言的痛楚，只覺得對方的那雙眼睛竟似乎無數次在夢中相見，一時間百般感觸湧上心頭，他甚至產生了不想讓安平公主死去的想法，握住夕顏冰冷的纖手，薛道銘清晰地感到自己有些心痛。

夕顏的目光中充滿欣慰，又帶著一絲絕望：「殿下不必傷心……是曦月自己命薄，今生最大的遺憾就是……無法伺候殿下了……」說到這裡她劇烈咳嗽了起來，胡小天慌忙拿了一塊錦帕遞給她，心想這下你們該撒手了，卻想不到夕顏用右手接了過去，捂住嘴唇，左手和薛道銘的手握得更緊了。

薛道銘聽到夕顏的咳嗽聲，這一聲聲如同重錘敲打在他的心坎之上，他也不知自己為何會如此關心夕顏，聽到她的這一聲聲的咳嗽，望著她神采黯淡的雙眸，心中竟然酸楚無比。

夕顏將錦帕移開，錦帕上已經沾滿血跡。胡小天趁著薛道銘不備狠狠瞪了她一眼，心想你差不多就得了，還握手握上癮了，你有沒有顧及到老子頭頂的感受？再握一會兒，帽子都變成環保色了。

此時的夕顏根本就無視胡小天的存在，雙眸之中淚光閃爍：「殿下……」

薛道銘抿了抿嘴唇，他開始有些後悔來這一趟了，本以為自己根本不會對這位大康公主產生任何的感情，卻沒有想到真正見到她的時候，卻輕易就被她絕望悲憫的眼神觸動了心弦，心底深處甚至期望她不要這樣死去，低聲道：「公主想說什麼？」

夕顏道：「殿下，曦月想求你一件事……」

薛道銘點了點頭。

夕顏喘息了一會兒方才道：「曦月自己命薄，怨不得任何人……曦月死後，希望能夠返回大康……安葬……」

薛道銘的眼圈已經紅了，他心中清楚地知道，自己絕不是作偽，而是真正有些同情這個命運多舛的公主，拋開政治上的因素不言，龍曦月又有什麼過錯？為何會落到如此淒慘的結局？他甚至產生了一種想法，若是龍曦月能夠度過此劫，即便是娶她又能如何？

夕顏的手忽然抓緊了他，望著薛道銘道：「殿下……其實曦月見過你……」

薛道銘微微一怔。

夕顏道：「無數次在夢中見過你的樣子……一模一樣……」她的手慢慢鬆開，薛道銘慌忙想要抓住她的手，卻感覺到夕顏的纖手已經毫無力量。再看時，夕顏的螓首已經歪到一邊，聲息全無。

胡小天在一旁看著兩人臨時訣別的情景，從心底一直酸到了牙根，暗罵夕顏是個小浪蹄子，居然在老子的面前勾引男人。男人嫉妒起來那也是醋海生波，不過這貨還算沒有失去理智，知道兩人都在演戲，可看到最後，薛道銘竟然不太像演戲，表情居然非常認真。

薛道銘顫聲叫道：「公主……曦月……」夕顏的手業已變得冰冷，薛道銘摸了摸她的脈門，又探了探她的鼻息。

胡小天知道這場戲已經落幕，慌忙轉身拉開房門大呼道：「柳先生，徐大人！」

徐百川率先衝了進來，為夕顏檢查之後，馬上確定她已經香消玉殞，充滿悲憫道：「皇子殿下，公主已薨了……」

薛道銘內心如同被重錘猛砸了一下，虎軀劇震，望著安平公主業已失去生命神采的面孔，一時間悲從心來，兩行淚水止不住滑落下來，薛道銘來此之前絕未想到過自己會當真動情，可是當他和安平公主四目相對之時，卻有種觸動心靈的感覺，正如安平公主剛剛所說，她無數次在夢中見過自己的樣子，自己何嘗不是在夢中見過她的模樣，薛道銘久久凝望著安平公主的面龐，忽然俯下身去，他想親吻她冰冷的額頭。

中途卻被一人的手臂攔住，又是胡小天，薛道銘實在是有些忍無可忍了，怒斥道：「你做什麼？」

胡小天滿臉淚水，充滿悲愴道：「還望殿下尊重我家公主！」

胡小天攔住他是因為私心，更是為了保護薛道銘別出事，夕顏什麼樣的人物他最瞭解，從頭到腳到處都是毒素，自己上次親了她一口就變成了香腸嘴，換成別人只怕要嗝屁了。

薛道銘此時也清醒過來，他和龍曦月雖有婚約，可畢竟兩人沒有成婚，龍曦月仍然是大康的公主，並非是他名正言順的妻子，自己也不適合表現得太過。可是薛道銘的悲傷並非是作偽，剛才的確有將安平公主的遺體擁入懷中的衝動。

薛道銘點了點頭，目光落在地上，看到那沾滿鮮血的錦帕，他伸手撿起揣入懷中，慢慢站起身來，黯然道：「曦月，我不打擾你休息了，好好睡吧……」他的聲音竟然有些哽咽。

胡小天對薛道銘的演技佩服到了極點，年紀輕輕竟然有如此演技，這前途實在是不可限量。他讓所有人都退了出去，藉口為公主更衣，實則是給夕顏一個休息的機會，讓她不用演得如此辛苦。

眾人離去之後，胡小天附在夕顏耳邊小聲道：「居然當著我的面勾引男人，你當我什麼？」

夕顏的美眸睜開一條細縫，媚眼如絲，望著他，俏臉之上笑靨如花：「你吃哪門子的乾醋啊？」

「何止吃醋，肺都要氣炸了！」胡小天橫眉怒目，這貨發現自己是個只許州官放火不許百姓點燈的主兒，換成是自己跟多少人曖昧都是理所當然。

夕顏趁他不備在他腮邊輕吻了一記，旋即又躺回到床上，柔聲道：「別生氣了，人家只是演戲嘛。」

「演戲有必要犧牲色相嗎？」

夕顏道：「要說這薛道銘長得的確比你英俊。」

胡小天白眼一翻，一副要氣暈過去的模樣。

夕顏道：「看到你嫉妒我真是開心。」

胡小天道：「變態！」

夕顏道：「你恐怕不僅僅是嫉妒那麼簡單，你的那點小九九我心裡明白，是擔心我剛才趁機對薛道銘下手吧？」

胡小天笑了笑，然後毫無徵兆地嚎啕大哭了一聲：「公主殿下……你死得好慘……」

夕顏被這廝嚇了一跳，這貨實在是誇張，是想讓天下人都知道自己死了嗎？

胡小天道：「難道你想一直裝死？一動不動躺在這裡是不是太悶？」

夕顏道：「你要求將我的遺骸送回大康，天氣漸漸炎熱，想要將我的屍體送回大康，必須有冰魄定神珠之類的東西，方才能夠保證屍體不會腐爛，據我所知，大雍皇宮之中就有這樣東西，大雍方面應該不會拒絕你的這個要求。」

胡小天道：「你是準備躺在棺材裡面一直返回大康？」這其中還是有個問題，如果他完完整整將屍體運回去，豈不是作繭自縛，到了大康豈不是還要面臨一個瞞天過海的問題。

夕顏道：「就算你願意我也不願意，你只管按照我的吩咐去做，我自有脫身之策。」

胡小天笑道：「你裝死也不是第一次了，是不是又想像上次那樣借火遁走？」

夕顏道：「也不失為一個好辦法，只是燒了這起宸宮，手筆會不會太大？」

胡小天也沒在裡面久留，出門去安排安平公主的後事。

霍勝男咬了咬櫻唇，緩步走了過去，向薛道銘躬身行禮道：「末將霍勝男參見殿下！」

薛道銘並沒有離去，他站在院落之中，怒吼道：「霍勝男何在？」

薛道銘緩緩點了點頭道：「好！你做的好事，朝廷將保護安平公主的重任交給了你，你非但沒有對得起朝廷的重托，反而連累公主被害，你該當何罪？」

霍勝男俏臉蒼白，目光卻依然鎮定而倔強：「勝男自知有負聖恩，愧對朝廷重托，甘願接受任何懲罰！」

薛道銘道：「來人！將霍勝男和她手下全給我抓起來，本王要親自審問！」

門外傳來整齊的腳步聲，薛道銘此次顯然是有備而來。

霍勝男向身後眾部下道：「任何人不得反抗！」她率先摘去冠帶，雙手主動反剪到身後。

胡小天出門之時，正看到霍勝男等人被抓的一幕，目光和霍勝男對望，霍勝男向他露出牽強一笑。胡小天的內心中沒來由感到一陣酸澀，這件事中霍勝男顯然是無辜的，她對究竟發生了什麼並不知情。但是從她目前的處境來看應該不妙，大雍方面必須要有所交代，必須找一個人出來頂罪，霍勝男無疑是最合適的人選。

胡小天為她擔心之餘，也清楚自己現在並不適合插手這件事，以霍勝男的背景和關係，即便是遭到責罰也應該不會太重。無論是她的乾爹尉遲冲還是蔣太后，都不會不聞不問。

薛道銘率領麾下士兵將霍勝男及其部下全都抓走。

胡小天雖然對霍勝男的遭遇深表同情，但是作為一個外人，他也不便插手大雍的內部事務，即便是他想幫助霍勝男，也是徒勞無功的。

柳長生父子目睹眼前場面也唯有暗自感歎，柳長生和大帥尉遲冲相交莫逆，霍勝男是尉遲冲的乾女兒，這件事他不能坐視不理，悄然吩咐柳玉城即刻前往大帥府去通報這件事。

同時兩父子也向胡小天告辭，安平公主已經離世，他們留在這裡也就沒有了任何的意義。徐百川也是一樣，他的使命也已經完成。

胡小天剛剛送走了他們，長公主薛靈君就已經到了。

薛靈君此次前來起宸宮，目的是接胡小天入宮，這是昨天他們就約好的事情，等到了地方，方才知道安平公主已經離世了。

雖然這件事早就在意料之中，可當安平公主的死訊成為現實，薛靈君也感心中黯然，其實她和安平公主的接觸並不算多，之所以內心中感到如此難過，更是因為她和安平公主的出身相同。

同樣是生在帝王之家，兩人也都面臨著同樣的不幸，自己是新婚不久駙馬暴斃，成為天下聞名的掃把星。而龍曦月卻是命薄福淺，還沒有等到嫁人之日就遭遇暗殺身亡。薛靈君自然又生出一番感慨，生在皇家雖然表面光鮮，可是未必能夠真正得到幸福。

尤其是她和龍曦月之中，連自己的命運也無法掌控，多數到頭來只不過是一件政治道具罷了！

請續看《醫統江山》卷十六　猝然行刺

# 醫統江山 卷15 大劍藏鋒

作者：石章魚
發行人：陳曉林
出版所：風雲時代出版股份有限公司
地址：10576台北市民生東路五段178號7樓之3
電話：(02) 2756-0949
傳真：(02) 2765-3799
執行主編：劉宇青
美術設計：許惠芳
行銷企劃：林安莉
業務總監：張瑋鳳

初版日期：2020年7月
版權授權：閱文集團
ISBN ：978-986-352-838-8
風雲書網：http://www.eastbooks.com.tw
官方部落格：http://eastbooks.pixnet.net/blog
Facebook：http://www.facebook.com/h7560949
E-mail：h7560949@ms15.hinet.net
劃撥帳號：12043291
戶名：風雲時代出版股份有限公司

風雲發行所：33373桃園市龜山區公西村2鄰復興街304巷96號
電話：(03) 318-1378
傳真：(03) 318-1378
法律顧問：永然法律事務所 李永然律師
北辰著作權事務所 蕭雄淋律師

行政院新聞局局版台業字第3595號 營利事業統一編號22759935


**定價：270元**


國家圖書館出版品預行編目資料

醫統江山 ／石章魚 著. -- 初版 -- 臺北市：風雲時代，2020.03- 冊；公分

ISBN 978-986-352-838-8（第15冊；平裝）

857.7 108022924